Nine Gorman

Le pacte d'Emma

#AM Albin Michel

À tous ces auteurs
qui m'ont fait voyager à travers leurs histoires
et qui m'ont donné envie
d'embarquer, à mon tour, des passagers.

Parfois, il suffit d'une simple rencontre pour chambouler une vie à tout jamais. Pour moi, cette rencontre s'appelle Andrew Anderson.

Chapitre 1

•

Je ne supporte pas les hôpitaux. Je suis allongée sur le dos, coincée dans cette machine cylindrique qui scanne l'intégralité de mon cerveau pour déterminer ce que Beckyngton a encore esquinté. Je ne dois pas bouger, j'ose à peine respirer. C'est trop long. C'est toujours trop long. Je ferme les yeux, et j'imagine que la solitude me tient la main.

Au gré des consultations, j'ai appris à ignorer les bips incessants de la machine, ses vibrations qui me chatouillent les oreilles. Il paraît que c'est bien, de s'habituer aux choses. J'aurais préféré ne jamais m'habituer à ça.

J'essaie de me rappeler une lecture agréable, un moment d'évasion. J'imagine que je suis une autre, propulsée dans un monde lointain, un monde dans lequel je ne suis pas malade. Je tente de faire abstraction du lieu où je me trouve.

Jamais je ne pense au futur. Quand on se sait condamné, on évite de se projeter. C'est déjà assez dur de savoir qu'on est né avec un compteur de vie trafiqué.

La majorité des pathologies neurodégénératives

touchent des personnes âgées de plus de soixante-cinq ans. Ce n'est pas mon cas. Lorsqu'on m'a annoncé que j'étais malade, il pleuvait. C'était un vendredi de novembre, et on aurait dit que le temps avait décidé de se mettre au diapason. Je n'avais pas encore seize ans.

À l'époque, je ne mesurais pas encore très bien à quel point ma vie allait changer. Mais mon ignorance a été de courte durée. Très vite, j'ai compris.

On n'accepte jamais la maladie.

On apprend à vivre avec parce qu'on n'a pas le choix. J'ai tellement bien appris à vivre avec la mienne que je lui ai donné un surnom.

Becky.

Ou peut-être que c'est juste pour la rendre moins effrayante.

Le scanner est terminé. Une infirmière vient me chercher et m'installe pour les prises de sang. Je ne sens même plus l'aiguille s'enfoncer dans ma chair.

Un rituel chasse l'autre. Je me laisse guider à travers les couloirs de l'hôpital de New York jusqu'à un bureau vide. Aucun dessin sur les murs, aucune touche personnelle. Nerveusement, je commence à me triturer les mains. J'inspire, j'expire – une routine facile à observer. Bientôt, c'en sera fini de cette torture.

Mon esprit vagabonde et je pense à Jonathan, aux derniers cartons à vider en rentrant. Nous avons emménagé à New York au début de l'été, il y a deux mois. J'ai fui Butler, ma ville natale de Pennsylvanie, parce que trop de souvenirs désespérants y restaient attachés : Becky, tout ce qu'elle a détruit sur son passage, ma mère... J'ai laissé mon père, là-bas, et je ne peux m'empêcher de me sentir coupable. Il a lui-même beaucoup hésité à me laisser partir. Voir sa fille s'en aller à plus de six cents kilomètres n'a rien de facile – surtout quand une épée de Damoclès est suspendue au-dessus de la tête de celle-ci. C'est pour ça que mon frère a pris la décision de me suivre et de tout quitter.

Je me mets à fredonner *Never Gonna Be Alone* de Nickelback – un automatisme. Quand ai-je commencé à être obsédée par cette chanson ? Je ne m'en souviens plus. Mais il ne se passe pas une semaine sans qu'on la chante ensemble, Jonathan et moi. C'est devenu notre hymne, l'une des rares choses qui me rassurent.

Le bruit de la porte du bureau qui s'ouvre me tire de mes réflexions.

– Mademoiselle Reyes.

Un jeune médecin blond s'installe en face de moi. Je l'observe, tente de deviner son âge. Encore un jeu auquel nous nous prêtons régulièrement, avec mon frère. Un autre moyen d'occuper mon esprit, à cette seconde, et de m'empêcher de prendre mes jambes à mon cou.

– Je vais vous poser quelques questions. Juste un petit exercice, et vous serez libre, annonce-t-il en sortant une pochette jaunie – celle que le docteur Hansen a fait transférer. Qu'avez-vous mangé, ce midi ?

– Risotto aux champignons, eau pétillante, et, euh... un cheesecake aux Oreo.

Les questions sont d'une simplicité enfantine, mais c'est leur enchaînement qui me désarçonne. Je compte les minutes, les secondes, même. Le médecin note mes réponses. Sa manière de me fixer me gêne. Sourire ultra white, cheveux gominés lissés en arrière, et cette expression nonchalante, vaguement désabusée : il a l'air de sortir tout droit de la fac. J'imagine qu'il a son petit succès auprès des quadragénaires.

Mon dossier est délaissé sur le coin du bureau, à présent. Monsieur Colgate coche une case sur sa tablette. Le Dr Hansen, qui me suivait à Butler, utilisait encore un bon vieux bloc de papier, lui. En un sens, il me manque. Presque six années de suivi, ça crée des liens. Ses mauvaises blagues ne faisaient rire que nous, mais elles avaient le don de mettre à l'aise.

– Et avant-hier ?

– Quoi ?

– Votre déjeuner ?

Allez, Emma. Réfléchis. Concentre-toi.

– Une salade de chèvre chaud. Et une compote.

Je mens, mais Colgate ne semble pas s'en rendre compte. Est-ce si grave, après tout ? Qui se rappelle ce qu'il a mangé deux jours auparavant ?

L'interrogatoire terminé, il repose sa tablette et me fixe droit dans les yeux.

– À présent, nous allons vérifier votre motricité. Vous allez toucher votre nez avec votre index, puis le doigt que je vous tends, et répéter ce geste de plus en plus vite, d'accord ?

J'acquiesce. Je connais ce test : voilà déjà trop longtemps que j'y ai droit.

Je m'exécute. Nez… doigt… nez… doigt.

– Plus vite, m'ordonne gentiment Colgate.

J'accélère le mouvement et, bientôt, mon doigt ne vient plus toucher mon nez, mais ma joue. Instinctivement, je contracte ma main. Ne pas laisser monter la colère...

– Recommencez.

Je répète le geste, mais le rythme est trop rapide et je m'emmêle les pinceaux. Le stress grandit. J'ai l'impression de suffoquer. Je ne supporterai pas de rester coincée ici plus longtemps.

Les stades de ma maladie, je le sais, se traduisent par une ribambelle de joyeux symptômes, d'une intensité variable : difficultés à contrôler ses mouvements, à se souvenir d'un événement récent, à prendre des décisions, à rester maître de ses émotions. Et puis, à l'arrivée : démence.

Finir comme un légume, aussi bien physiquement que mentalement, avant que la mort ne finisse par tout emporter. Il faut reconnaître que c'est un programme de vie particulièrement intéressant.

– On peut passer au test suivant, s'il vous plaît ?

Je demande ça d'une voix que j'aimerais douce, mais qui trahit sans doute une pointe d'amertume. De nouveau, le doc note quelque chose sur sa tablette. J'ignore si son sourire est censé me mettre en confiance mais, en tout cas, il produit l'effet inverse.

– Emma, avez-vous déjà songé à tenir un journal ?

– Vous voulez dire... un journal intime ?

– Oui. Je pense que ce serait une bonne chose, que vous commenciez à écrire tout ce qui vous arrive au cours de la journée. Ce serait un bon exercice pour votre mémoire.

Je réfléchis à la question. Un journal, j'en ai déjà tenu un. J'ai cessé le jour où Becky a débarqué dans ma vie. Je m'étais fait une telle joie du lycée... Ce devaient être mes plus belles années. Et puis elle est arrivée et elle a tout foutu en l'air. Ma vie est devenue un cauchemar. J'ai arrêté d'écrire. Qui voudrait immortaliser de tels souvenirs ?

– Et comment on fait quand on oublie avant même d'avoir eu le temps d'écrire ?

Son regard s'assombrit un instant. Probable qu'il n'ait jamais eu à traiter un cas comme le mien. Les maladies aussi vicieuses que Beckyngton ne courent pas les rues, et personne n'a idée de la colère qu'elle peut parfois provoquer chez ceux qui en sont atteints.

Monsieur Colgate n'est pour rien dans mon état. Ce n'est pas sa faute si je vais devenir un légume, incapable de me déplacer, de parler, de me souvenir.

Je déglutis. Mes mains sont moites. C'est l'angoisse qui parle. Je ne suis pas comme ça, d'habitude.

– Combien de temps avant que je devienne cinglée, doc ? À moins que ce ne soit déjà le cas et que je ne m'en rende même pas compte ?

J'essaie de rire, espérant détendre un peu l'atmosphère, mais ça ne semble pas fonctionner. En même temps, quelle idée, de plaisanter là-dessus... Je suis nerveuse, je dis n'importe quoi. Je me gratte la nuque avec insistance. Pitié, faites cesser ce calvaire.

– Emma... Je n'ai pas encore les résultats de vos tests, mais si vous vous inquiétez par rapport à l'exercice de tout à l'heure, vos réflexes... Comment vous dire... Parfois, il peut s'agir d'une simple fatigue passagère. J'aimerais vraiment que vous considériez l'idée d'écrire un journal. Ça s'est révélé efficace chez plusieurs patients atteints de la maladie de Beckyngton.

Il laisse un silence s'installer, comme pour me ménager la possibilité de lui répondre : « Oui, d'accord, je vais le faire. » Mais je ne dis rien, me contentant de fixer mes pieds.

Le tic-tac des secondes s'éternise. Il faut que je sorte d'ici.

– Je vous appelle dès que j'ai les résultats de vos analyses, lâche enfin le médecin.

Le regard qu'il pose sur moi lorsque je quitte son bureau est empli de compassion. C'est ainsi que l'on regarde une jeune femme de vingt et un ans affublée d'un destin plus que merdique, me dis-je, quittant l'hôpital d'un pas pressé.

Je m'engouffre dans la bouche de métro la plus proche. J'hésite un instant à prendre la direction de Brooklyn, mais je sais que mon frère va me bombarder de questions à propos de mon rendez-vous, et je ne crois pas que j'aurai la force de lui en parler.

Sans même y penser, je dirige mes pas vers la librairie de Rebecca, la seule personne avec qui j'ai réussi à nouer un lien d'amitié depuis que Becky a décidé de faire le vide autour de moi.

Cette foutue maladie m'a volé mon adolescence ; à l'âge où l'on est censé se faire plein d'amis, se trouver son premier petit copain, j'étais seule.

J'étais la fille malade du bahut. Il a suffi d'une fois. D'un jour, avant qu'on trouve le bon dosage pour mon traitement. Hallucinations plus crise d'épilepsie. Difficile de se faire des amis, après ça. « Salut, moi c'est Emma... Tu sais, celle qui a cru que le prof d'histoire voulait la tuer et qui a fini par convulser sur le sol comme un poisson jeté sur le pont. Je peux m'asseoir là ? »

Je revois encore le visage de mes camarades, saisis par l'horreur de la situation. J'ai lu de la peur, dans ces regards, de l'incompréhension… Quelque chose s'est définitivement brisé, ce jour-là. Je suis devenue Emma la cinglée et, petit à petit, je me suis liée d'amitié avec la solitude. Car, évidemment, personne n'a jamais accepté que je prenne la chaise d'à côté.

Je me fonds dans la foule qui s'engouffre dans le wagon. Je reste debout, volontairement, comme pour défier Becky, lui prouver que je peux encore garder mon équilibre dans le métro. En boucle, je repasse la consultation dans ma tête tel un vieux disque rayé, et j'entends le sang battre à mes tempes. J'essaie de relativiser, mais je suis en colère, depuis trop longtemps.

À chaque fois que je sors de ce genre de rendez-vous, je ne peux m'empêcher de me demander combien de temps il me reste, ce qu'elle me volera en premier… Impossible à savoir. Cette pathologie évolue de manière très imprévisible. Difficile de dire par où ça va commencer, ou le nombre d'années qui s'écouleront avant que ma vie ne vaille plus la peine d'être vécue.

Je m'extirpe du métro et aperçois bientôt la façade familière de la librairie de Rebecca. À peine arrivée, je me laisse tomber sur le sofa jaune de l'entrée sans même prendre le temps d'ôter mon manteau. Ce rendez-vous m'a lessivée.

De l'autre côté du comptoir, remplissant la bouilloire d'eau, mon amie me sourit. Elle a attaché ses longs cheveux blonds dans un chignon flou au sommet de sa tête.

J'en profite pour sortir mon ordinateur portable de sa sacoche. Je l'installe sur la table basse en bois et commence à traiter mes derniers mails.

– Tu ne penses pas qu'il faudrait que tu te sociabilises un tantinet ? Tu passes ton temps à bosser de chez toi et à faire l'aller-retour entre Brooklyn et ici.

Je sais qu'elle a raison, mais ce rituel me rassure. Je passe une mèche derrière mon oreille, tout en répondant à un mail de l'autre main. Si elle savait pour Becky, elle comprendrait que ces journées qui se suivent et se ressemblent me donnent la sensation que la maladie ne peut y trouver sa place.

– Je t'ai, toi. J'ai mon frère. Ça me suffit.

Je considère l'assiette de cookies qu'elle me tend et en choisis un. Rebecca tient une librairie dans le quartier de Soho, le genre d'endroit que tout amoureux des livres rêve de découvrir un jour. Du bois partout, cosy et vintage. Ses clients aiment y venir pour se procurer les dernières nouveautés, ou simplement boire un café et déguster des pâtisseries. Rebecca a le même âge que moi et, pourtant, elle est chef de sa propre entreprise. Quand je lui ai demandé comment elle avait obtenu son prêt, elle m'a avoué que son père l'y avait grandement aidée.

– Emma... Tu déménages à New York pour vivre ta vie à fond, et tu t'enfermes dans un job de téléopératrice à domicile après avoir suivi des études par correspondance... Tu ne crois pas qu'il y a un problème quelque part ?

Je relève la tête, la fixe en souriant. Évidemment, elle a raison.

Je repense à notre première vraie rencontre, il y a deux mois. Je cherchais des yeux cette librairie après avoir suivi l'itinéraire dicté par mon téléphone. Dès que je suis entrée, elle m'a offert un sourire mutin, le genre de sourire propre à rassurer n'importe qui – le genre de sourire qui vous donne l'impression que rien n'est impossible, que le monde est juste là, à votre portée. J'ai su ce jour-là que cette amitié née sur Internet, sur ce forum de romance fantastique, allait continuer dans la vie réelle. J'ai compris que je venais de me faire ma première amie.

– Je ne suis pas téléopératrice, je suis chargée de clientèle, réponds-je, sur la défensive. Et ce boulot me convient parfaitement : je suis bien payée et, en plus, je suis libre de mes mouvements. Regarde : je peux même bosser en discutant avec toi.

– Un poste chez Anderson Corporation paierait bien mieux.

– Tu sais très bien que je n'ai aucune chance d'être embauchée chez eux.

Je retourne à mon dossier, mais elle ne me lâche pas :

– Pourquoi est-ce que tu dis une chose pareille ? Tu dis toujours que c'est ton rêve de bosser pour cette entreprise... Quand on veut vraiment quelque chose, on se bat pour l'obtenir !

Cette discussion me rappelle ma mère – et cette phrase qu'elle m'a dite, en particulier, peu de temps avant de mourir : « N'attends pas sagement que la maladie te prenne tout ce que tu as. Prends ce que tu veux : réalise tes rêves, ma chérie. Ne pense jamais que ce que tu désires est inaccessible. »

Mon estomac se contracte.

Et me voilà, coincée dans un boulot « confortable », loin, très loin des rêves que j'avais en arrivant ici, à New York. J'ai eu le cran de quitter Butler avec mon frère, et je me suis arrêtée au beau milieu du chemin. Pourquoi ?

– Oui, j'en rêve. Mais il faut être réaliste, aussi. Je n'ai pas assez d'expérience. Et surtout, ils ne recrutent pas...

Ma réponse m'énerve ; je m'énerve moi-même. Le temps file, et je m'enferme dans un quotidien qui n'a plus rien à voir avec celui dont je rêvais.

Quand je pense à cette offre d'emploi à Boston que mon frère a refusée pour revenir près de moi après ses études à Seattle... À cet emploi d'ingénieur réseaux qu'il a quitté à Pittsburgh pour me suivre jusqu'à New York et rassurer mon père... Et moi, je le remercie comment ? En faisait exactement la même chose qu'à Butler : je me morfonds, j'attends que la vie passe. Oui, définitivement, je m'énerve.

Rebecca agite une feuille imprimée sous mes yeux. C'est une annonce du service recrutement d'Anderson Corporation. Ils recherchent une assistante de direction.

– Vas-y : trouve-moi une autre excuse, me lance-t-elle avec un air de défi.

Je lui souris.

Je sais ce qui va se passer, un de ces jours : je vais perdre mon autonomie. Petit à petit, cette pathologie va ronger mes facultés mentales, puis motrices, et je finirai ma vie comme un zombie, en ayant oublié qui j'étais.

Bon, ça arrivera de toute façon. Mais pour le moment, j'ai toute ma tête, je peux encore réaliser certains de mes rêves. Et surtout, il est hors de question que je perde encore ne serait-ce qu'une seconde.

– D'accord, tu as gagné : je postule. Donne-moi ça !

Un sourire apparaît sur les lèvres de mon amie. Elle me prend dans ses bras, et mes doigts lâchent le cookie que je tenais, sur le parquet de la boutique.

– Demain, on sort au Démoniaque pour fêter ça ! murmure Rebecca, ravie.

Son étreinte me fait tellement de bien... Enfin elle s'écarte, se rassoit sur son fauteuil. Cette fois-ci, elle me regarde avec le plus grand sérieux.

– Il est aussi temps que tu te trouves un mec, ma vieille. Ce célibat, ça ne peut plus durer.

Je secoue la tête, amusée. Quel tempérament ! Si j'avais connu cette fille plus tôt, les choses auraient sans doute été bien plus simples.

Cher journal, apparemment nous devons devenir les meilleurs amis du monde. Pour commencer, je pourrais te parler de la soirée que j'ai passée au Démoniaque samedi soir avec Rebecca... sauf que je ne m'en souviens pas...
Parlons donc de l'instigatrice de cette perte de mémoire.
Je te présente Becky, responsable de ma vie merdique depuis... trop longtemps.

Chapitre 2

Le métro est bondé, ce matin. La frénésie de New York ne cesse de m'émerveiller. J'aime regarder les passagers qui montent et qui descendent. Je tente de deviner leur âge, leur métier, leurs soucis. Les gens sont généralement trop pressés pour prêter attention à ce qui les entoure. Moi ? Une parfaite inconnue au cœur d'une fourmilière gigantesque. À Butler, je ne sortais jamais, le regard des autres m'effrayait. Surtout, je ne supportais plus que Becky monopolise toutes les conversations. Je suis Emma : une personne à part entière. Je ne peux pas, je ne *veux* pas être réduite à ma maladie.

Les stations défilent et, à l'idée de l'entretien que je m'apprête à passer, la nervosité me gagne. Tandis que nous quittons les tréfonds de la ville, je manque de tomber à deux reprises. Je mets ça sur le compte de la fatigue – j'ai peu dormi la nuit dernière.

Le quartier grouille de monde, des hommes en costume, principalement, le téléphone vissé à l'oreille. Je slalome et me dirige vers l'adresse indiquée par mon iPhone. Je reconnais l'immense immeuble de loin. On le dirait drapé dans une longue robe de verre.

Je croise mon reflet dans les vitrines. J'ai fait un effort considérable pour essayer d'être élégante : un entretien pour devenir l'assistante d'Andrew Anderson n'est pas une affaire à prendre à la légère. Anderson Corporation s'est rapidement fait un nom ces dernières années, se hissant à la tête des entreprises les plus rentables du pays. Quand Rebecca m'a avoué connaître quelqu'un qui y travaillait, quelqu'un susceptible de mettre mon CV en avant, jamais je n'aurais pensé que cela irait aussi vite. L'assistante du PDG ? C'est une opportunité incroyable qui m'est offerte. Et j'ai peur de la laisser filer.

Me remémorant les conseils de mon amie, je tente de garder mon calme.

– Tiens-toi droite, m'avait ordonné Rebecca Il faut que tu aies l'air sûre de toi. Ne te laisse pas déstabiliser. La meilleure défense, c'est l'attaque.

– Pourquoi il essaierait de me déstabiliser ?

– Ne cherche pas à comprendre. Sois à la hauteur et dégomme tout !

La concurrence risque d'être rude. Mais j'ai besoin d'y croire. J'ai besoin d'une bonne nouvelle, besoin de réussir quelque chose. Depuis mon amnésie, samedi soir au Démoniaque avec Rebecca, je ne parviens pas à alléger cette tension dans mon estomac. J'ai pourtant suivi les conseils du Dr Colgate à la lettre : j'ai acheté ce fichu carnet et commencé à prendre des notes. Mais comment faire quand on en vient à oublier certains événements avant même de pouvoir les coucher sur le papier ? Jamais encore Becky ne m'avait imposé un black-out de plusieurs heures. Je fredonne *Never Gonna Be Alone* pour me donner du courage et pousse les portes à tambour de l'entrée.

Le hall de l'immeuble est luxueux. Un grand comptoir en marbre y trône. Je m'approche, hésitante.

– Bonjour, mademoiselle. Que puis-je pour vous ?

– Bonjour. J'ai rendez-vous pour un entretien pour le poste d'assistante de direction. Je m'appelle Emma Reyes.

Elle consulte son écran, avant de relever la tête vers moi. C'est une jeune femme rousse aux yeux presque aussi verts que les miens.

– C'est au 45e étage. Vous devez vous présenter à l'accueil de la direction. Prenez ce badge et gardez-le sur vous. Vous nous le restituerez à votre départ.

Je remercie « Elsa » – c'est ce qu'indique son badge à elle – et attache le mien. Les ascenseurs se trouvent à l'autre bout du hall. Il y en a cinq. Un type de la sécurité vérifie mon identité avant de presser le bouton d'appel. Une cabine s'ouvre devant moi.

L'intérieur est à l'image du reste : vaste et soigné. On pourrait faire tenir trente personnes, là-dedans. Les boutons des étages sont dorés, en relief. J'appuie sur le 45. Les portes sont sur le point de se refermer lorsqu'une jeune femme blonde et élancée se faufile à mon côté. Elle est vêtue d'un très joli tailleur bleu nuit assorti à ses yeux et, avec ses talons, elle doit approcher le mètre quatre-vingts. Constatant que nous nous rendons au même étage, elle fixe le badge accroché à la poche de mon chemisier.

– Tu postules aussi auprès de monsieur Anderson ?

– On dirait bien.

– Moi, c'est Melody, annonce-t-elle, la main tendue. C'est la première fois ?

– Première fois que quoi ?

– Que tu postules ? Il ne me semble pas t'avoir déjà vue ici, mais peut-être que nous n'étions pas sur les mêmes créneaux. Comment t'appelles-tu ?

– Emma, réponds-je doucement. (Je lui décoche un regard en coin. Elle ne doit pas avoir plus de vingt-cinq ans.) Ça fait combien de fois que tu te présentes ?

– C'est la quatrième, aujourd'hui. En deux ans, précise Melody avec un sourire.

Je reste silencieuse. Il change si souvent que ça d'assistants ? Est-ce qu'ils partent d'eux-mêmes ou est-ce qu'il les licencie ?

– Sais-tu pourquoi le turn-over est si... important ?

La question m'a échappé, et je regrette aussitôt de l'avoir posée : pas sûre du tout de vouloir connaître la réponse.

– Il a la réputation d'être un patron assez dur. Mon avis personnel, c'est qu'il n'a pas encore trouvé quelqu'un à la hauteur.

L'ascenseur nous libère, et je sens le stress revenir. Je prends une grande inspiration et suis Melody jusqu'à un nouveau comptoir, un peu plus petit que celui du hall. Un homme d'une trentaine d'années, chemise blanche serrée, foulard autour du cou, se lève à notre approche.

– Melody ! Eh bien, je constate que tu ne perds pas espoir !

– Salut, Marcus. Cette fois, c'est la bonne. Tu verras.

Ce dernier ne peut réprimer un petit rire. De l'autre côté du comptoir, une jeune métisse me sourit chaleureusement.

Il enregistre nos noms sur l'ordinateur et nous conduit à un petit salon. Les fauteuils en cuir noir contrastent avec la moquette d'un blanc immaculé. Les autres candidates nous observent. Elles sont presque toutes blondes et semblent sorties d'un magazine de mode. Je ne me sens pas à ma place – avec mes talons, je ne dépasse pas le mètre soixante-dix. Au mur, une série de tableaux contemporains, tous gris, avec du carmin sombre comme unique touche de couleur.

Je m'assieds, frotte les paumes de mes mains sur ma jupe pour atténuer mon angoisse, en vain. Les candidates défilent. Plus le temps passe, moins je me sens à mon aise. Je sors un livre de mon sac mais peine à me concentrer. Je ne peux m'empêcher de regarder les autres. Clairement, elles ont été sélectionnées sur des critères physiques bien particuliers. Et il est évident que j'ai bénéficié d'un passe-droit.

Melody me lance un regard ambigu et reprend sa conversation avec une autre candidate. J'ai l'impression que mes oreilles bourdonnent. Une tonne de questions se bousculent dans ma tête. M. Anderson flirte-t-il avec ses assistantes ? À quel point suis-je prête à ressembler à ces filles pour obtenir ce job ?

Je n'ai rien à faire ici. Sans même m'en rendre compte, je me lève. Je dois partir, mettre un terme à cette mascarade : ce poste n'est pas fait pour moi ; je ne suis pas faite pour lui.

– Mademoiselle Reyes ?

Mon cœur s'emballe. Une femme d'une trentaine d'années, vêtue d'un tailleur rouge sombre, m'observe avec sévérité. Ses cheveux sont coiffés en un chignon très tiré, et la monture de ses lunettes est assortie à sa tenue. Machinalement, je porte une main à mes cheveux bruns, que je n'ai même pas pris le soin d'attacher.

– Vous êtes bien mademoiselle Reyes ? insiste-t-elle, comme si elle était étonnée qu'une personne de mon acabit ait pu être retenue. Je suis madame Cooper. Veuillez me suivre.

Prise de court, je ne peux que lui emboîter le pas. Elle jette un coup d'œil à mes mains.

– Ne soyez pas si nerveuse ; il ne va pas vous manger.

Vient-elle de sous-entendre que M. Anderson fait lui-même passer les entretiens ? Rebecca avait évoqué cette éventualité, mais j'avais préféré chasser l'idée de mon esprit. Mme Cooper appuie sur son oreillette.

– Mademoiselle Reyes est ici, monsieur.

Elle m'ouvre la porte et m'invite à entrer, puis referme derrière moi. J'essaie de respirer calmement, priant pour que Becky ne choisisse pas cet instant pour se manifester.

– Bonjour, mademoiselle Reyes. Je vous en prie, approchez.

Le bureau est immense – aussi grand, sans doute, que mon propre appartement. M. Anderson me tourne le dos et admire la vue sur New York. Il est terriblement impressionnant, et j'ignore comment je vais pouvoir aligner deux mots sans bégayer. Timidement, je m'avance. Sur ma gauche, une table basse et un assortiment de fauteuils.

– Merci de m'accorder cet entretien, dis-je d'une voix que j'espère assurée.

Lentement, il se retourne. Ses yeux d'un bleu intense me rappellent quelque chose – une image floue se superpose à son visage parfait. D'où me vient cette impression de déjà-vu ? Sourcils froncés, je fouille ma mémoire lorsque, soudain, tout me revient d'un coup.

Chapitre 3

Six jours plus tôt.

Après trois ou quatre changements de tenue, nous appelons enfin un taxi, direction le Démoniaque. Rebecca est plutôt du genre persuasif, mais quand il est question de mode, elle se montre carrément impitoyable. Me voici accoutrée d'un body limite transparent et d'une jupe patineuse en cuir noir. J'ai de la chance qu'elle m'ait autorisée à porter mon trench noir le temps du trajet.

Nous arrivons devant le club et je constate avec effroi qu'une foule compacte s'est amassée devant l'entrée. Je me dis qu'on va certainement mourir congelées sur le trottoir avant d'être admises à l'intérieur, mais c'est compter sans le savoir-faire de Rebecca.

– Suis-moi, m'ordonne-t-elle en me tirant par la main.

Elle passe devant tout le monde, et des protestations s'élèvent. Nous arrivons devant le videur. Bras croisés, attendant une explication, il nous observe froidement.

– Rebecca Johnson, annonce mon amie avec son plus beau sourire.

Sur le comptoir derrière lui, le videur attrape une feuille sur son porte-bloc et promène son regard sur ce que je suppose être une liste d'invités. Rebecca s'approche, pointe un nom du doigt et lui murmure quelque chose à l'oreille. L'homme sort un stylo de sa veste et raye le nom en question.

– Passez avec mon collègue pour la vérification des pièces d'identité.

Nous présentons nos papiers au second videur, qui, contrairement au premier, daigne nous sourire, et nous indique la direction du vestiaire.

– Bienvenue dans l'antre du démon ! s'exclame-t-il tandis que nous disparaissons.

Le lieu porte bien son nom. La musique est si assourdissante qu'elle en donnerait presque le vertige. Je suppose que c'est un morceau de trance – en vérité, je ne n'y connais pas grand-chose. Le club est déjà bondé, et la piste de danse, pleine à craquer.

Nous mettons le cap sur le bar et commandons des cocktails.

– Comment t'as fait ça ?

– Mon père connaît le patron, me répond Rebecca, en saisissant le verre que le barman lui présente. Je suis sur la liste permanente. (Elle sirote une gorgée, me tend son breuvage.) Oh, mon Dieu, tu devrais goûter ça. Une pure tuerie !

– Non merci, dis-je, en reluquant d'un air sombre mon propre cocktail sans alcool.

– Allez, quoi ! Déride-toi un peu. Tu survivras, tu sais !

Plus tard, elle m'entraîne sur la piste de danse. Tout le monde semble dans un état second. Transportés par la musique, les danseurs se balancent d'avant en arrière, se tordent et se déhanchent comme s'ils étaient secoués de spasmes. Je m'efforce, en vain, de suivre le mouvement. Rebecca me regarde, un sourire aux lèvres. Elle se retient de rire. Bientôt, elle s'approche et crie à mon oreille :

– Je crois que tu as vraiment besoin de te lâcher un peu, ma vieille !

Elle rit franchement et rejoint la foule en délire. Elle a peut-être raison. J'ai choisi New York parce que je pensais que tout y serait possible, et me voilà, au beau milieu d'une boîte de nuit, raide comme un piquet, frissonnant à l'idée même de tenter une nouvelle expérience.

J'ai vingt et un ans et, si l'on excepte le traditionnel verre de champagne du Nouvel An en famille, je n'ai jamais bu une goutte d'alcool.

Il faut dire que Becky a débarqué pile pendant la période des premières fêtes au lycée ; évidemment, je n'y étais jamais invitée.

Je quitte la piste de danse, regagne le bar.

– Un autre cocktail sans alcool ou un vrai truc ? me demande le barman, sur un ton narquois.

Sans attendre ma réponse, il se lance dans la préparation d'une boisson mystérieuse. Je lui souris, timide. Sur la piste de danse, Rebecca me fait signe de la rejoindre.

– Blood song, fait le barman en posant devant moi un verre rempli d'un liquide rouge très sombre. Cadeau de la maison. Oh, et fais-moi plaisir, ajoute-t-il avec un clin d'œil : profite de ta soirée.

Il s'éloigne, et je trempe mes lèvres dans la mixture. Légèrement épaisse, cette potion, mais incroyablement bonne : on sent à peine le goût de l'alcool.

À peine ai-je le temps de terminer mon verre que Rebecca déboule de nouveau pour m'attirer vers la piste.

Au début, je tente de suivre le mouvement collectif, mais ce n'est pas encore ça. Puis, peu à peu, une étrange chaleur m'envahit, et cette danse, que je trouvais bizarre quelques minutes plus tôt, ne l'est plus tant que ça. Je commence enfin à m'amuser et, bon sang, ça faisait longtemps que ça ne m'était pas arrivé.

– Tu es toute rouge. Tu ne veux pas sortir un peu ? me propose tout à coup Rebecca.

Ses yeux bleus sont rougis, probablement à cause des fumigènes du club, ou de l'alcool. Je ne sais plus depuis combien de temps nous sommes ici ni combien de verres j'ai bus, mais elle a raison : j'ai besoin de prendre l'air.

J'entreprends de m'extraire de la foule, sans pour autant m'arrêter de danser.

– Tu veux que je t'accompagne ? me demande mon amie, sourcils froncés.

– Non, t'inquiète. Je vais en profiter pour envoyer un message à Jonathan. Lui dire qu'on ne va pas tarder.

– Embrasse-le de ma part, répond Rebecca avec un sourire, avant de retourner sur la piste de danse.

Je récupère mon manteau au vestiaire et précise au videur que je ne sors que quelques minutes. Il me tamponne la main.

Dehors, enfin ! Paupières closes, je savoure un instant la fraîcheur de l'air nocturne avant de saisir mon téléphone. 3 h 12, déjà. Tout est silencieux, dans la rue, aucune voiture, pas le moindre passant – juste un léger bruit de fond provenant du club. Mains dans les poches, je rejoins un banc, quelques mètres plus loin. Je m'assieds et me mets à écrire un SMS à mon frère :

> Je vais bien, je rentre bient...

Je m'interromps et tends l'oreille. Il me semble avoir entendu un gémissement. Non, j'ai dû rêver car le silence règne. Après une hésitation, je reprends l'écriture de mon SMS :

> **Emma Reyes – Aujourd'hui 03:12**
> Je vais bien, je rentre bientôt, je t'aime.

Un gémissement plaintif. Cette fois, je le perçois nettement. Je me retourne. Ça venait de cette ruelle derrière moi. J'entends un « Pitié » étouffé, celui de quelqu'un qui n'a plus la force de crier. Ma gorge se serre. Je n'ai pas envie de savoir ce qui se passe, mais je ne peux pas non plus rester ici sans rien faire.

Je jette un coup d'œil au Démoniaque, espérant apercevoir un videur, mais le type doit être resté dans l'entrée du club, je ne le vois pas, et lui ne me voit pas non plus. La peur bourdonne à mes oreilles. Si je vais chercher de l'aide, il sera sans doute trop tard. Respirant un grand coup, grisée par l'alcool, peut-être, je prends mon courage à deux mains et m'approche à pas de loup.

Les gémissements ont cessé. Je me demande si je n'ai pas été victime d'une hallucination, en fin de compte. Je ne bois jamais, ça ne serait pas étonnant que je souffre de ce genre d'effet secondaire. Mais peut-être que non. Peut-être qu'il y a réellement une personne blessée dans cette ruelle, et même à l'agonie.

– Il y a quelqu'un ? Vous allez bien ? lancé-je en m'approchant de la ruelle.

L'éclairage est faible, un lampadaire grésille, puis s'éteint – sans doute un faux contact. J'ai l'impression d'être le personnage principal d'une série télé au rabais. Je me frotte les yeux – tant pis pour le mascara. Tout semble si… réel. Soudain, j'aperçois la silhouette d'une personne appuyée contre une poubelle, près du mur.

– Tout va bien ? Vous avez besoin d'aide ? demandé-je à nouveau.

Soudain, je trébuche et bascule en avant. Mes genoux percutent le sol, et j'étouffe un cri. Portant une main à ma rotule, je jure en silence. Apparemment, je saigne ; j'espère que ce n'est pas trop sérieux.

La silhouette qui se trouvait près de la poubelle, à quelques mètres de moi, se détache du mur. C'est un homme. Impossible de distinguer son visage.

Je baisse les yeux sur ce qui m'a fait trébucher et réalise qu'il s'agit d'un cadavre. Celui d'une jeune femme. Son visage est tourné vers moi, et un liquide sombre poisse ses vêtements.

Je comprends que le sang sur mon genou n'est pas le mien. Cette femme a été tuée. Et l'assassin est très certainement cet homme.

Je n'ai pas la force de hurler. Je regarde mes mains, puis le visage de cette femme. Je halète, mon cœur menace d'exploser. Lentement, je relève la tête, et mon regard trouve deux yeux d'un bleu très foncé. Comment diable cet homme a-t-il fait pour se déplacer aussi vite et sans un bruit ?

Sa bouche est maculée de sang. Il ne parle pas et pourtant c'est comme si je l'entendais. Des instructions silencieuses s'imposent dans ma tête. Sa main me caresse le visage et je devine qu'il laisse une marque ensanglantée sur ma joue. La lumière du néon se rallume, et soudain son regard bleu devient carrément noir. Il sourit, et deux canines anormalement longues apparaissent.

Je ne peux plus ni bouger ni parler. Cependant, c'est étrange : à cet instant précis, je ne crains plus de mourir. Tout me semble terriblement paisible...

Chapitre 4

Le souvenir de cette nuit me plonge dans l'angoisse. Ma poitrine se comprime sous le poids de la panique, je n'arrive plus à respirer, je vais m'évanouir, ici, maintenant. Aligner deux pensées cohérentes est au-dessus de mes forces.

Je suis partagée entre l'envie de partir en courant et celle de rester ici et défier Becky. Cela ne peut pas être réel.

Andrew Anderson me fixe toujours, impassible. Je tente de garder une attitude naturelle malgré ce cri d'effroi qui ne demande qu'à sortir de ma gorge.

– Emma Reyes, c'est bien ça ?

Je déglutis, parviens à acquiescer. Suis-je capable de prononcer un mot ? Je serre mes doigts pour les empêcher de trembler. Surtout, ne pas se trahir.

Il désigne son bureau, m'invitant à m'installer. Il joint ses mains sur la surface en chêne. Derrière lui, des vitres immenses, New York en majesté. Je laisse mon regard balayer les buildings. Tout plutôt que de croiser ses yeux bleu acier. Se souvient-il de moi ? Il n'en donne pas l'impression.

– Un diplôme d'études supérieures obtenu en deux ans ?

– Oui, réponds-je à mi-voix.

Son regard est moins méfiant qu'inquisiteur. Il replonge dans mon CV, et je ne peux m'empêcher de fixer sa bouche. Il n'a pas souri une seule fois. S'il le faisait, pourrais-je y voir deux canines plus longues que le reste de sa dentition ? La peur me tenaille, une myriade d'hypothèses se bousculent dans ma tête.

Je prie pour qu'il mette mon trouble sur le compte du stress. Après tout, il doit avoir l'habitude de déstabiliser les gens.

Il relève la tête.

– Pourquoi Anderson Corporation ? demande-t-il.

J'ai tant de choses à répondre. Je pourrais lui expliquer, par exemple, à quel point je trouve incroyable leur projet d'application mobile Giveblood, qui permet de localiser les donneurs de sang disponibles aux alentours. C'est d'ailleurs l'une des principales raisons qui m'ont poussée à suivre de près les travaux de cette entreprise. C'est vrai, je suis admirative mais, en cet instant, je me sens incapable de me montrer enthousiaste. Je voudrais quitter ce bureau, oublier ce que j'ai vu dans cette ruelle au plus vite, et ne plus jamais recroiser cet homme. Mais si je n'avais rien vu du tout ? Si je devais ces images affreuses à Becky ? Ma raison s'effrite. Tout ce que je sais, c'est que je suis peut-être en train de passer à côté de l'opportunité de ma vie à cause d'une stupide hallucination.

Respire, me dis-je, reprends-toi.

– J'ai entendu beaucoup de bien de... votre entreprise et je... j'ai envie de travailler dans un établissement... réputé, dis-je, en cherchant mes mots.

M. Anderson émet un rire poli, puis esquisse un sourire, révélant des dents parfaitement droites. Aucune canine anormalement protubérante. Mais alors, comment... ?

– Vous n'êtes pas la seule, mademoiselle Reyes. Ce que je voudrais savoir, c'est ce qui rend votre candidature vraiment différente, selon vous ?

Il est sec et froid. Sûr de lui, aussi. Jeune, séduisant. Je lui donne vingt-cinq ans maximum et, pourtant, il devrait être plus âgé.

– Je suis motivée, déterminée, et je pense que... que j'ai de bonnes idées à apporter.

Peut-être se joue-t-il de moi. Peut-être m'a-t-il reconnue. Va-t-il se jeter sur moi ? Calme-toi, Emma... respire...

Il reste silencieux, s'humecte les lèvres.

– Lesquelles ?

J'ai la gorge sèche, et je ne peux m'empêcher d'entortiller mes mains, qui sont toujours aussi moites. J'ai chaud, je me retiens de passer une main sur ma nuque pour essuyer la pellicule de sueur qui s'y est formée.

– Concernant l'application Giveblood, par exemple. On pourrait envisager un partage sur les réseaux sociaux, histoire de dire quand on a donné son sang et d'encourager d'autres personnes à... euh, eh bien, à télécharger l'application pour devenir donneuses à leur tour...

Son regard ne me quitte pas. Il reste silencieux. Certains détails de cette fameuse nuit ne cessent de me revenir, perturbant mon explication. Pourquoi n'a-t-il plus ces longues canines ? Pourquoi ? Pourquoi ? Pourquoi ?

– Il serait également intéressant d'offrir des gratifications… à ceux qui donnent leur sang… Établir des classements…

– Continuez, soupire-t-il.

– Je sais très bien que donner son sang ne relève pas de la compétition, mais l'être humain a besoin de défis, non ? Et si on pouvait inciter les gens à donner plus souvent…

Il se mord la lèvre inférieure. Est-ce qu'entendre parler de sang l'excite ? L'image de sa bouche maculée d'hémoglobine refuse de quitter mon esprit. Non, rien de tout cela n'a pu se passer, c'est impossible. Je ne veux pas y croire.

– Très intéressant, mademoiselle Reyes. Toutefois, les idées ne suffisent pas, de même que d'excellentes notes aux examens ne font pas d'un candidat un employé compétent.

Je le fixe sans mot dire. Et un physique avantageux, est-ce que ça peut suffire ? Je me retiens de lui poser la question. Quelque chose est en train de changer dans son comportement. Il me teste, je le sens. Il attend probablement que je me défende, que je fasse preuve de détermination. J'en suis incapable, je n'y arrive pas. Je n'ai plus aucune énergie. Je suis mortifiée.

– Pour travailler dans mon entreprise, une certaine dose de férocité est nécessaire. Vous semblez fragile, peu sûre de vous. Qui me dit que vous aurez les épaules assez larges pour m'assister ?

– Je pense que tout peut s'apprendre et que ce n'est qu'une question d'adaptation…

Ce n'est pas la réponse qu'il attendait. Il se lève, et je

m'agrippe à mon siège. Si je pouvais fusionner avec ce fauteuil et disparaître sous le tissu, je le ferais, mais je ne peux que m'accrocher à cet objet et prier en silence. Mon cœur se met à palpiter au-delà des limites du raisonnable. Je me redresse discrètement tandis qu'il s'assoit sur le bord de son bureau, juste en face de moi.

– Je vous intimide, n'est-ce pas ? (Il ne me laisse pas le temps de répondre.) Je suis pourtant certain que vous êtes pleine de ressources, affirme-t-il en se relevant.

Il appuie sur le bouton d'un interphone. La voix de la femme au tailleur rouge lui répond quasi instantanément.

– Monsieur Anderson ?

– Cecilia, nous en avons terminé, ici.

– Très bien, monsieur, je vous envoie la candidate suivante.

Je sens mon estomac se contracter quand il s'approche de moi pour me guider vers la sortie. Des émotions contradictoires m'assaillent. Qui est-il, en vérité ? Je cligne des yeux pour me ressaisir, mais le résultat n'est pas celui escompté, je revois à nouveau la ruelle sombre qui s'empare de mon esprit, avec ce visage carnassier qui me dévore du regard.

Il me tend sa main pour mettre officiellement fin à cette entrevue. Je la serre vigoureusement pour camoufler mes tremblements, espérant qu'il ne remarque pas la moiteur de ma paume.

Je quitte son bureau et j'ai la sensation que l'entretien a duré des heures. En réalité, il ne s'est écoulé que dix minutes. Je me dirige vers l'ascenseur, en essayant de ne pas avoir l'air trop pressée. Une fois les portes refermées, je pousse le soupir de ma vie. J'ai l'impression d'avoir retenu mon souffle pendant tout ce temps.

La descente est interminable. Et si M. Anderson empruntait l'escalier de service ou un autre ascenseur et m'attendait en bas, dans le hall d'entrée ? Et s'il s'en prenait à moi ? Non, tenté-je de me rassurer, pas avec tous ces témoins.

Les portes s'ouvrent enfin, et je me précipite, marchant à grands pas jusqu'aux portes à tambour de l'entrée. Dans ma hâte, je rentre dans quelqu'un. Je relève la tête et tombe sur une paire d'yeux bleus qui me rappellent M. Anderson. Je sais bien que ce n'est pas lui, mais pendant une fraction de seconde, l'angoisse me submerge. Il faut que je sorte d'ici.

– Pardonnez-moi, soufflé-je, en ramassant mes affaires avant de prendre la fuite sous le regard interloqué de l'inconnu.

Chapitre 5

Mon lit est trempé de sueur. Mon sommeil fut agité, rythmé de cauchemars avec comme personnage principal M. Anderson. Je pensais qu'après une nuit de repos mes idées seraient plus claires, que la réalité s'imposerait à moi. Ce n'est pas le cas. Une douche froide ? Rien à faire. Cette ruelle me hante encore et ne veut pas s'en aller.

Assise à la table de la cuisine, je bois ma première tasse de café de la journée tout en regardant Jonathan se servir un bol de céréales. Il a travaillé tard, la nuit dernière : les cernes qui creusent son regard sont plus prononcés que d'habitude.

– Alors, demande-t-il en s'asseyant près de moi, tu vas te décider à m'en parler, de cet entretien ?

– Je ne pense pas que j'aurai le poste... C'est vraiment un univers particulier, tu sais. Pas sûr que je m'y plairais, rétorqué-je en espérant que cette réponse lui suffise.

– Mais qu'est-ce que tu racontes ? Tu étais super enthousiaste à l'idée de bosser là-bas. Il s'est passé un truc ? insiste-t-il, la bouche à moitié pleine.

Raté.

– Il ne s'est rien passé, Jonathan. C'est juste que... tout est tellement « waouh »... Tout ça est sans doute trop pour moi.

J'espérais naïvement éviter le sujet de l'entrevue, craignant de ne pouvoir contenir mes émotions... Jonathan vient s'accroupir devant moi et saisit mes mains dans les siennes.

– Hé, hé, regarde-moi.

Il sait que quelque chose ne va pas, mais il sait aussi qu'il ne sert à rien de me brusquer. Nous nous dévisageons en silence.

– J'ai foi en toi, sœurette. Je suis persuadé que l'entretien s'est mieux déroulé que ce que tu penses.

Le sourire que je lui offre est sincère. Je suis heureuse de l'avoir à mes côtés. New York sans lui ? Même pas en rêve. Il me sourit à son tour, et il se lève.

Soudain, je me rends compte à quel point il a grandi. Il a vingt-trois ans, à présent, et il est devenu un homme. Et plutôt séduisant, d'ailleurs. Fini le garçon maigrichon du lycée, avec ses lunettes et son acné. Qui aurait cru qu'une telle transformation pourrait s'opérer en lui ?

Son teint est hâlé, il est grand et musclé, une mèche de cheveux bruns retombe sur son visage.

Il plante un baiser dans mes cheveux. Le même sourire que celui de maman.

– Merci, dis-je doucement. Quel est ton programme du jour ?

– Je suis censé rejoindre Jason à la salle de sport, et puis on doit aller voir un match de basket. Mais si tu veux, on peut faire quelque chose ensemble, à la place. Tu en dis quoi ?

– J'ai promis à Rebecca de pique-niquer avec elle à Central Park.

– Et ensuite ?

Il s'inquiète de me laisser seule, ça se voit.

– Je ne sais pas encore, mais il y a des chances que Rebecca vienne à la maison. Ne t'en fais pas, Jonathan, sors ! Tout ira bien pour moi. On fera un truc ensemble demain, OK ?

– Tu es sûre ? Je veux dire : tout va bien ?

– Si je te le dis.

Nous finissons de déjeuner en silence, devant la télévision, que mon frère prend le soin d'allumer chaque matin sur la chaîne d'info.

Mon sang se glace.

– Encore ? Ça n'arrête pas, ces temps-ci ! s'exclame mon frère en terminant son bol de lait.

Un avis de recherche défile. Une jeune femme du nom d'Ashley McBee a disparu dans la nuit de samedi à dimanche, sa photo paraît à l'écran. Ma tête tourne. Une blonde aux yeux bleus, très belle. Solaire, souriante. Et, bien sûr, je ne peux pas *ne pas* la reconnaître. Parce que c'est la femme qui se trouvait dans la ruelle le soir où j'ai croisé M. Anderson pour la première fois. Je revois encore son visage baignant dans cette flaque de sang… Il s'est nourri de sa vie. Il a détruit l'avenir qu'elle portait. Il l'a tuée, et son corps n'a pas été retrouvé… S'affichent alors d'autres visages. Une voix rappelle que onze autres jeunes femmes se sont évaporées dans des circonstances similaires ces derniers mois. À l'heure qu'il est, il ne fait aucun doute qu'elles sont mortes. Et il ne fait aucun doute non plus que les familles n'ont pas réussi à faire leur deuil. Sans corps, le doute subsiste toujours.

C'en est trop...

Je me précipite dans les toilettes pour vomir.

Qui donc est réellement M. Anderson ?

*

Mon frère parti, je ressens soudain le besoin de noircir mon carnet. Hier, j'étais sous le choc, je n'en ai pas pris le temps.

Le problème, c'est que le carnet en question a disparu. Je vide mon sac sur mon lit. Je fouille ma chambre, en scrute les moindres recoins, ouvre les tiroirs de mon bureau : rien. Je commence à paniquer. J'ai raconté ma vie à ce journal : l'annonce de mon diagnostic, mes premières angoisses, mes terribles années de lycée. Il regorge d'émotions personnelles, et l'idée qu'une personne puisse tomber dessus me rend littéralement malade. Je savais que c'était une mauvaise idée d'écouter Colgate... Sans doute l'ai-je laissé tomber à l'intérieur de l'immeuble d'Anderson Corp.

J'ai envie d'hurler : de frustration, de colère. Quelle imbécile ! Jamais je n'aurais dû le prendre avec moi. Je bourre mes coussins de coups de poing pour me défouler, mais ça ne suffit pas. Mes mains commencent à trembler, et un sifflement aigu résonnant dans ma tête m'arrache un gémissement de douleur. Je fonce à la salle de bains, fais passer deux antalgiques avec l'eau du robinet, m'assieds à même le carrelage, attendant que la crise passe. Le sifflement s'efface progressivement, les tremblements cessent.

La sonnerie de l'entrée me fait sursauter. Je chasse les larmes de mon visage et vais ouvrir. Rebecca se tient sur le seuil, tout sourire.

– Ne me dis pas que tu as oublié notre pique-nique.

Ses bras sont chargés de courses. Je m'écarte pour la laisser passer, et elle dépose ses sacs sur le comptoir de la cuisine.

– Tu as l'air patraque. Tout va bien, ma belle ?

Elle sort un saladier du placard.

– Nuit pourrie, c'est tout.

– À cause de l'entretien ?

– Oui. Enfin, non, disons que...

– Comment ça s'est passé ?

– Pas très bien, je pense.

– Est-ce que tu t'es sentie déstabilisée ?

– Pas mal...

– C'est vrai qu'il est plutôt beau garçon.

– Rebecca ! m'exclamé-je en la foudroyant du regard.

– Oh, je t'en prie ! Tu ne l'as pas trouvé à ton goût ?

– Mais ce n'est pas la question !

La sonnerie de l'entrée retentit de nouveau. J'essuie mes mains sur un torchon et colle mon œil au judas. Des yeux bleus. Je manque de défaillir. Je me plaque dos à la porte, la panique me saisissant l'estomac.

– C'est qui ? s'écrie Rebecca depuis la cuisine.

Est-il capable de m'entendre respirer, de l'autre côté de la porte ? Serait-il assez fort... pour l'enfoncer ? Non, c'est absurde, je dois arrêter de penser à ça. Ce n'est pas lui, sur le palier, c'est impossible. Becky me joue un tour.

Je prends mon courage à deux mains et regarde une nouvelle fois par l'œilleton. Alors, seulement, je le reconnais : c'est le jeune homme que j'ai bousculé la veille dans le hall d'Anderson Corporation.

De nouveau, il enfonce la sonnette.

– Emma, qu'est-ce que tu fous ? s'exclame mon amie en me rejoignant.

J'ajuste une mèche de cheveux et ouvre la porte. L'inconnu me sourit avec bienveillance. Grand, des cheveux blond foncé, des yeux d'un bleu éclatant.

– Bonjour. Désolé de vous importuner, mais je suis venu vous rapporter ceci, annonce-t-il en me tendant mon carnet de cuir bleu. Vous l'avez laissé tomber hier.

– Mon journal ! m'écrié-je en m'en emparant comme s'il s'agissait de la septième merveille du monde. Merci beaucoup, vraiment !

– Je m'appelle Matthew, dit-il. Vous, c'est Emma, n'est-ce pas ?

– Oui, mais... comment vous savez ça ? Et, au fait, comment avez-vous trouvé mon adresse ?

Il me sourit à nouveau.

– Je ne suis pas un sociopathe, je vous rassure. J'ai simplement demandé votre nom et votre adresse à la dame de l'accueil. Qui, d'ailleurs, me fait vous dire que vous devrez penser à lui rapporter votre badge visiteur.

– C'est vrai. Je suis partie si vite que j'en ai oublié ce détail, m'excusé-je en me triturant les mains.

– Vous sembliez fuir quelque chose, continue-t-il, avec un air amusé. Je me trompe ? Ou bien vous étiez simplement pressée.

Je soutiens son regard sans pour autant lui répondre.

Sous son manteau, il porte un costume. Le pli de son pantalon est parfait, ses chaussures sont impeccablement cirées. Pourquoi une tenue aussi solennelle, un samedi matin ? Nous nous sourions, et un silence embarrassant s'installe. J'ai du mal à détacher mon regard du sien.

J'agite le carnet, troublée.

– Je ne sais pas comment vous remercier.

– Vous pourriez accepter de boire un verre avec moi ?

– Pardon ?

Il s'amuse de ma gêne, et le rouge me monte aux joues. Oui, je le trouve séduisant, mais à quoi bon ? Je sais mieux que personne quelle épreuve ce serait d'avoir une relation avec moi.

– Disons que...

– Oui ! Oui ! Elle en serait très honorée ! s'exclame Rebecca à mon côté. (Matthew rigole. J'attrape mon amie par le poignet, mais cela ne l'empêche pas de continuer.) N'est-ce-pas, Emma ?

– Eh bien... (Rebecca me pince le bras et j'étouffe un juron.) Excusez-moi, Matthew, c'est juste que... votre proposition m'a surprise, mais ce serait avec plaisir.

Son regard passe de Rebecca à moi, puis de moi à elle. Son sourire se fait charmeur.

– Je n'invite pas systématiquement toutes les jeunes femmes qui me rentrent dedans, si c'est ce que vous craignez.

– J'espère bien !

– Je passe vous prendre à 21 heures ?

– Ce soir ?

– C'est parfait ! répond Rebecca à ma place.

Je la foudroie du regard, et Matthew continue de sourire.

– Alors... à ce soir, Emma ?

– À ce soir.

*

Le vent est un peu frais, ce jour-là à Central Park, mais le soleil darde ses rayons sur les pelouses, réchauffant les nombreux badauds venus pique-niquer. Rebecca me raconte les derniers potins de sa librairie en avalant des tomates cerises.

Une fois ma salade terminée, je commence à griffonner sur une page vierge de mon carnet. Mon amie, elle, a choisi l'option bronzette.

En quelques coups de crayon, l'image de M. Anderson apparaît. Je ne sais pas trop pourquoi, j'ai le sentiment qu'il m'obsède.

J'ajoute quelques traits et considère le résultat. Il a du sang autour de la bouche, et son regard n'a rien de bienveillant. Sans parler de son sourire : je lui trouve quelque chose de carnassier. Il est vêtu de noir, de la tête aux pieds. Veste en cuir, tee-shirt, un jean sombre... Pour les chaussures, j'ai dessiné des bottes, mais la vérité, c'est que je ne me rappelle pas ce qu'il portait cette nuit-là. En revanche, je me souviens parfaitement qu'il était décoiffé – tout le contraire de son apparence lors de l'entretien.

Rebecca se redresse.

– Tu ne veux pas t'allonger un peu ? Quand je vois comment ton frère est mat de peau, je me demande parfois si vous avez les mêmes parents. Viens donc par ici.

Je ferme mon carnet, le range dans mon sac et m'étends à son côté.

– Tu comptais vraiment refuser l'invitation de Matthew ?

– Oui.

– Mais pourquoi ? Il te plaît, ça crève les yeux. Tu aurais dû voir ta tête quand tu as ouvert la porte !

Si elle savait pourquoi je faisais cette tête-là...

– C'est compliqué.

– Compliqué comment ?

– Je n'ai jamais eu de relation amoureuse, Rebecca. Je... En fait, ce sera même mon tout premier rendez-vous.

– Écoute, ma belle, si un jour tu consens à m'expliquer par quel prodige aucun mec n'a jamais daigné t'inviter jusqu'à présent, je serai ravie d'entendre ton histoire, sans rire. Tous ces gars que tu as croisés en Pennsylvanie devaient être de sacrés abrutis !

J'émets un rire léger. Ça me fait du bien d'avoir une amie comme Rebecca, aussi enjouée, aussi bonne vivante.

– Tu sais que tu peux tout me dire, hein ? insiste-t-elle. Si jamais tu as besoin de te confier à moi, si quelque chose ne va pas...

– Je sais. Mais je t'assure, tout va bien.

– Âmes sœurs, tu te souviens ?

Je souris. Lors de notre toute première rencontre, dans sa librairie, Rebecca a décrété que nous étions des âmes sœurs, réunies grâce à la magie d'Internet. Parfois, je m'en veux de ne lui avoir toujours pas avoué que je suis malade. L'honnêteté est l'un des fondements de l'amitié, et cependant... Je n'ai pas envie que Becky me vole cette relation en plus de tout le reste.

– Âmes sœurs, affirmé-je, accrochant mon petit doigt au sien.

– Tu as réfléchi à ce que tu allais mettre ce soir ?

– Pas encore, mais...

– Urgence catégorie 4 ! décrète-t-elle en sautant sur ses pieds. On remballe tout !

– Tu veux aller où ? demandé-je en me relevant à mon tour.

– Faire du shopping, rétorque-t-elle en m'entraînant vers la bouche de métro la plus proche. Je préfère ne même pas penser à l'état de ta garde-robe.

Les souvenirs vont et viennent.

Parfois, j'aimerais en oublier certains, pour toujours.

Je ne sais pas ce qui est le pire : que tout cela se soit réellement passé ou que je sois en train de devenir folle.

Chapitre 6

Une dernière fois, je fixe mon reflet dans le miroir. On sonne – il est 21 heures pile. On dirait bien que Matthew est du genre ponctuel. Je me sens nerveuse au moment d'ouvrir la porte, mais son sourire bienveillant m'apaise presque instantanément.

– Tu es ravissante.

Je le remercie et referme derrière moi avant de le suivre jusqu'à une berline noire. Un chauffeur nous attend.

Pendant la majeure partie du trajet, nous restons silencieux. Je suis intimidée et, comme je ne trouve rien d'intelligent à dire, je me contente de regarder au-dehors. Matthew tente de détendre l'atmosphère à plusieurs reprises, en plaisantant ou en me complimentant.

– On va où ? finis-je par demander.

– Le Démoniaque. Tu connais ?

J'acquiesce en silence, mais mon cerveau s'emballe. Les souvenirs affluent et je m'efforce de garder une contenance. M. Anderson sera-t-il de nouveau là ? Ce club serait-il son endroit préféré pour… pour ôter la vie à ces jeunes femmes ? Ou bien change-t-il constamment de lieu ? J'essaie de sourire à Matthew.

À l'approche du club, la voiture commence à ralentir, et je reconnais les lieux – la fameuse ruelle. Les poils de mes avant-bras se hérissent.

Comme la semaine dernière, une longue file d'attente s'étire devant l'entrée. La plupart des jeunes femmes sont légèrement vêtues. Les malheureuses ! Je grelotte déjà à l'idée de quitter le véhicule – et j'ai opté pour une tenue plutôt chaude.

– On va passer par-derrière, lâche Matthew tandis que la voiture dépasse l'entrée principale.

La berline s'arrête, et le conducteur sort pour nous ouvrir la portière. Matthew pose une main sur mon dos, me guide vers une porte, près de laquelle est posté un homme vêtu de noir. Un videur, j'imagine, qui se raidit en reconnaissant Matthew et nous laisse entrer sans un mot.

Nous nous trouvons dans une zone privée du Démoniaque, qu'un rideau imposant isole du reste du club. La musique y est moins forte, et des lanternes noires, accrochées aux murs de pierre brute, diffusent une lumière bleutée. Des couples et des groupes d'amis, confortablement installés dans des fauteuils capitonnés, discutent en sirotant des cocktails. Matthew m'invite à m'asseoir.

– Tu as envie de boire quelque chose ? demande-t-il en prenant place en face de moi.

– Je veux bien. Un blood song, si possible.

– Excellent choix.

Il lève la main, et un grand type noir s'approche. Il est mince, tête rasée, maquillé. Son crâne est orné de tatouages.

– Un blood song, s'il vous plaît. Et un A négatif.

L'homme incline la tête et repart comme il est venu. Matthew pose ses mains jointes sur la table et me regarde avec bienveillance.

– Parle-moi de toi : j'ai envie de te connaître.

– Qu'est-ce que tu veux savoir ?

– Tout ce que tu voudras bien me dire.

Il me fixe avec un véritable intérêt. J'hésite un instant, ne sachant trop par quoi commencer. Je ne suis jamais à l'aise quand il s'agit de parler de moi.

– Je suis née en Pennsylvanie... à Pittsburgh... mais j'ai toujours vécu à Butler, une petite ville, à une trentaine de minutes. J'ai vingt et un ans, et il y a bientôt six ans, j'ai été diagno...

Je m'arrête net. J'étais sur le point de dire à cet homme ce que je me suis juré de ne révéler à personne. C'est étrange, parce que ça m'est venu naturellement, comme si Becky, au fond, était tout ce qui me caractérisait. J'ai la désagréable impression que ma tête est coincée dans un étau. Je me déteste, et je déteste Becky plus encore. Comment une maladie peut-elle prendre une place aussi importante chez quelqu'un ? Je ne suis pas Becky : je suis Emma. Je respire un grand coup.

– Diagnostiquée ? demande-t-il après un moment de silence.

– Oui, pardon : diagnostiquée grande passionnée de littérature ! Ce que je préfère, c'est la romance fantastique.

– Genre *Twilight* ?

– Entre autres, rétorqué-je en avalant une gorgée du cocktail que le serveur vient de m'apporter. Mais il n'y a pas que ça.

– Et alors tu es plutôt vampire ou loup-garou ? s'enquiert-il, espiègle.

J'aime parler littérature : je me sens tout de suite beaucoup plus à l'aise lorsqu'il est question de discuter d'un livre. Je pose mon menton sur mon poing.

– Hum... Je dirais vampire. Je me suis toujours dit que pour sortir avec un loup-garou, il fallait avoir un petit côté zoophile.

Matthew me dévisage un instant avant d'exploser de rire. Bientôt, je m'esclaffe avec lui. Ça fait tellement de bien, de me lâcher comme ça avec quelqu'un que je connais à peine.

– Et ça fait longtemps que tu es à New York ? finit-il par reprendre.

– Non, depuis le début de l'été. Et toi, tu es né ici ?

– Pas du tout, mais ça fait un moment que j'y vis.

– Tu as quel âge, sans indiscrétion ?

– Vingt-six ans, lance-t-il avant de porter son verre à ses lèvres.

Je regarde le liquide rouge disparaître peu à peu. Je le trouve épais, et plutôt sombre. On dirait vraiment du sang. Décidément, ce club pousse l'ambiance jusque dans ses cocktails.

Nous continuons à bavarder et, à ma grande surprise, je me rends compte que je suis plutôt à l'aise. J'ai rapidement oublié ma gêne. Je me sens bien avec lui. J'apprends qu'il adore la nature et la randonnée, qu'il est venu s'installer à New York pour ses études, puis pour le travail. Le week-end, il va parfois à Harriman State Park, où il possède un chalet. Apparemment, l'endroit est magnifique – des lacs immenses, des forêts à couper le souffle, le tout à une heure de route de la ville. Il va là-bas pour se ressourcer, me dit-il. Il me confie ne pas être un grand lecteur. Il est plus porté sur le grand écran.

– Et toi, tu aimes le cinéma ?

– Pour être honnête, je n'y suis pas allée depuis longtemps. Et chez moi, je regarde assez rarement des films. Je préfère vraiment les livres. La liberté d'imaginer les choses comme je le souhaite. Tu vois ce que je veux dire ?

Il répond quelque chose, mais je n'entends pas quoi. Je sens un regard peser sur moi. Une étrange chaleur se propage à travers mon corps. Soudain, je le vois, assis au fond de la salle. Mon cœur s'emballe. Trois jeunes femmes blondes se tiennent à ses côtés. Elles sont accrochées à lui comme à un morceau de viande, et il reste là, impassible, me fixant droit dans les yeux. Il ne paraît pas le moins du monde embarrassé, et je crois même le voir esquisser un sourire. Mes oreilles bourdonnent.

– Ah, mon frère, soupire Matthew en suivant mon regard. Incapable de se contenter d'une seule nana !

Je manque de recracher la gorgée que je viens d'avaler et attrape une serviette pour me tamponner la bouche. J'ai dû mal entendre.

– Ton frère ? répété-je, hébétée.

– Eh oui : on ne choisit pas sa famille, dit-il avec un sourire, levant son verre comme pour trinquer à cette évidence.

Soudain, je regarde différemment le verre à moitié plein de Matthew. Je ne peux m'empêcher de penser que cette boisson écarlate dont il s'abreuve est du sang. Mais non, Matthew ne peut pas être lui aussi un... un... Non, je ne peux pas formuler ce mot. Je serre mes mains, qui se sont mises à trembler.

– Je ne comprends pas que l'on puisse jongler entre plusieurs femmes, lâche-t-il. Il y a déjà tellement à prendre et à donner avec une seule...

– Tu le penses vraiment ?

– Oui – je suis un peu vieux jeu à ce niveau-là.

– C'est... tout à ton honneur, articulé-je péniblement.

À présent, je fixe avec insistance sa bouche lorsqu'il me sourit, comme si des canines tranchantes allaient en jaillir et me lacérer la gorge. Cache-t-il bien son jeu ou est-il inoffensif ?

Je voudrais rentrer chez moi. Andrew a disparu et j'angoisse. Je ne cesse de me demander ce qu'il est en train de faire – s'il n'est pas en train de tuer l'une de ces jeunes femmes, peut-être même les trois.

– Merci pour cette soirée, dis-je, mais je pense qu'il est temps pour moi de partir. Je commence à être fatiguée, et je ne suis pas sûre d'être de bonne compagnie si je me mets à piquer du nez.

Il me considère, intrigué.

– J'espère que ce n'est pas moi qui t'endors, au moins, me taquine-t-il.

– Absolument pas : j'ai adoré discuter avec toi.

Il se lève, et nous nous dirigeons vers la porte par laquelle nous sommes entrés. À peine l'avons-nous franchie que la berline noire apparaît. Matthew me tient la portière ouverte et je m'engouffre à l'intérieur. Il s'installe à mon côté. Le chauffeur se retourne.

– Où est-ce que je vous dépose, M. Anderson ?

Matthew me fixe brièvement. Je sens, à son regard, qu'il aimerait me proposer quelque chose – aller chez lui, peut-être ? Finalement, il se contente de me sourire.

– Nous raccompagnons Emma chez elle, Gary.

– Très bien, monsieur.

Nous démarrons. Ce Gary est certainement son chauffeur attitré. Matthew est-il aussi riche que son frère ? Travaillent-ils ensemble ? A-t-il... A-t-il déjà tué des jeunes femmes, lui aussi ? Il regarde au-dehors, et j'en profite pour l'observer. Je n'arrive pas à me dire qu'il est comme Andrew Anderson, pourtant je ne suis pas complètement sereine.

À l'approche du bloc de mon immeuble, la berline ralentit. Matthew me tend une carte de visite.

– On reste en contact ? J'aimerais beaucoup te revoir.

Je prends la carte, la range dans la petite pochette qui me fait office de sac à main. La voiture s'arrête.

– Avec plaisir, réponds-je timidement.

Je sens mon estomac qui se compresse d'un seul coup. Va-t-il m'embrasser avant que je sorte ? En ai-je seulement envie ? Prise de panique, je sors sans demander mon reste. La vitre se baisse alors, et son visage apparaît.

– Bonne nuit, Emma, dit-il d'une voix pleine de douceur.

« Bonne nuit, Matthew » est tout ce que je suis capable de répondre avant de gravir les marches de mon perron.

Je me sens désarçonnée. J'entends déjà les remontrances de Rebecca. Pourquoi avoir pris la fuite ainsi ? Comptait-il réellement m'embrasser ? Je ne le saurai jamais. Alors que je continue à ruminer mes pensées, me voici devant chez moi. Un frisson me saisit tandis que je tourne la clé dans la serrure. La porte n'est pas fermée. Je suis pourtant certaine de l'avoir verrouillée en partant. Mon frère doit déjà être rentré.

– Jonathan ? appelé-je.

Aucune réponse. Je retire mon manteau et mes chaussures, et gagne le salon, téléphone en main, prête à envoyer un SMS d'excuses à Matthew. Mais à peine ai-je franchi le seuil du salon que mon portable m'échappe et s'écrase sur le sol.

Andrew Anderson est là.

Chapitre 7

Assis sur le canapé gris chiné du salon, Andrew m'observe. La lumière des lampadaires pénètre dans la pièce plongée dans la pénombre, donnant à son visage un air menaçant. Deux certitudes s'imposent alors à moi. Premièrement, je n'ai pas imaginé la scène de la ruelle. Deuxièmement, il sait que je l'ai démasqué.

Au fond de moi, je redoutais ce moment depuis le jour où j'ai quitté le building d'Anderson Corporation. Ma tête me dit de fuir, mais mes pieds sont cloués au sol. Use-t-il de son pouvoir ?

– Je vous ai connue plus polie, Emma. Que vous arrive-t-il ? Ne me dites pas que je vous fais peur !

Pas le temps de reprendre mon souffle : soudain, il est là, tout près de moi, alors qu'il se trouvait sur le sofa une seconde plus tôt. Quel homme est capable d'une chose pareille ? Aucun, évidemment. Mon cœur palpite, ma respiration est douloureuse. Délicatement, ses lèvres se retroussent en un sourire carnassier.

– C'est ce que vous ressentiez lors de notre dernière entrevue ? De la peur ? Ou peut-être était-ce du désir ?

Je le regarde sans comprendre.

– Comment ?

– Votre cœur battait anormalement vite, mais votre regard paraissait étrangement calme, en comparaison. C'est pourquoi je m'interrogeais. Aviez-vous peur que je vous réserve le même sort qu'à cette jeune femme dans la ruelle ? Ou espériez-vous simplement plus, si affinités ? Dans les deux cas, nous pouvons en discuter.

Mon visage se fige.

– Ah ! La peur, enfin ! Je commençais à m'inquiéter.

Je recule d'un pas, me cognant au secrétaire de l'entrée. La lampe qui trônait dessus tombe, se brise sur le sol. Il est si proche. Je vais mourir.

– Aucune larme. Pas la moindre supplication. Voilà qui est plutôt rare ! s'exclame Andrew en souriant.

– Vous allez me tuer ?

Les mots m'ont échappé. Je porte une main à ma bouche. Sa présence me pulvérise, me paralyse tout entière. Tant bien que mal, je tente de rester stoïque. Mais la peur dissout mes entrailles.

– Voilà une question bien banale. Je suis déçu ; j'attendais mieux.

Il arque un sourcil, croise les bras avec un air boudeur, avant de se remettre à sourire. Je fixe sa bouche, ses lèvres pulpeuses qui se retroussent, laissant voir ses dents parfaitement alignées, d'un blanc immaculé.

– Arrête de fixer ma bouche comme ça, je vais finir par croire que tu meurs d'envie de m'embrasser.

Je continue de l'étudier en silence, me refusant à le supplier. Il a une peau parfaite, et ses yeux sont bien plus pâles que dans mes souvenirs – ils ont la couleur du ciel avant l'orage, un bleu azur presque irréel. Ses cheveux blond foncé, quant à eux, sont toujours impeccablement coiffés, avec cette raie sur le côté et cette mèche qui lui retombe sur le front. Il est si beau que j'en oublierais presque qu'il s'apprête à me tuer.

– Tu ne dis rien ?

Je ne réponds pas, priant intérieurement pour que tout cela se termine vite. Je déglutis. Il porte une veste en cuir et des vêtements très sombres. Je ne peux pas m'empêcher de penser que c'est la tenue dans laquelle il a assassiné toutes ces jeunes femmes. Le costume trois-pièces, lui, est probablement réservé à des activités plus mondaines.

– Plutôt étrange, que tu aies retrouvé la mémoire. Étrange et regrettable. Tu dois bien te douter que je n'aime pas vraiment laisser des témoins derrière moi... D'autant que j'ai fait preuve de bonté en effaçant tes souvenirs, souffle-t-il à mon oreille.

Je réfléchis à toute allure. Je dois réussir à gagner du temps, puis à atteindre la porte, hurler peut-être... Oserait-il me tuer devant mes voisins ? Peut-être les tuerait-il aussi...

Je ne suis pas sûre de pouvoir garder mon sang-froid encore longtemps. Mes jambes peinent à me porter, et mes doigts commencent à trembler.

– Inutile de chercher une issue, Emma : je serais bien trop rapide. Si tu es encore en vie, c'est uniquement parce que je l'ai décidé.

Tel un prédateur, il semble prendre plaisir à jouer avec sa proie avant de l'achever.

Je ne bouge pas. À mes pieds, à côté de la lampe brisée,

un cadre noir, contenant une photo de mon frère et moi. Si je ne devais emporter qu'un souvenir avec moi...

– Vous êtes... un... un vampire, dis-je, pour occuper son attention.

– Quelle perspicacité, se moque-t-il.

Doucement, il me guide contre le mur, m'obligeant à reculer. Je sens son souffle chaud sur mon visage. Bientôt, son regard bleu devient très sombre, presque noir, et son rictus laisse apparaître deux longues canines. Bon Dieu, j'ai si mal à mon cœur que je crains qu'il ne cesse de battre d'un instant à l'autre. Il se met à humer mon parfum, et je ferme les yeux, espérant être victime d'une hallucination.

Je cherche désespérément une arme avec laquelle me défendre, mais mes mains ne rencontrent que la surface dure et lisse du mur. Prise au piège... Ses lèvres ourlées se posent sur mon cou, et je ne peux m'empêcher d'anticiper la douleur qui va suivre. Un frisson me parcourt comme une onde.

Je vais mourir.

Je ferme les yeux. Ma vie à New York aura été si brève... J'ai le cœur déchiré en pensant à la peine que ressentiront Jonathan et mon père lorsqu'ils apprendront ma mort. Enfin, s'ils l'apprennent. Après tout, les corps de ses précédentes victimes n'ont jamais été retrouvés.

Soudain, je rouvre les yeux. Comme une fulgurance, une idée folle me traverse l'esprit. Tout à coup, j'entrevois la possibilité de survivre. Et pas seulement à Andrew. Peut-être aussi à Becky. C'est de la folie.

– J'imagine que c'est très excitant pour vous de boire le

sang d'une jeune femme paralysée par la peur ? demandé-je d'une voix tremblante.

Il ne répond pas. Je reprends, d'une voix plus assurée.

– Et si elle était consentante ?

Andrew relève la tête, surpris, et plonge son regard dans le mien. Visiblement, j'ai réussi à éveiller sa curiosité. Je laisse échapper un soupir.

– Bien sûr, il serait très agréable de voir une sublime jeune femme me faire don de son sang, mais, à vrai dire, cela ne m'est jamais arrivé. Pourquoi cette question ? Seriez-vous volontaire, mademoiselle Reyes ?

Une lueur d'amusement brille dans ses yeux.

– Pas tout à fait, dis-je.

– Mais encore ?

Je le sens s'impatienter, mais je sais que je suis sur la bonne voie. Je refuse de mourir sans avoir rien tenté.

Soudain, j'entends la porte de l'entrée s'ouvrir. Je tourne la tête vers le couloir, paniquée à l'idée qu'Andrew Anderson puisse s'en prendre à Jonathan. J'entends celui-ci jurer lorsqu'il se cogne contre la desserte de la cuisine.

Je retiens mon souffle. Ma main cherche le bras d'Andrew, espérant naïvement le retenir, l'empêcher de faire du mal à mon frère... mais elle ne trouve que le vide. Il a disparu. La fenêtre est ouverte, et les rideaux volettent au gré de la brise.

Il n'est plus là, et je suis toujours en vie. Je suis toujours en vie !

– Oh, Emma ! s'exclame mon frère en titubant dans ma direction. Tu m'attendais ?

Je m'approche de lui pour l'aider à ôter ses chaussures

et l'installe sur le canapé. Il a tellement bu qu'il ne remarque pas les débris de la lampe brisée gisant au sol.

– Je t'aime, Emma. Je ne sais pas ce que je ferai le jour où...

– Je suis là, Jonathan.

– Oui, mais... mais...

Une larme silencieuse trace un sillon sur sa joue, et je l'essuie de mon pouce. Il est complètement ivre, ça ne lui ressemble pas.

Mon téléphone se met à vibrer. Je le cherche du regard, et il est là, par terre, près de l'entrée. Je me lève et le ramasse.

+77 678 331 294 – Aujourd'hui 00:57
Ce n'est que partie remise.

Mon cœur s'arrête de battre.

*

Même si je travaille de chez moi, je me lève toujours aux aurores. C'était déjà comme ça au lycée : j'aimais me réveiller une heure plus tôt pour lire – commencer par quelque chose d'agréable avant d'affronter la dure réalité de la journée.

Ce matin, pourtant, Jonathan s'est levé avant moi. Je ne sais pas depuis combien de temps il s'affaire dans la cuisine, à préparer le petit déjeuner, mais cela n'augure rien de bon. Quelque chose ne va pas.

– Dis-moi ce que tu as à me dire, Jonathan. J'ai horreur que tu tournes autour du pot.

A-t-il pleuré toute la nuit ? A-t-il seulement dormi ? Ses yeux sont injectés de sang et des cernes encore plus prononcés que d'habitude marquent son visage. Je sors de la cuisine, furieuse. Il me rejoint, m'invite à m'asseoir sur le canapé.

– Tu as rendez-vous avec le médecin à 14 heures.

Un coup de pied dans le ventre ne m'aurait pas fait plus mal.

– Tu le sais depuis quand ?

Je ne sais pas ce que le médecin a pu dire à mon frère, et je n'ai pas la force de le lui demander. De toute façon, s'il demande à me voir, c'est que quelque chose cloche dans les résultats des examens.

– Je voulais juste te préserver, se défend mon frère.

En vérité, je ne suis pas en colère après lui. C'est à Becky, que j'en veux. Et à moi-même.

– Quand, Jonathan ?

– Vendredi après-midi. Ils ont appelé.

Je frotte mes mains sur mon jean, puis m'arrête net, prenant conscience que mon frère me regarde. Il doit s'attendre à ce que je me mette à pleurer, ou à hurler.

– Pas un mot à papa, d'accord ? dis-je en me levant.

– Emma... Tu ne peux pas le lui cacher...

– Je ne te demande pas ton autorisation, Jonathan. Tu ne lui dis rien, OK?

Il hoche la tête, et je gagne ma chambre plus précipitamment que je le voudrais, pour me jeter sur mon lit. Je prends mon oreiller, plonge mon visage dedans et pousse un long hurlement.

Chapitre 8

Les nuages sont bas dans le ciel, le vent s'engouffre dans les rues de New York, balayant les feuilles mortes sur le trottoir. Un filet de vapeur s'échappe de mes lèvres à chaque respiration et, pourtant, je n'ai pas froid. Mon esprit est ailleurs, craquelé en un milliard de fragments. Petit à petit, je réalise.

« La maladie a progressé, mademoiselle Reyes. C'est... inattendu. Avez-vous ressenti une fatigue inhabituelle, ces derniers temps ? Avez-vous subi des pertes de mémoire ? Des hallucinations, peut-être ? »

Des hallucinations... des hallucinations...

Sans y penser, je me dirige vers la bouche de métro. Je veux me fondre dans le bruit de la ville, me sentir bousculée – m'oublier un instant.

« Je suis navré, mademoiselle, mais il va falloir intensifier le suivi. La maladie est devenue très instable, et votre état de santé peut se dégrader d'un instant à l'autre. Comme je l'ai dit à votre frère, il faudra effectuer des bilans complets deux fois par mois, à présent. Voyez-vous un psychiatre, ici, à New York? Il serait préférable d'en consulter un. Il est important de pouvoir parler de la maladie avec quelqu'un, de ce qu'elle provoque en vous. Je peux vous recommander une collègue, très réputée ; tenez, voici son numéro, dites-lui que vous venez de ma part. »

Une foule dense se presse dans les dédales du métro. J'entends le sang battre à mes tempes. Les paroles du médecin repassent dans ma tête, comme un vieux disque rayé. Pourtant, mes yeux restent secs. Mes pensées sont étrangement nettes, détachées. Combien de temps me reste-t-il? Enfin, si l'on peut encore appeler ça du temps. J'ai la sensation de me noyer, loin de tous, loin de tout.

J'arrive à ma station bien trop vite à mon goût; je m'extirpe des tréfonds, espérant, un temps, y laisser ma douleur et mes tourments. Mais ils me poursuivent jusque chez moi.

Jonathan n'est pas là ; il y a un mot sur le comptoir de la cuisine, accompagné d'une boîte de chocolats :

« Reste forte, et pense aux belles choses qu'il nous reste à accomplir ici, à New York. Je t'aime fort. »

Les belles choses qu'il nous reste à accomplir... Est-ce que c'est censé m'apaiser?

Enfin, les larmes viennent. Des spasmes secouent mon corps, si forts que j'ai du mal à reprendre mon souffle. Les derniers tests indiquent que la dégénérescence de mes cellules nerveuses s'accélère. Becky gagne chaque jour du terrain. Un jour, je ne serai plus Emma : je serai devenue elle, et je n'existerai plus.

Mais peut-être est-ce déjà le cas, après tout. Cette scène dans la ruelle. Hier soir, chez moi... Tout ce que j'ai vécu ces derniers jours est-il réellement arrivé ? J'ouvre mon carnet, relis quelques pages. Peut-être que je suis déjà folle. Je hurle à m'en déchirer la gorge, déchaîne ma colère sur mon bureau. Les feuilles volent, les stylos, mon téléphone tombe et explose. Une fois mon œuvre accomplie, je me recroqueville dans mon lit, la musique à fond dans mes écouteurs.

Je ne me relève que pour triturer du bout de ma fourchette le dîner que mon frère a préparé en rentrant du travail. Il a passé du temps à le concocter, mais je n'ai pas faim, et je vois bien que ça lui fait de la peine. Je tente de lui sourire, d'avaler au moins une bouchée, mais c'est comme si la fonction « faire semblant » avait été désactivée. La maladie ne se contente pas de détruire la personne par petits bouts : elle grignote aussi le bonheur des proches, le remplaçant par un sentiment d'impuissance et d'abattement.

Malgré les cachets avalés, impossible de trouver le sommeil. J'ignore depuis combien de temps je fixe le plafond, dans le noir. Je me retourne, allume ma lampe de chevet. Ma table de nuit affiche 1 heure du matin. À côté de mon réveil, *Beautiful Redemption* de Kate Lightwood, que Jonathan m'a offert juste avant de quitter Butler. C'est un livre de vampires. Je n'ai pas dépassé le cinquième chapitre. On dirait bien que mon enthousiasme pour les histoires de vampires s'est un peu émoussé... Tenant le livre entre mes mains, je caresse sa couverture avant de l'ouvrir à l'endroit où se trouve mon marque-page.

« Il venait d'être touché. J'accourus alors jusqu'à lui, indifférente au risque que je prenais en me déplaçant à découvert. Alors que j'arrivais à son niveau, il se releva, sa chemise imbibée de sang. J'ôtai à la hâte son vêtement, prête à lui prodiguer les premiers soins, mais alors que j'examinais l'impact de la balle, celle-ci ressortit du trou, éjectée par les tissus qui se reconstituaient déjà, faisant disparaître la blessure sous mon regard ahuri.

– Ce n'est pas une balle qui va me tuer, June. Tu t'es mise en danger, je t'avais pourtant dit de ne pas bouger.

– Mais j'ai cru...

Il saisit mon visage entre ses mains.

– Un jour, toi aussi, tu seras difficile à tuer : tu ne craindras plus les armes à feu, les couteaux... Ces armes te blesseront, mais ne te tueront pas. Tu ne craindras plus la maladie non plus.

– Mais tu peux quand même mourir ?

– Oui, June. Les vampires sont puissants, mais pas invincibles. Il y a des traumatismes dont nous ne nous relevons pas. »

Je balance l'ouvrage à l'autre bout de la chambre. Ça suffit, Becky ! Je vais mourir, et personne ne peut rien pour moi, alors arrête de me faire espérer...

Je me lève, fais les cent pas dans ma chambre, serre les poings. Andrew Anderson n'est pas un vampire : il n'est rien d'autre qu'un PDG d'entreprise qui se prend un peu trop au sérieux.

La vibration de mon téléphone met fin à ma guerre intérieure.

Jonathan – Aujourd'hui 02:09
Je t'aime, petite sœur. Si tu as besoin d'un câlin, tu sais que je suis là.

Ce SMS me met du baume au cœur autant qu'il me fait souffrir. Mon frère ne dort toujours pas. Je lui cause du souci – j'en cause partout autour de moi. Il a dû entendre le livre heurter le mur. Il me connaît. Il sait que, dans ces moments, rien ne vaut la communication indirecte.

Quelques instants plus tard, j'entends *Never Gonna Be Alone* de Nickelback résonner à travers la porte. Une larme coule sur ma joue ; est-ce qu'il pleure, lui aussi ? Je préfère ne pas le savoir.

Au bout d'une éternité, les cachets finissent par faire effet, et le sommeil m'emporte, enfin.

*

– Bien dormi ?

Je me laisse tomber sur le canapé, au côté de mon frère. Il me cède un bout de plaid et, tout en zappant de chaîne en chaîne à la recherche d'un programme intéressant, me tend un paquet de gâteaux déjà bien entamé. En attendant qu'il arrête son choix, je regarde la photo de notre mère accrochée au mur. J'aimerais tellement qu'elle soit là ! Quatre ans déjà, et elle me manque toujours autant. Tout à coup, la télévision se met à bourdonner, un bruit très désagréable résonne. Je plaque mes mains sur mes oreilles, fronce les sourcils. Je reporte mon regard sur la photo, elle commence à s'effacer. Ma vue se brouille. Ma tête se met à tourner. Je ferme les yeux.

– Emma ? Tout va bien ?

Je dévisage mon frère, j'essaie d'écarquiller les yeux, mais son visage se déforme. Je frotte mes paupières, sans résultat. Je tends une main vers lui, et quand mes doigts rencontrent son épaule, cette dernière s'effrite en fragments qui s'échappent dans l'air.

La panique me saisit. Je tente la même manœuvre avec son visage : le résultat est le même. Mon frère est en train de disparaître sous mes yeux.

– Jonathan ! Jonathan !

Je regarde autour de moi. Je ne suis plus dans mon appartement, je ne suis même plus à New York.

Je reconnais ma maison d'enfance à Butler. Je vois mon père à la fenêtre.

– Papa ! Papa !

Mon père ne réagit pas, il ne m'entend pas. Un son strident me vrille les tympans. Je m'accroupis, prenant ma tête dans mes mains en priant pour que la douleur cesse, en vain. Quand je relève les yeux, la maison se déforme, commence à disparaître.

Je me précipite vers la porte, saisis la poignée et me rue à l'intérieur.

Je ne suis plus à Butler. Je reconnais cet endroit. Il fait sombre, et à travers d'immenses vitres je distingue les lumières des buildings voisins. Je suis dans le bureau de M. Anderson.

Je me retourne, et il se tient là, juste devant moi. Il me sourit, et deux longues canines brillent dans la pénombre. Pourquoi ne disparaît-il pas, lui aussi ? Il s'approche de moi, lève son poignet à ses lèvres et déchire la chair de ses dents. Puis il attrape un verre, laisse s'écouler le sang dedans et me le tend. Mains tremblantes, je le saisis. Il ne dit rien, mais je comprends ce qu'il attend de moi.

Je porte le verre à mes lèvres, avale le liquide carmin.

Il est chaud, le goût est âpre. Progressivement, la douleur s'estompe, et je me sens aspirée en arrière.

Je revois la maison de Butler se reconstruire sous mes yeux brique par brique, et mon père apparaît à nouveau à la fenêtre. Il m'adresse un signe de la main et me sourit avant qu'une force irrésistible m'entraîne de nouveau en arrière. Quand je rouvre les yeux, je suis sur le canapé de mon appartement, à Brooklyn ; la télévision ne bourdonne plus. Mon frère me serre la main et me sourit. Je jette un coup d'œil au cadre photo : maman est bien là.

Je me réveille en sursaut, me redresse dans mon lit. Mes draps sont trempés de sueur. Il fait encore nuit. Mes yeux s'habituent progressivement à l'obscurité, et je distingue mon livre, sur le sol au pied du mur. Stupide bouquin.

Et si je n'avais pas halluciné ?

Tandis qu'une foule de scénarios se télescopent dans mon crâne, je note mon rêve à la va-vite dans mon journal. J'en relis les dernières pages, et un élément me frappe : Andrew m'a envoyé un SMS en quittant mon appartement samedi soir. Si je n'ai pas rêvé, je devrais pouvoir le retrouver. J'attrape mon téléphone, fébrile.

+77 678 331 294 – Samedi 17 septembre 00:57
Ce n'est que partie remise.

J'hésite un long moment.

Emma Reyes – Mardi 20 septembre 05:14
Quand ?

Becky, apparemment, tu te sens si bien en moi que tu installes petit à petit tes quartiers plus confortablement.

J'aimerais que la réciproque soit vraie, mais ce n'est pas le cas.

Je n'ai jamais mis un paillasson avec écrit « Bienvenue ».

Tu es entrée, un jour, sans même frapper.

Mon souhait le plus cher : que tu t'en ailles.

C'est fou d'y songer, mais je crois qu'il existe une solution contre toi, contre la mort.

Chapitre 9

Le jeudi soir, Matthew se présente à ma porte. Il porte un élégant costume bleu nuit qui met ses yeux clairs en valeur. Nous rejoignons la berline noire, garée devant mon immeuble, direction Anderson Corporation.

Hier, Matthew m'a proposé de l'accompagner à un dîner de charité. Le thème ? La recherche sur la transplantation des cellules souches et la synthétisation du sang, si je me souviens bien. Il n'a pas cherché à me cacher que ce serait barbant, mais m'a promis que la nourriture y serait bonne. Quant à Andrew, aucune nouvelle. Depuis l'envoi de mon message, je me suis mise à compter les heures – les minutes, les secondes –, et j'ai eu beaucoup de mal à me concentrer sur mon travail. Sera-t-il là ce soir ?

Dans la voiture, Matthew me confie avoir acheté l'un des romans dont je lui ai parlé l'autre soir au Démoniaque ; il l'a déjà presque terminé. Son enthousiasme me touche. J'ai l'impression qu'il s'intéresse vraiment à moi.

La berline se gare devant l'immense building de verre.

Un homme en costume noir vient nous ouvrir, et nous entrons dans le hall.

– L'ascenseur est par là.

– Il va y avoir beaucoup de monde ? demandé-je, un peu inquiète, en arrangeant ma robe.

– Pas mal. Mais ça ira, me répond- il. Puis, avec un sourire : tu es magnifique, Emma. Ne te mets pas la pression.

Il me tend sa main, et je la saisis, émue par le contact de sa peau. Nous arrivons à l'étage, et une femme en tailleur blanc nous conduit à notre table. Elle susurre quelque chose à l'oreille de Matthew, puis s'éloigne. La salle est spacieuse, la déco épurée, virginale ; par-delà les baies vitrées, New York s'étend à perte de vue. Sur une estrade, un groupe de jazz joue sur un ton feutré. Je ne me sens pas à l'aise, mais j'essaie de ne pas le montrer.

– Au fait, tu aurais d'autres livres du même genre à me recommander ? me demande-t-il, une fois assis.

– Plein, dis-je, taquine. Maintenant que je sais que tu as un côté fleur bleue...

– Touché !

– Matthew ?

Une voix derrière mon épaule. Matthew se lève et prend le nouveau venu dans ses bras – un grand brun vêtu d'un costume gris clair, à peine plus âgé que lui. Derrière lui, un jeune homme plus petit, portant un jean bas sur les hanches et des rangers.

– Joshua, Nathan, dit Matthew, je vous présente Emma. Emma, voici Joshua et Nathan.

Ils prennent place à notre table. Matthew interroge Joshua sur son travail. Rapidement, d'autres personnes viennent s'installer à nos côtés et, une fois de plus, j'éprouve une sensation d'imposture.

Nathan doit le sentir, car il commence à discuter avec moi. Son visage ne m'est pas inconnu, et je ne peux m'empêcher de le scruter tandis que nous parlons, tentant de comprendre d'où me vient cette impression. Ses cheveux bruns et bouclés lui retombent sur le front alors que les côtés de son crâne sont rasés, ses yeux sont marron.

Alors que le repas est sur le point d'être servi, et avant même qu'il apparaisse dans mon champ de vision, je sens son regard sur moi. Les discussions se sont presque taries à son approche : Andrew est là, accompagné d'une jolie blonde que je devine être sa nouvelle assistante.

Il s'assied en face de moi, m'ignorant royalement. Il entreprend de discuter avec un grand brun à la voix grave. Andrew porte un costume gris anthracite et ses cheveux sont, comme à leur habitude, impeccablement coiffés. Lorsqu'il parle, ses lèvres ne s'étirent jamais dans un semblant de sourire, même lorsque son interlocuteur rigole. Lui arrive-t-il de s'amuser ? De rire franchement ?

– Et vous, Emma, vous êtes de New York ?

Spencer, une collaboratrice de Matthew – la trentaine. Elle porte une robe crème à l'encolure carrée et triture un collier de perles.

– Non, je suis arrivée il n'y a pas très longtemps.

– Mais vous avez eu le temps de visiter, j'imagine ?

– Ici et là, oui.

– Et Broadway ? En ce moment, on y joue *Roméo et Juliette*

en comédie musicale. C'est Faroudjini qui assure la mise en scène. Le spectacle est exceptionnel, vraiment !

– Je... je n'ai pas encore eu la chance de le voir.

La vérité, c'est que ce genre de spectacle est toujours très rapidement *sold out* et que le prix des billets est exorbitant.

– Tu devrais l'y emmener, Matthew. Je suis sûre que ça vous plairait, surtout si, comme moi, vous avez la fibre romantique ! s'exclame Spencer, enjouée.

– Ça te tenterait, Emma ? me questionne gentiment l'intéressé.

– Énormément, dis-je en souriant.

– Dis-moi, Matthew, as-tu des nouvelles d'Addison ?

La voix froide et dure d'Andrew a coupé court à toutes les conversations autour de la table. Matthew se raidit sur sa chaise. Qui peut bien être Addison ? Andrew porte son verre de champagne à ses lèvres, avec un air provocateur.

– Matthew ? Je t'ai posé une question, insiste l'aîné pour terminer de déstabiliser son frère.

Mais à quoi joue-t-il ?

– Elle est toujours à Singapour.

La réponse de Matthew semble lui coûter, comme si ces mots étaient difficiles à sortir de sa bouche.

– Je serais curieux de savoir ce qu'elle penserait de ça, lâche Andrew en nous désignant.

Je sens Matthew se raidir davantage sur sa chaise, les muscles de sa mâchoire sont serrés. Il est clair qu'Addison est un thème délicat à ne pas aborder qu'Andrew a mis sur le tapis pour provoquer son frère. Dans cette ambiance glaciale, Nathan change de sujet, et les discussions reprennent.

Alors que la soirée avance, l'éclairage de la salle s'atténue, et la musique devient plus entêtante. Andrew, qui a enchaîné les verres de champagne, finit par réclamer au serveur une bouteille de whisky. Il flirte ouvertement avec son assistante. Matthew discute toujours avec Joshua, jusqu'à ce que son téléphone se mette à vibrer. Il fixe l'écran un instant, puis se lève.

– Je reviens, murmure-t-il à mon oreille.

Je me tourne vers Andrew sans raison particulière. Whisky dans la main, un bras négligemment passé autour de l'épaule de son assistante, il me fixe avec insistance. C'est la voix de Nathan qui me ramène à moi.

– Et sinon, t'es allée à des concerts sympas, à New York ?

– Je ne suis jamais allée à un concert de ma vie, réponds-je sur un ton léger.

– Arrête ! Tu as quel âge ? Vingt ans ? Vingt et un ?

– Vingt et un, oui.

– ... et pas un seul concert ? Il faut à tout prix remédier à ça. Tu aimes le rock ?

– Oui. Enfin, c'est surtout mon frère, qui est fan. Il me passe des albums, parfois.

– Tu me passeras ton adresse, OK ? Mon agent te fera parvenir des billets pour mon prochain show.

Soudain, je comprends pourquoi son visage m'était familier : c'est Nathan, le leader du groupe Before Death ! Mon frère m'a déjà fait écouter certains de leurs morceaux. Il sera fou de joie quand je lui dirai que j'ai des places gratuites pour un de leurs concerts.

– Merci beaucoup ! Mon frère adore ta musique, il sera ravi !

La discussion se poursuit, et Nathan feint l'infarctus lorsque je lui avoue préférer Nickelback à Before Death.

– Tu ne nous as pas encore vus sur scène, c'est pour ça. Tu ne connais pas mon déhanché spécial !

– J'ai hâte d'assister à ça, rigolé-je en finissant ma coupe de champagne.

Nathan est simple et drôle, mais ce que j'apprécie particulièrement chez lui, c'est sa façon de se moquer des conventions sociales et morales. À commencer par sa tenue, complètement en décalage avec celle des autres convives. Grâce à lui, j'en viens à oublier que je ne suis pas à ma place ici, au milieu de ces mondanités, entourée de tous ces gens qui gagnent probablement plus en un mois que ce que je récolterai en toute une vie. Même si Nathan a certainement un compte en banque bien garni, lui ne le montre pas et, surtout, il ne semble pas y attacher la moindre importance.

Alors que je continue à bavarder avec lui, je vois Andrew s'éloigner vivement, en empoignant le bras de son assistante. Mon estomac se contracte, mon pouls s'accélère. Je crains qu'il ne lui fasse subir le même sort qu'aux autres. Plus Nathan me parle, moins je l'écoute.

– Excuse-moi, je crois que j'ai un peu forcé sur le champagne, lui dis-je. Je vais me rafraîchir.

– Tu veux que je t'accompagne ? me propose-t-il.

– Ça ira, merci.

Je ne sais même pas ce que je cherche à faire. Pourquoi

les suivre ? Pourquoi prendre le risque qu'Andrew termine ce qu'il était venu faire la dernière fois ?

Je suis la direction qu'ils ont prise, j'ai l'estomac dans les talons – pitié, faites que je ne vomisse pas maintenant.

– Oh, monsieur Anderson...

Sans réfléchir, j'entre dans la pièce d'où proviennent les gémissements. Et je m'immobilise, figée sur place. Robe relevée sur les hanches, la jeune femme est allongée sur une table. Andrew se tient debout entre ses cuisses, pantalon baissé. Ce n'est pas du tout ce à quoi je m'attendais. Pourquoi est-ce que je reste là ? Il m'a vue. Il m'a vue, mais quelque chose m'empêche de déguerpir, cette étrange impression cotonneuse... comme dans la ruelle...

Il poursuit ses va-et-vient, en me fixant. Une sensation étrange m'envahit tandis qu'il pose ses lèvres sur le cou de sa victime. Il semble incroyablement doux, tout à coup.

Puis, soudain, ses yeux s'assombrissent et ses canines s'allongent ; il est prêt à la mordre. Je voudrais appeler à l'aide, mais aucun son ne sort de ma gorge. Je parviens alors à briser cette étreinte confortable qui me paralysait et, sans réfléchir, je me précipite sur lui.

Je n'ai pas le temps de m'approcher davantage. Déjà, il se tient contre moi. Sans me quitter des yeux, il referme la ceinture de son pantalon. Il ordonne à son assistante de partir, et elle s'exécute sans broncher, remettant maladroitement sa robe en place. Après qu'elle a quitté la pièce, Andrew me plaque contre le mur froid.

– Qu'est-ce que tu essaies de faire, exactement ?

– Je vous empêche de la tuer.

– Et pensais-tu réellement réussir à sauver cette fille ?

– Jusqu'à preuve du contraire, elle est saine et sauve, répliqué-je d'une voix qui se veut ferme.

– Toujours aussi perspicace, répond-il avec un sourire féroce.

– J'en conclus que vous préférez séduire vos victimes pour mieux vous nourrir d'elles.

Ferme-la donc, Emma ! Cesse de le provoquer...

– Et toi ? Aurais-je besoin de te séduire ?

Sa question me prend au dépourvu.

– Non. Enfin...

Mille pensées me traversent l'esprit. Je prends conscience que Becky me pousse à faire des choses insensées.

– Tu aimes le danger, Emma.

– Pas spécialement.

– Alors pourquoi es-tu venue ici ?

C'était une mauvaise idée – une *très* mauvaise idée. Je voudrais retourner à ma table. Poursuivre ma discussion avec Nathan. Faire comme si rien n'était arrivé. Mais pourquoi me suis-je levée ?

Les doigts d'Andrew se ferment sur mon poignet.

– Tu veux partir ? Allons, on commençait juste à s'amuser...

Je tente de me dégager, mais sa prise s'affermit et son sourire s'élargit.

– Je... Je ne m'amuse pas vraiment, là.

– Il aurait fallu y penser avant, réplique-t-il d'une voix glaciale.

– Pourquoi n'avez-vous pas répondu à mon SMS ?

Je le dévisage avec colère. Il prend son temps pour me répondre.

– Tu as été assez grande pour venir à moi toute seule.

– Je suis là parce que Matthew m'a invitée !

– Évidemment.

Son sourire me fait bouillir. Une fois de plus, je tente de me défaire de sa poigne.

– C'était une erreur, finis-je par admettre. Je suis désolée… désolée de vous avoir interrompu. Lâchez-moi, s'il vous plaît. J'aimerais retourner à ma table.

– Pas si vite. Que me voulais-tu ?

Nous nous fixons en silence. Non, Emma, c'est une très mauvaise idée. Ne dis pas ça. Ne le dis pas.

– J'avais un marché à vous proposer, lâché-je enfin.

– Que pourrais-tu m'offrir que je ne puisse obtenir par moi-même ? rétorque-t-il en riant.

– Mon consentement.

Son sourire se fige, ses yeux s'écarquillent. Il passe sa langue sur ses lèvres. La proposition l'exalte, je le sens. Sans doute n'a-t-il jamais eu l'occasion de se nourrir d'une personne disposée à s'offrir à lui, et j'ai la sensation que cette idée lui plaît. Son regard noircit, je devine qu'il a envie de me goûter, *maintenant*. Il se mord la lèvre inférieure, et du sang commence à perler. Il passe deux doigts sur sa bouche, puis les porte à ses lèvres. Il s'approche davantage encore, jaugeant mon regard pour y déceler le mensonge. Mais je ne mens pas. C'est de la folie, mais je suis parfaitement sincère.

– Très bien, finit-il par souffler comme s'il avait retenu sa respiration jusque-là. Prends ton manteau. On y va.

– Je suis venue avec Matthew...

– Tu veux qu'on discute de ton marché ? Alors rejoins-moi devant l'immeuble. Je te donne dix minutes.

Chapitre 10

Je me précipite à notre table, le cœur battant. Je cherche Matthew du regard mais ne le trouve pas. Nathan me fixe, interloqué.

– Tout va bien ?

– Est-ce que tu pourras dire à Matthew que je suis désolée mais que je ne me sens pas bien ? Je rentre chez moi.

– Tu pars sans m'avoir accordé une danse ? Ça me brise le cœur.

– Une autre fois, promis. Tu veux bien le prévenir pour moi ?

– Sûr. Mais tu ne veux pas l'attendre ? Il devrait pouvoir te ramener.

– Ça ira, je t'assure. Je ne veux pas qu'il rentre plus tôt à cause de moi.

– Alors laisse-moi te raccompagner, insiste Nathan en se levant.

– Non ! m'écrié-je par-dessus la musique. Vraiment, ne t'en fais pas pour moi, ça va aller.

Il me prend dans ses bras, souffle à mon oreille :

– Tu me dois une danse, princesse. Allez, rentre bien.

À peine ai-je franchi les portes à tambour que j'aperçois Andrew, près d'une Audi noire. Il m'a vue. Il m'ouvre la portière côté passager. Puis s'installe au volant et démarre.

– Vous n'avez pas de chauffeur ?

– Tu as perdu le goût des choses simples ?

– C'est juste que vous avez beaucoup bu...

– Dans ce cas, attache-toi.

Le trajet est silencieux. Andrew n'est pas du genre à respecter les limitations de vitesse. Je m'agrippe fermement à ma ceinture. Où allons-nous ? Je tente de me repérer.

– Détends-toi. Je ne vais pas t'emmener dans un bois pour te dépecer.

Sa capacité à lire en moi me surprend toujours. Je ne lui réponds pas, je m'efforce de respirer avec calme.

Nous arrivons à hauteur de Central Park. Upper East Side. Andrew s'arrête devant un grand immeuble résidentiel. Il remet les clés de la voiture à un jeune homme venu à sa rencontre et, une main dans mon dos, m'invite à avancer.

Une fois dans l'ascenseur, je m'appuie contre la paroi, fixe mon reflet au plafond. J'essaie de me rasséréner. De toute façon, le médecin a été clair : je n'ai plus rien à perdre.

Un bip – les portes s'ouvrent.

– Bienvenue chez moi, annonce Andrew.

L'ascenseur s'ouvre sur un mini-hall, qui donne dans l'appartement. Andrew défait sa veste de costume et la pose sur le dossier d'une chaise, soigneusement pliée. Je reste plantée au milieu du salon, stupéfaite. C'est si grand, si impressionnant !

– Je te sers quelque chose ? demande-t-il en désignant les canapés.

– Ça ira, je vous remercie.

– Sûre ? J'ai remarqué que tu avais souvent la gorge sèche en ma présence. Il est plus agréable de discuter avec quelque chose à boire, non ?

Ignorant sa remarque, je balaie le salon du regard. Je devine une terrasse, derrière la baie vitrée. Je n'ai pas vérifié si nous étions montés au dernier étage, mais je le suppose.

Andrew s'absente et revient avec un verre de jus de fruit, qu'il me tend avant de s'asseoir sur l'accoudoir du fauteuil en face du mien. Lui tient un verre de whisky, dont il avale une gorgée en me détaillant, amusé.

– Tu es toujours aussi silencieuse ?

Je le fixe, ne sachant quoi répondre. En vérité, je n'ai jamais été très loquace. Quand on est souvent seul, on s'habitue au silence.

– Parle-moi de ton marché, continue-t-il en sirotant son alcool. Il m'a mis l'eau à la bouche.

Comment formuler la chose ? Je me sentais bien plus à l'aise à l'idée de proposer ce pacte quand j'y réfléchissais chez moi. Ici, seule avec lui dans cet appartement, le contexte est tout autre. Je tâche de me reprendre. Allez, respire, Emma, et lance-toi. Que te reste-t-il à perdre ?

– Je pensais que tu... enfin que *vous* pourriez épargner les gens de New York en vous abreuvant de... de mon sang...

– Oh ! s'exclame-t-il, semblant en cet instant sincèrement surpris. (Il laisse passer un moment de silence avant de reprendre.) Intéressant. Mais je doute que tu me proposes cet échange dans un élan de bonté et de bienveillance, alors dis-moi : que souhaites-tu en échange ?

Ses yeux sont d'un bleu presque noir, à présent, et je n'ose le regarder en face. Je prends une inspiration profonde.

Andrew se lève et s'approche de moi. Délicatement, il dégage une mèche de mes cheveux. Je suis subjuguée. La douceur de ses traits, de ses gestes… Comment l'associer à l'image d'un prédateur assoiffé de sang ? Sur le canapé, je me tortille nerveusement, et il prend mon visage entre ses mains.

– N'aie pas peur. Dis-le.

En deux mots, il a réussi à m'apaiser, comme cette nuit, dans la ruelle.

– Je voudrais… murmuré-je enfin. Je voudrais que vous me transformiez.

Soudain, Andrew semble désemparé. Il ne s'attendait visiblement pas à cela. Je lis dans ses yeux que le marché ne tient plus qu'à un fil ; le prix de mon consentement est trop élevé. Je déglutis, respire un grand coup, écarte d'une main mes cheveux, de manière à le laisser contempler plus à son aise mon cou nu et palpitant. Je le vois se pourlécher les lèvres.

– Tu es très téméraire, souffle-t-il avant de remettre mes cheveux en place, comme pour calmer son désir.

– Mon marché… ne vous intéresse pas ? Pourtant, vous seriez aussi gagnant que moi.

Andrew me détaille, puis un sourire se dessine sur son visage.

– Si je te transforme, je ne pourrai plus m'abreuver à ta source.

– Je ne vous demande pas de me transformer tout de suite. Vous pourrez vous nourrir tant que vous le voudrez avant.

– Pourquoi ? demande-t-il, avec un air très sérieux.

– Pourquoi quoi ?

– Pourquoi s'offrir à cette damnation quand on est aussi jeune que tu l'es ?

– Mes raisons ne concernent que moi.

– Dans ce cas, annonce Andrew en se levant, je suis forcé de décliner.

Mon estomac se noue. Les larmes me montent aux yeux, mais je refuse de lui montrer ma faiblesse. Peu à peu, la peine se transforme en colère. Je serre les poings.

– Je pourrais proposer ce marché à Matthew, dis-je sèchement en me levant à mon tour.

Le calme qui habitait Andrew se dissipe brutalement. Visiblement, j'ai dit le mot de trop. Il se rapproche de moi, attrape mon visage, et je sens dans son emprise la puissance de son désir. Il retrousse ses lèvres en un rictus mauvais et ses canines s'allongent.

– Mon frère ne te transformera jamais. Il ne se nourrit même pas sur les humains, conclut-il avant de me mordre avec ferveur.

Chapitre 11

Je me réveille, étire mes membres endoloris, m'emmitoufle davantage dans ma couette pour rester au chaud. Je suis terrassée par la fatigue – un peu comme lorsque je prends ce cachet pour me défendre contre Becky. Au bout de quelques minutes, paupières mi-closes, je me décide enfin à me lever. Le lit est bien plus haut que d'habitude, et un tapis moelleux accueille mes pieds nus. Je ne sais pas où je suis.

En passant devant un haut miroir, je réalise que je porte une chemise d'homme noire. Je scrute la chambre, parfaitement impersonnelle. Aucune photo, aucun objet qui me rappellerait quelque chose. Et puis, peu à peu, les souvenirs de la veille reviennent. Je me rapproche du grand miroir et relève mes cheveux pour inspecter la cicatrice laissée par les crocs d'Andrew – mais rien.

– Regarde de plus près... Les cicatrices ne restent pas visibles longtemps.

Je sursaute, me retourne d'un bloc. Andrew est là, dans l'encadrement de la porte. Ses cheveux, mouillés, sont coiffés en arrière. Il ne porte que son pantalon de costume et un débardeur noir. De nouveau, je m'approche du miroir. Et cette fois, je les vois. Deux minuscules points à peine rosés, blancs en leur centre.

– Elle te plaît ? Profites-en. Demain, il n'y paraîtra plus.

Une foule de sentiments se bousculent en moi : peur, soulagement, excitation, colère... Que faire de tout ça ?

– Les cicatrices que je laisse sont toujours impeccables, murmure-t-il en s'avançant vers moi. Nettes et sans bavure.

– Pourquoi ne pas m'avoir tuée, si mon marché ne vous intéressait pas ?

– Notre première dispute, déjà ? répond Andrew sur un ton ironique.

Il est là, tout près, passant ses doigts fins sur ma cicatrice, et je ne peux réprimer un frisson.

– Excellent, en tout cas.

Je lui décoche un air interrogateur.

– Ton sang. Absolument délicieux.

Je m'écarte de lui pour lui signifier ma désapprobation, et mes yeux se posent sur une horloge : 13 heures.

– Mon Dieu ! Mon frère doit être mort d'inquiétude ! m'exclamé-je en cherchant mes affaires du regard, notamment mon téléphone.

Adossé au mur, il me regarde m'activer. Ma robe est posée sur une chaise. Je me change, énervée, et il ne rate pas une miette du spectacle. Il y a une énorme tache de sang sur le devant, mais tant pis – j'aurai mon manteau dessus. Mon sac m'attend, rangé sur une élégante desserte ; je le rafle, bien décidée à quitter cet endroit et à rentrer chez moi. Ma main plonge à la recherche de mon téléphone.

Mais au moment de franchir le seuil de la chambre, Andrew me bloque le passage. Il s'avance, me forçant à reculer, et referme la porte derrière lui.

– Est-ce que vous me retenez prisonnière ? sifflé-je, furieuse, ne me reconnaissant plus. Au même moment, je constate qu'aucun message de Jonathan ne s'affiche sur mon téléphone, ce qui est plutôt étrange.

Andrew me contemple, un sourire aux lèvres. Il semblerait que je sois à ses yeux une source sans fin d'amusement.

– Du calme. Je vais te raccompagner. J'aimerais juste attendre que mon frère soit reparti, histoire qu'il ne se demande pas pourquoi tu as passé la nuit avec moi.

– Nous n'avons pas passé la nuit ensemble ! m'écrié-je un peu trop fort.

– Si tu veux, répond-il calmement. Mais quand il te verra sortir de ma chambre, je ne suis pas sûr qu'il arrivera à croire autre chose. Surtout que tu es censée être rentrée chez toi hier soir.

– Monsieur Anderson, annonce une voix sortie de nulle part, votre frère est dans l'entrée.

– Reste ici, m'ordonne-t-il. Je reviens tout de suite.

Et puis, tandis que j'en suis encore à me demander comment Andrew a su que son frère était là avant même qu'on l'en informe, je remarque quatre petits écrans, incrustés dans le mur de la chambre, dans un léger renfoncement près de la porte. Sur l'un d'eux, on voit Matthew qui attend, bras croisés – impatient et pressé, manifestement. Les quatre appareils sont en mode silencieux. Andrew est-il à ce point parano ?

Le maître des lieux surgit soudain sur l'écran. « Matthew », parviens-je à lire sur ses lèvres. Regard hautain, allure nonchalante. J'hésite un court instant, j'appuie sur le bouton du haut-parleur et, immédiatement, la voix de son frère résonne dans la chambre.

– Tu *savais* que cette réunion était décisive, et tu m'as complètement lâché ! Qu'est-ce que tu avais de si important à faire, ce matin ?

Matthew semble sur les nerfs, ce qui m'étonne : il est plutôt calme, d'habitude. Cela dit, travailler avec Andrew ne doit pas être simple. Il n'a pas vraiment l'image du patron sympa et compréhensif.

– C'est ton projet, à l'origine. Tu pouvais parfaitement gérer ça sans moi.

– Là n'est pas la question. C'est toi, l'image de la boîte ; c'est avec toi qu'ils voulaient traiter, et tu le sais pertinemment – tu ne manques jamais de me le rappeler.

– Tu es en train de me dire que le rachat du brevet est compromis ?

Matthew prend une profonde inspiration.

– Non... L'offre leur plaît, et j'ai réussi à négocier un autre rendez-vous. Mais avant de signer quoi que ce soit, ils veulent te rencontrer. Impérativement, ajoute-t-il en détachant chaque syllabe.

Andrew se pince l'arête du nez.

– Ne perds pas de vue que cette histoire de sang synthétique n'est rien d'autre qu'un caprice, Matthew.

– S'il te plaît... On en a déjà parlé, et je crois...

– Très bien, le coupe Andrew. Je m'en occuperai plus tard. Sur ce, bonne journée, fait-il, en accompagnant la sentence d'un revers de la main.

– Tu es avec quelqu'un ? demande Matthew en humant l'air.

– Pas tes affaires.

– Elle est toujours vivante, au moins ?

– Si tu veux vraiment que j'appuie ta proposition, Matthew, je te conseille de foutre le camp maintenant.

Mais l'intéressé ne bouge pas d'un pouce et, le front plissé, continue de renifler.

– Je connais cette odeur, insiste-t-il.

Andrew est visiblement énervé – je le vois à l'écran. Je sens sa colère monter...

– Depuis quand ton sens olfactif est-il à ce point sensible, petit frère ?

– Je n'ai peut-être pas un odorat aussi affûté que le tien, mais cette odeur me dit quelque chose...

– Et alors, quoi ? Tu penses que j'ai amené ta petite Emma à l'étage ?

– Tu n'oserais pas ! crache Matthew, les yeux remplis de haine.

– Si l'envie me prenait, je ne me gênerais certainement pas.

– Ne t'approche pas d'elle ! hurle son frère en se jetant sur lui.

Mais Andrew est bien plus fort, et l'uppercut qu'il lui décoche fait rouler Matthew au sol. Du sang luit sur sa lèvre inférieure, puis sèche presque aussitôt.

– Voilà ce que c'est, de ne pas se nourrir convenablement, s'amuse Andrew, adossé au mur.

Matthew se relève et s'essuie la bouche, dardant sur son frère un regard plein de mépris. Il sait pertinemment qu'il ne pourra pas monter à l'étage pour vérifier si j'y suis. J'ai mal pour lui.

– Un jour, lâche-t-il, tu aimeras à nouveau, et j'espère qu'elle te brisera le cœur, pour qu'enfin tu comprennes le mal que tu répands depuis que tu as érigé ce mur entre toi et tes émotions.

Andrew entre dans une colère noire. Il plaque son frère contre le mur, et un grand cadre se décroche, explosant au sol. Matthew se défait de sa prise et gagne la porte.

– Tu n'es qu'un lâche, conclut-il en refermant derrière lui.

Andrew se passe une main dans les cheveux, puis disparaît du champ de vision de la caméra.

Je me réfugie sur le grand lit, en me triturant les ongles. Après ce qui me semble une éternité, la porte de la chambre s'ouvre enfin. Andrew paraît et dépose un plateau sur la commode.

– Il faut que tu manges quelque chose, déclare-t-il. Tu dois te sentir un peu faible.

Sa sollicitude me prend de court. Que signifie ce calme ?

– J'aimerais vraiment rentrer chez moi, dis-je d'une voix implorante, un verre entre les mains.

Après avoir enfilé une chemise par-dessus son débardeur, il revient vers le lit en attachant ses boutons de manchettes. Il m'observe avec attention, puis esquisse un léger sourire. Je repense à ce que je portais au réveil et m'empourpre.

– C’est vous qui m’avez déshabillée ?

Pourquoi ai-je posé cette question ? Je me mords la joue intérieurement en me maudissant d’avoir abordé ce sujet.

– Tu aimerais que je te réponde « oui » ?

– Non !

Il rit.

– C’est pourtant le cas.

Je manque de recracher mon jus. Évidemment, que c’est lui. Qui d’autre ?

Il rit de bon cœur.

– C’est fou comme tu peux être prévisible, petite humaine. (Il m’étudie un instant avant de reprendre.) Non, joli cœur, ce n’est pas moi qui t’ai déshabillée ; Lydia s’en est occupée.

– Lydia ? répété-je, hébétée.

– Elle travaille pour moi, répond-il en enfonçant ses mains dans ses poches.

– Et elle sait que vous êtes...

– Non.

Je ne devrais pas poser d’autres questions, mais la curiosité est trop forte.

– Elle ne s’est pas demandé pourquoi j’étais inconsciente et pleine de sang ?

– Elle ne s’en souvient simplement pas.

Je repense au soir où j’ai croisé Andrew pour la première fois : ce regard pénétrant, cette sensation cotonneuse... Qu’est-il réellement capable de faire ?

– Vous avez vraiment le pouvoir de contrôler n’importe qui ?

– Il y a toujours des gens plus ou moins résistants mais,

en règle générale, oui : plus on est puissant, plus les choses sont simples.

– Et vous êtes puissant ?

– Oui, Emma, je suis très puissant, confirme-t-il.

– Vous vous en servez souvent ? De ce pouvoir, je veux dire.

– Quand c'est nécessaire.

– Dans votre travail ?

– Non, parce que, tu vois, il existe une chose encore plus puissante dans ce monde-là… (Je le regarde, interloquée. Il reprend.) L'argent, Emma. Tu n'imagines pas à quel point on peut tout acheter avec des dollars.

Tout… sauf la santé, pensé-je sombrement… Même avec tout l'or du monde, Becky resterait Becky. Je m'apprête à répliquer, mais il me coupe dans mon élan.

– À moi de poser des questions, maintenant. (Je déglutis.) Pourquoi veux-tu devenir un vampire ?

– Je vous l'ai déjà dit : ça me regarde.

– Il va falloir te montrer un peu plus convaincante.

– J'en ai envie. C'est si difficile à comprendre ? m'énervé-je, angoissée à l'idée qu'il découvre la vérité.

Il s'approche de moi, prend une fois de plus mon visage entre ses mains, caresse mes sourcils du bout des doigts. Serait-il toujours intéressé par mon sang s'il savait que je suis malade ?

– Qu'est-ce que tu essaies de me cacher ?

– Rien qui vaille la peine d'en parler. Mais si vous tenez tant à le savoir, utilisez donc votre pouvoir. Ce n'est pas comme si vous aviez le moindre respect pour moi…

Son regard s'assombrit, la pression de ses doigts s'accentue, ce qui me fait mal à la mâchoire. Il se lèche la lèvre inférieure avant de sourire légèrement. Il contient sa colère, je le sens. Mon cœur se remet à battre la chamade.

Never Gonna Be Alone retentit dans la chambre.

– Ce doit être mon frère ! m'exclamé-je, coupant court à l'échange.

Mais lorsque je m'empare de mon téléphone, c'est le nom de Matthew qui s'affiche sur l'écran. Andrew m'arrache l'appareil des mains.

– Hé !

– Prévisible, murmure-t-il. Dis-lui que tu es chez toi, ajoute-t-il en me rendant mon téléphone.

– Pourquoi devrais-je lui mentir ?

– Pourquoi tiens-tu à devenir une créature assoiffée de sang ? rétorque-t-il froidement.

Je n'aime pas mentir mais, à cet instant, dire la vérité à Matthew me paraît impossible. Il me jugerait, je le sais. Mais pourquoi Andrew s'obstine-t-il à garder le secret sur ma présence ? Après tout, il semble n'avoir aucun égard pour son frère.

Le téléphone sonne de nouveau.

– Réponds, ordonne sèchement Andrew.

J'appuie sur l'écran et porte l'appareil à mon oreille, sans quitter Andrew des yeux.

– Matthew ?

– Emma !

Il semble soulagé. Déjà, je me sens coupable.

– Il y a un problème ?

– Aucun, non. Je... je voulais juste prendre de tes

nouvelles. Savoir si tu étais bien rentrée, hier soir, vu que tu n'as pas répondu à mon SMS...

– Je me suis endormie à peine arrivée, et je n'ai pas prêté attention à mon téléphone en me levant. Mais je vais très bien. Et toi ?

– Pas mal de boulot. Je suis heureux de t'entendre un peu.

Je le revois, heurtant violemment le mur, et je revois aussi sa lèvre ensanglantée. J'ai la sensation de le trahir.

– Moi aussi, ça me fait plaisir de t'entendre. Désolée d'être partie sans t'avoir dit au revoir.

Andrew me fixe d'un regard noir, à présent, et, cette fois, je crois y déceler autre chose que du mépris. De la colère ? Je frissonne. Moi aussi, je suis furieuse.

– J'ai terminé le livre.

– C'est vrai ? Et alors, qu'est-ce que tu en as pensé ?

– Beaucoup de choses.

À son intonation, je devine qu'il sourit, à l'autre bout du fil. Moi aussi.

– J'exige un compte rendu de lecture détaillé.

– Sans faute.

Andrew s'impatiente, je le vois à son attitude. De l'index, il se caresse la joue. À quoi pense-t-il ?

– Tu es chez toi ? me demande enfin Matthew.

– Oui...

– Je pourrais passer te voir après le boulot, si ça te dit. Histoire qu'on cause un peu littérature.

– Avec plaisir. Tu m'envoies un message pour me préciser l'heure ?

– Entendu. À tout à l'heure, alors.

– À tout à l'heure.

Je raccroche, baisse le téléphone, relève doucement mon regard vers Andrew.

– Heureusement que tu devais seulement lui dire que tu étais chez toi.

– Vous savez, les gens normaux ne disent pas juste ce qu'ils ont prévu de dire, sans tenir compte du contexte de la conversation.

– Je le fais bien, moi.

– C'est bien ce que je dis : les gens normaux.

En un clin d'œil, il s'éloigne et gagne la porte. Chaque fois qu'il est en colère, j'ai la sensation que la température ambiante baisse de plusieurs degrés. Je me frictionne les bras.

– Qu'est-ce que tu attends ? Suis-moi, je te raccompagne chez toi.

*

À bord de son Audi, Andrew ne décroche pas un mot jusqu'à Brooklyn. Impossible de déchiffrer ce silence.

Il s'arrête devant mon immeuble, laisse le moteur tourner. Ça me va – je ne souhaite pas particulièrement qu'il aille plus loin. Il fixe la rue en silence, mâchoires serrées. Pourquoi semble-t-il toujours en colère ? Je lâche un timide « merci » avant de m'extirper du véhicule. Au moment où je referme la portière, la vitre teintée se baisse.

– Passe un bel après-midi avec mon frère. Et n'hésite pas à lui proposer ton fameux marché. Je suis persuadé qu'il saura accéder à ta demande, lâche-t-il avant de repartir en trombe.

Note pour moi-même : Andrew aime les sarcasmes.

Il y a une logique à tout.
Parfois, pourtant, la réalité nous dépasse.
Le fait qu'A. soit un vampire me dépasse.

Chapitre 12

J'ouvre la porte de mon appartement avec difficulté ; les paroles d'Andrew résonnent encore en moi.

Matthew ne sera jamais une solution, et Andrew se moque de moi – encore. Viendrai-je un jour à bout de Becky ?

Je me débarrasse de mon manteau et constate que mon frère m'a laissé un mot sur le comptoir. Le contraire m'aurait étonnée. Je me laisse tomber sur le canapé. Je ferme les paupières, revis dans ma tête les dernières vingt-quatre heures. Les événements me dépassent. Je me frotte les yeux pour chasser le sommeil. J'ai du boulot qui m'attend.

Je m'installe à mon bureau et traite les demandes en attente que mon patron m'a adressées par mail. Mon travail est mécanique, et pas très épanouissant. Il a su me satisfaire jusqu'à présent parce que l'idée de rester chez moi était réconfortante. Aujourd'hui, il ne me suffit plus.

La sonnerie de mon téléphone me tire de mes pensées. Le prénom de Matthew s'affiche sur l'écran, ce qui imprime un sourire à mes lèvres, mais je déchante rapidement.

– Emma, je suis vraiment désolé, une réunion vient de me tomber dessus et je pense qu'elle va se terminer tard. On reporte à demain ? (« Monsieur, votre frère vous attend », annonce une voix derrière lui.) Bon, je dois te laisser. Prends soin de toi, et à demain, d'accord ?

– À demain, Matthew.

Par la suite, je peine à me concentrer sur mon travail et, sentant la migraine – et les soubresauts qui vont avec – fondre sur moi, je finis par avaler quelques cachets. Vers 19 h 30, je décide d'éteindre l'ordinateur. La nuit tombe doucement sur New York, mon frère n'est toujours pas rentré. Je prépare le dîner et m'installe devant *Grease* pour la cinquante-huitième fois.

Vers 21 heures, tandis que je couche dans mon journal les événements de la veille, une notification apparaît sur mon téléphone.

> **Matthew – Aujourd'hui 22:23**
> Je pense à toi, Emma. Encore désolé pour ce soir, je suis toujours coincé au boulot. J'ai hâte d'être à demain. Fais de beaux rêves.

Je souris. Je suis touchée qu'il m'envoie ce petit mot alors qu'il est encore en train de travailler.

Je lui réponds.

> **Emma – Aujourd'hui 22:27**
> Je pense à toi aussi. Ce n'est pas grave, pour ce soir. Bon courage, et j'espère que tu pourras bientôt rentrer chez toi. J'ai hâte aussi.

*

– Mademoiselle Reyes ? Bonjour, ici le service recrutement d'Anderson Corporation. Nous vous appelons pour vous annoncer que votre candidature au poste d'assistante de direction a été retenue. Félicitations.

J'ai dû mal entendre. J'éloigne le téléphone de mon oreille pour vérifier le numéro appelant. Nous sommes samedi. Comment se fait-il que ces gens travaillent durant le week-end ?

– Mademoiselle ?

– Oui. Merci beaucoup, mais... mais je pensais que monsieur Anderson avait déjà trouvé une assistante.

– Elle était en période d'essai. Apparemment, elle n'a pas fait l'affaire. Monsieur Anderson l'a congédiée. Êtes-vous toujours intéressée par le poste ?

– Je... oui, je...

– Très bien. Dans ce cas, nous aimerions que vous vous présentiez dès lundi à 9 heures. Bonne journée, mademoiselle.

– Bonne journée... dis-je avant de raccrocher, éberluée.

Rebecca me fixe en silence de l'autre côté du comptoir de la librairie, attendant que je lui explique, mais je suis incapable de prononcer un mot. Je reprends place sur le canapé et triture mes nouilles chinoises du bout de mes baguettes.

– Il faut vraiment te sortir les vers du nez ?

Rebecca hausse les sourcils.

– J'ai le poste... chez Anderson Corporation.

Le dire à voix haute rend la situation plus bizarre encore. Je n'arrive pas à réaliser.

– Tu en fais, une tête ! Tu devrais être contente, non ?

Je fixe mon amie. Bien sûr, elle ignore tout de mes récents échanges avec Andrew. Pour ma part, je ne peux m'empêcher de trouver ça suspect. Qu'est-ce qui a bien pu le pousser à changer d'avis ?

– Oui, je suis contente, c'est juste que... je ne m'y attendais pas du tout.

– Moi, j'étais persuadée que ça marcherait. C'était écrit !

– Parfois, dis-je en jouant avec l'emballage de mes nouilles, j'aimerais avoir ta sérénité.

– On va travailler là-dessus ensemble. Parce que ce poste, dit-elle en tapotant la table de son index, c'est juste le début. De grandes choses t'attendent, tu verras.

Elle me presse la main, et nous enchaînons sur mon rencard.

J'ai prévenu Matthew que je le retrouverai directement sur place. Lorsque je franchis le seuil de ce petit café de la 13e Avenue, je comprends tout de suite pourquoi il l'a choisi : la décoration, délicieusement désuète, évoque un vieux roman anglais, et une bonne partie des murs est couverte d'ouvrages. Matthew patiente à une table, un roman à la main. Je déchiffre le titre : *Un palais d'épines et de roses*.

– Bonsoir, susurre-t-il, un sourire aux lèvres.

– Bonsoir, dis-je, Je vois que tu as acheté un nouveau livre.

– Il me semblait passionnant quand tu m'en parlais l'autre jour.

Son sourire s'étire jusqu'à son regard. Je m'étonne à prendre note de ce genre de détails.

– C'est vraiment très joli, ici, dis-je en détaillant les lieux.

– J'étais certain que ça te plairait. Alors, ta journée ?

Je lui raconte mon après-midi avec Rebecca, omettant sciemment de mentionner l'appel d'Anderson Corporation. Je lui montre les livres que j'ai achetés dans la librairie de mon amie, et j'ignore s'il feint de s'intéresser à mes emplettes ou s'il est sincère, mais il me pose un tas de questions.

– Et toi, tu n'as pas fini trop tard, hier soir ?

– Si, malheureusement. On n'arrivait pas à se mettre d'accord, entre services, et Andrew ne nous facilitait pas les choses, il rejetait toutes les propositions qu'on pouvait lui faire... Bref, un vrai casse-tête. Mais je ne vais pas t'assommer avec ces histoires de boulot.

– Ça ne me dérange pas.

Il m'étudie en souriant.

– De toute façon, il n'y a pas grand-chose à dire de plus.

– Vous êtes restés jusqu'à quelle heure ?

– Minuit passé, il me semble. Je ne sais plus très bien.

J'accueille l'information, les yeux écarquillés. Quel genre de patron impose de tels horaires à ses employés ? Matthew s'amuse de ma naïveté. Apparemment, c'est monnaie courante dans le monde des affaires.

Nos plats ne tardent pas à arriver, et nous mangeons en parlant de tout et de rien. Je me débrouille pour éluder les questions sur Butler et sur le lycée. Est-ce que ma conversation n'est pas un peu limitée ? J'aimerais tellement savoir ce qu'il pense...

Le dîner terminé, nous quittons le restaurant. Nous partons nous promener du côté de Times Square, et je sens sa main prendre la mienne tandis que nous nous approchons d'un Mickey de fortune posant pour quelques dollars. Ma main serre la sienne, hésitante. Nous nous asseyons sur les marches – une première pour moi, avoué-je. Nous sommes entourés de touristes. Matthew pianote sur son téléphone.

– Un problème ? demandé-je au bout du cinquième message, légèrement agacée.

– Le boulot, s'excuse-t-il en rangeant l'appareil dans la poche de sa veste.

L'affiche de la comédie musicale *Roméo et Juliette* clignote sur un panneau publicitaire. Je sens le regard de Matthew sur moi.

– Je tiens toujours à t'y emmener, déclare-t-il avec un sourire.

En guise de réponse, je me blottis contre lui et ferme les yeux un instant. Je me sens bien.

L'air est frais, et de petits nuages de vapeur s'échappent de mes lèvres au rythme régulier de ma respiration. Nous décidons de rentrer, et Matthew me conduit jusqu'à sa voiture, où Gary, son chauffeur, nous attend. Il démarre, sans poser de question, et emprunte la 7e Avenue. Matthew, silencieux, pianote de nouveau sur son téléphone, absorbé par une conversation dont je ne sais rien. Il semble contrarié, mais je n'ose pas faire de nouvelle remarque. Par la fenêtre, je regarde les immeubles défiler.

– La soirée t'a plu ?

Il a rangé son téléphone.

– Oui, dis-je en souriant. C'était vraiment bien, Matthew.

On se fixe un instant sans dire un mot ; il se mord la lèvre, hésitant.

– Dommage que tu sois si vite partie, la dernière fois, au dîner de charité. Tu avais l'air de bien t'amuser.

– C'était super, oui. Et tu avais raison : on a vraiment bien mangé. D'ailleurs, mon estomac a mis plusieurs jours à s'en remettre !

– Tu t'entendais bien avec Nathan, lâche-t-il de but en blanc.

L'affirmation ne devrait pas me déstabiliser. Pourtant je le suis. Peut-être est-ce dû à l'intonation de sa voix ? J'ai l'impression d'être coupable de quelque chose. Serait-il jaloux ? Ou essaie-t-il simplement de lancer une discussion ? Mal à l'aise, je garde le silence.

– Non ? relance-t-il en me scrutant.

– Oui, je l'ai trouvé sympa, réponds-je, en bredouillant à moitié.

– Il te plaît ?

Le rouge me monte aux joues. Je cherche la commande de la fenêtre.

– Mince, comment on fait pour ouvrir ce truc ?

Pour toute réponse, Matthew appuie sur un bouton, et la vitre descend légèrement. Une bourrasque de fraîcheur s'engouffre dans la voiture, me décoiffant au passage. Comme il me fixe toujours, je lui rends son regard.

– Tu crois que... Tu crois qu'il m'intéresse ?

– Je ne sais pas. J'essaie juste de comprendre. Ce n'est pas toujours facile de savoir ce que tu penses.

Où veut-il en venir ? Pourquoi mettre ce sujet sur le tapis alors que nous venons de passer une bonne soirée ?

Le silence se prolonge. La berline stoppe à un carrefour. La circulation est bien moins dense, à cette heure-ci, et nous serons déjà bientôt chez moi.

– Je n'ai pas la moindre intention de sortir avec Nathan, finis-je par répondre. On discutait, rien de plus.

Matthew se fend d'un sourire discret. Est-il soulagé ou simplement amusé ? Je reconnais, dans son comportement, de légères similitudes avec celui d'Andrew. Le côté ombrageux en moins, sans doute.

– Et mon frère ?

Mon cœur manque un battement. Je déglutis péniblement et me concentre sur les buildings que nous dépassons. Respire, Emma. Après tout, ce n'est qu'une simple question. Pourtant, j'ai l'impression de marcher sur une corde pendue au-dessus du vide.

– Eh bien quoi, ton frère ?

– Je n'en sais rien... À toi de me le dire.

Sa voix est douce, mais je perçois une nuance de reproche.

– Je ne te suis pas.

– Tu vas devenir son assistante, Emma.

Volontairement, j'ai évité ce sujet toute la soirée. Pour être honnête, je ne pensais pas qu'il serait au courant.

– C'est vrai. J'ai d'ailleurs passé un entretien avec lui avant de te rencontrer.

– Et ?

– Et c'est tout, Matthew. Il s'avère que j'ai eu le poste, réponds-je sur un ton impatient.

Soudain, je reprends le fil de la conversation avec

Matthew depuis que nous avons quitté Times Square, et je réalise à quoi il fait allusion. Mon sang ne fait qu'un tour.

– Est-ce que tu es en train de sous-entendre que j'ai passé cette soirée à flirter avec Nathan ? Ou pire, que je flirte avec ton frère ?

Il me considère, impassible.

– Je n'ai pas dit ça. Je pense seulement que tu ne t'en rends pas forcément compte quand un homme flirte avec toi, Emma.

Sa réponse me laisse sans voix.

De nouveau, il se concentre sur son téléphone alors que nous nous engageons sur le pont de Brooklyn. Pourquoi suis-je incapable de répliquer ?

La voiture finit par s'arrêter au bas de mon immeuble. Gary sort du véhicule et vient se poster devant ma portière, mais il ne l'ouvre pas. Lorsque j'approche ma main de la poignée, je sens les doigts de Matthew me saisir délicatement le bras.

– Attends, implore-t-il d'une voix douce. (Je suspends mon geste, le fixe dans le blanc des yeux.) Tu es fâchée ?

Je me mords la lèvre inférieure. Évidemment, que je le suis.

– Tu t'attendais à quoi ? À t'écouter, je flirte avec tous les hommes que je rencontre, et le pire, c'est que je ne m'en rends même pas compte.

– Je suis désolé, d'accord ? Ce n'est pas ce que je voulais dire... Mais je n'arrive pas à savoir ce que tu ressens, et je me sens perdu.

– Là, tout de suite, je ressens surtout de la colère.

– J'ai bien compris, répond-il en riant.

– Tes sous-entendus sont insultants, Matthew. Pour moi, cette soirée s'est résumée à des mondanités. À ce que je sache, c'est ce qui est prévu lors d'un dîner mondain, non ? Mais il est vrai que je ne suis pas une experte.

– J'essaie d'apprendre à mieux te connaître. Après tout, je ne sais rien de ta vie avant New York, je ne sais pas qui tu es.

Avant New York, il y avait Becky, encore et toujours Becky. Elle bouffait tout mon oxygène. Tout ce qui s'est passé avant a été souillé par elle.

Alors, non, je n'aime pas parler de ma vie d'avant, tout simplement parce que je désire repartir de zéro. Lui parler de mon passé, même sur des sujets plus légers, c'est une porte que je ne veux pas ouvrir. Car au creux de chaque souvenir, même heureux, Becky est là, tapie.

– Respecte mon jardin secret, Matthew. De mon côté, je ne te demande rien sur cette Addison alors que, clairement, ton comportement est plus ambigu que le mien. Et puis, d'ailleurs, je n'en sais pas davantage sur toi, ta famille et le reste...

– Je peux t'expliquer, si tu y tiens.

– M'expliquer quoi ? Addison ? (Il acquiesce.) Non merci. Si un jour tu m'en parles, je veux que ça vienne de toi ; je veux que tu aies envie de te confier, pas que tu me fasses un compte rendu pour assouvir ma curiosité. Et je te le demande, Matthew : s'il te plaît, fais de même avec moi, conclus-je avant de refermer la portière.

Chapitre 13

Andrew est là, sur mon canapé, encore. J'aimerais y être indifférente, et pourtant mon cœur s'agite. Sa présence provoque en moi quelque chose que je n'arrive pas à nommer.

– C'est l'un de vos passe-temps préférés, d'entrer par effraction chez les gens ?

Il me sourit, amusé.

– Ne fais pas comme si cela te dérangeait.

Il se lève et s'approche doucement de moi. Il porte une veste en cuir, et ses cheveux sont coiffés négligemment en arrière. La vie doit être tellement facile quand on est si beau...

– Que faites-vous ici ?

Il ne répond pas et pose délicatement sa main sur mon visage. Mon cœur manque un battement. Je baisse les yeux pour cacher mon embarras, et des émotions qui me sont inconnues s'entrechoquent. Je serre les jambes sans trop comprendre pourquoi. Il esquisse un sourire, satisfait de son pouvoir. Je lui souris à mon tour. Pourquoi ? Son regard semble vouloir dire mille choses. J'ai arrêté de respirer, je crois.

Je tente d'échapper à son emprise et recule de plusieurs pas.

– Vous n'avez rien à faire ici.

Ma voix manque de conviction. Il le perçoit et tout s'enchaîne très vite. En une seconde, il est contre moi et m'accule à la porte de ma chambre. Il l'ouvre d'une main, nous entrons. Je sens son souffle contre mon visage. Cette tension charnelle est insoutenable, elle ravage mon estomac. Je ne suis pas certaine de supporter cela encore longtemps.

– Tu vois comme ton corps réagit au mien, Emma. (Il marque une pause, jauge mon regard.) Si tu savais ce que ça me fait...

Sa dentition droite, qui se dévoile derrière son sourire mutin, fait palpiter mon cœur. Sa posture, sa gestuelle et cette tenue sombre, si différente de son costume habituel, ont des effets étranges sur mon corps, plus particulièrement lorsque j'entends cette bouche obscène prononcer de telles paroles. Ce que ça lui fait ? Est-ce que...

Ma gorge est sèche, je le fixe tout en m'humectant les lèvres. Son regard s'obscurcit, et ses canines s'allongent alors que son sourire s'étire davantage.

Il avance encore, m'obligeant à reculer jusqu'à mon lit. Je bascule tandis qu'il se positionne au-dessus de moi. Il me dévore du regard. Je n'ose plus bouger. Il embrasse délicatement ma mâchoire. Je laisse échapper un soupir. Ses lèvres et ses canines se pressent contre ma peau. Je ne suis pas effrayée, au contraire. Je serre les draps dans mes mains en espérant ne pas sombrer trop profondément.

Sa main caresse mon estomac. Peut-il percevoir le tumulte qui l'agite ? Ses lèvres se posent sur mon cou, sa langue vient chatouiller mon oreille, et je me cambre, instinctivement. Je devine alors son désir à travers son pantalon. Il cesse ses baisers, et je ne sens plus sa main sur mon ventre. J'ouvre les yeux. Il me fixe d'un regard noir.

– Si je suis là, Emma, c'est uniquement parce que tu le désires, murmure-t-il en approchant ses lèvres des miennes...

BIP BIP BIP BIP

Je pousse un râle rauque, un mélange de frustration et de colère... avant de jeter mon oreiller contre le réveil, qui continue d'émettre ce son strident que je décide de détester à partir d'aujourd'hui. Mon sommeil a été agité. J'ai rêvé d'Andrew, à plusieurs reprises. Ma discussion avec son frère m'a plus déstabilisée que je ne le pensais.

Je prends une douche froide pour recouvrer mes esprits et réalise que je suis toujours en colère contre Matthew. Je ne flirtais pas avec Andrew, encore moins avec Nathan, et ni l'un ni l'autre n'ont de vues sur moi. Matthew semble, à ce sujet, négliger un facteur primordial : je ne suis « que » Emma, une jeune femme sans histoires originaire de Butler.

Le principe même de séduction m'est étranger, je n'ai rien en commun avec ces mannequins de magazines que son frère a pour habitude de séduire. Peut-être que s'il avait vu comment les hommes se comportaient avec moi dans ma ville natale, il cesserait de douter.

8 h 50. Je m'engouffre dans le hall immense de la tour Anderson Corporation, vêtue d'une simple jupe bleu

marine, d'un chemisier blanc à pois et d'un gilet moutarde, avec un petit manteau. J'ai été tentée de venir en jean, mais je suis sûre que cela ne correspond pas aux critères d'Anderson Corporation. Il est déjà certain que ma tenue va trancher sévèrement avec celle des précédentes assistantes d'Andrew. J'ai quand même fait l'effort de relever mes cheveux en un chignon, d'où s'échappent quelques mèches, qui balaient mon front.

Le hall de l'immeuble est bondé de gens qui se dirigent vers les ascenseurs. Je me demande combien de personnes travaillent ici. Je montre mon badge à deux agents de sécurité et pénètre dans la première cabine qui se présente. Quarante-cinq étages plus haut, les portes s'ouvrent.

– Mademoiselle Reyes ?

Je m'approche du comptoir, tendant mon badge à la jolie métisse aux yeux verts. Elle porte une tenue d'un blanc immaculé, qui rehausse avec élégance son teint mat.

– Bonjour, dis-je en souriant. Mademoiselle Reyes, en effet.

– Nous vous attendions, répond-elle en se levant pour me rejoindre de l'autre côté du comptoir. Veuillez me suivre, je vous prie.

J'emboîte le pas à Vanessa – comme l'indique son badge –, en direction du bureau de M. Anderson. Je prends le temps d'admirer les toiles accrochées aux murs : des œuvres d'art moderne abstraites, invariablement rouges, mais d'un rouge décliné en des milliers de nuances, et revêtant des formes parfois étranges. Nous passons la grande porte en chêne blanc et je me revois brièvement le jour de l'entretien. Vanessa poursuit son chemin le long d'un couloir éclaboussé de lumière et s'arrête enfin devant une autre porte, qu'elle ouvre en un tour de clé. Elle m'invite à entrer.

– Je vous en prie.

Le bureau est aussi vaste que ma propre chambre. La décoration est sommaire, mais l'endroit est très lumineux. La longue baie vitrée offre un panorama époustouflant. Je sens que je vais me plaire, ici.

– Voici votre bureau, et en voici la clé. Nous en avons un double à l'accueil, au cas où. Ici, dit-elle en désignant un écran mural qui affiche un planning, c'est l'agenda de monsieur Anderson. Il est relié à votre ordinateur, ce qui vous permet d'obtenir une vue rapide sur ses activités. Là, vous avez les dossiers en cours, m'indique-t-elle en tapotant une pile sur le bureau. Sur ce téléphone, les raccourcis vers tous les départements de l'entreprise sont enregistrés. Vous tapez le nom de la personne que vous souhaitez avoir en ligne, et l'appel passe automatiquement. Pour connaître les noms des autres employés, consultez ce petit classeur : tout l'organigramme s'y trouve.

– Concernant les dossiers, dis-je, est-ce que la précédente assistante a laissé des indications, des notes pour reprendre là où elle s'est arrêtée ?

– Non. Et elle n'est malheureusement plus joignable. Mais si vous avez la moindre question, poursuit Vanessa d'une voix douce, n'hésitez pas : j'essaierai de vous aider au mieux à prendre vos marques.

– Merci beaucoup.

Qu'est-il advenu de l'assistante de l'autre soir ? L'idée qu'Andrew l'ait tuée me glace le sang.

Je dépose ma sacoche quasi vide au pied de mon bureau et m'installe sur le fauteuil en cuir. Une feuille est posée sur le clavier de l'ordinateur. Mes identifiants y sont inscrits, et quelques informations utiles.

Je passe ma matinée à éplucher et à trier les dossiers, à tenter de comprendre l'enchevêtrement des différents éléments. Je m'attends à ce qu'Andrew fasse son apparition pour me donner quelques directives, mais rien. Heureusement, la précédente assistante a réalisé un travail exemplaire, ce qui facilite considérablement ma tâche.

Demain : réunion pour le projet Bloodlines. Je décide de me concentrer principalement là-dessus avec les quelques éléments en ma possession. Peu à peu, je prends mes marques. Je note des idées, effectue des recherches sur les collaborateurs afin de savoir à qui nous aurons affaire. J'appelle le service comptabilité pour avoir les budgets en tête. Progressivement, je perds la notion du temps.

Absorbée par le travail, plongée dans un silence de cathédrale, j'entends soudain une feuille se froisser. Relevant la tête, je découvre Andrew, confortablement installé dans le fauteuil en face de moi, une feuille à la main. La surprise est telle que je manque de basculer de ma chaise.

– Ravi de voir que je vous fais toujours de l'effet, mademoiselle Reyes, déclare-t-il sans relever les yeux de la feuille qu'il consulte.

Je reprends contenance, et occupe mes mains à rassembler les papiers éparpillés sur mon bureau, comme si de rien n'était.

– Ça vous arrive, de vous annoncer ?

– Tu semblais si concentrée...

– Je fais ce pour quoi je suis payée.

– Ton emploi est purement fictif, Emma. Mais c'est gentil de te donner tout ce mal.

Sa réponse me laisse sans voix.

– Fictif ?

– Eh bien ? Qu'est-ce que tu ne comprends pas dans ce mot ?

– Je sais ce que ça veut dire. Je n'en comprends simplement pas le sens ici.

– J'ai besoin d'avoir sous la main de quoi assouvir ma soif, répond-il, toujours focalisé sur sa lecture.

Vient-il vraiment de dire ça ? Accepterait-il mon marché ? Ma fierté m'empêche de lui poser la question.

– Votre précédente assistante avait pourtant l'air de réellement travailler sur ces dossiers. Elle faisait même plutôt du bon travail, pour ce que j'ai pu en voir...

– Il faut bien entretenir l'illusion.

Agacée par ses réponses, je m'efforce de garder mon calme. Il est mon patron : peu importe ce qu'il pense de ce poste. De toute évidence, ses assistantes occupaient bien plus qu'un emploi fictif.

– Est-elle... morte ? finis-je par demander.

– Peut-être. Peut-être pas. Est-ce vraiment important ?

Il s'obstine à fixer sa feuille, affectant toujours cet air détaché qui me rend folle de colère.

– Oui, ça l'est, réponds-je sur un ton sec.

Comment peut-il trouver ce détail anecdotique ? A-t-il une si petite estime de la vie humaine ?

– J'avais presque oublié combien ta curiosité pouvait se révéler agaçante.

Je me mords la lèvre inférieure pour tenter de canaliser mes émotions. Je fais mine de me remettre au travail, l'ignorant consciencieusement. Mais je sens son regard peser sur moi, et j'ai du mal à me concentrer.

– Désires-tu toujours être transformée ?

Mon cœur bondit dans ma poitrine. Cette façon qu'il a d'aborder les sujets primordiaux avec nonchalance... Je voudrais lui tenir tête, lui dire que non, le marché ne m'intéresse plus, mais Becky ricane en arrière-plan, et je ne peux l'ignorer.

– Oui, dis-je. Toujours.

Je le regarde droit dans les yeux, mais son expression est indéchiffrable.

– Qu'as-tu à m'offrir en échange ?

– Vous le savez très bien, répliqué-je instantanément.

– J'ai envie de te l'entendre dire.

Je déglutis. Il joue avec moi, et il sait qu'il est en position de force. Il en profite, et je le déteste pour ça, mais je n'ai pas le choix.

– Je serai votre assistante à emploi fictif qui vous servira de repas sur pattes, tenté-je d'ironiser.

Il s'esclaffe.

– C'est tout ?

– Qu'espérez-vous de plus ? répliqué-je, mâchoires serrées.

– Avec mes autres assistantes, affirme-t-il, un sourire aux lèvres, j'obtenais toujours plus.

L'image de son assistante me revient en mémoire : elle, allongée, jouissant sous ses coups de boutoir. J'ai compris où il voulait en venir, et il le sait.

– Si vous désirez plus, craché-je, il faudra user de votre pouvoir sur moi.

Je ne suis qu'un jouet à ses yeux, un jouet tout neuf, et je me sens humiliée. Au final, je ne sais pas ce qui est le pire : céder à sa demande et survivre à Becky ou laisser Becky m'emporter fragment par fragment. Des larmes perlent au coin de mes yeux.

Il s'approche de moi et s'appuie sur la table, faisant tomber une pile de documents au passage. Un instant, je crois qu'il va essuyer l'une de mes larmes avec son pouce, mais il ne le fait pas, se contentant de me fixer d'un regard avide.

– Jamais je n'ai usé de mon pouvoir sur une femme pour lui faire l'amour, Emma, et ce n'est pas avec toi que je vais commencer.

Je sors un mouchoir, essuie moi-même mes paupières. Comment peut-il être si dur et si doux à la fois ?

– Mon consentement vaut uniquement pour le sang, finis-je par répondre, en reniflant, soulagée.

– Je n'ai pas fini : ce que je voulais dire, c'est que j'attendrai simplement le jour où tu en auras envie. Car je sais que ce jour arrivera.

Je suspends mon geste et, de nouveau, ma colère prend le dessus sur ma tristesse.

– Ce jour n'arrivera jamais, monsieur Anderson. Je peux vous le garantir.

– Je suis certain du contraire.

Ce sourire ! Je voudrais l'arracher de son visage.

– Et si vous vous trompiez ? demandé-je, la voix légèrement tremblotante. Notre marché tiendrait-il toujours ?

– Hum… Honnêtement, je ne sais pas…

Sa réponse me fait l'effet d'un coup de fouet. Je me lève brusquement de ma chaise et gagne la porte, furieuse. Jamais il ne me transformera. Il s'amuse avec moi, rien de plus.

Mais à peine ai-je eu le temps de poser ma main sur la poignée que le voici devant moi. Son parfum, sa peau fraîchement rasée... Mon cœur s'emballe, et un sourire se dessine sur ses lèvres. Les images de mon rêve me reviennent subitement en tête... Je ferme les yeux pour tenter de les chasser de mon esprit.

– Tu sais quoi, Emma ? Je te transformerai le jour de tes vingt-deux ans. Qu'importe le contenu du marché.

– À quoi jouez-vous ?

– À rien. Je souhaite juste te montrer ma bonne foi.

– Vous êtes trop sûr de vous... Je n'ai rien de plus à vous offrir que mon sang.

– Emma, Emma, Emma... répète-t-il comme s'il s'adressait à une enfant.

Il passe son pouce sur mes lèvres, et son visage est si près du mien que je peux sentir son haleine mentholée. Il s'approche davantage, sa bouche n'est plus qu'à quelques centimètres de la mienne... J'ai cessé de respirer. Il murmure à mon oreille :

– Tu pourras honorer ta part de notre pacte le jour où on fera l'amour Emma. Je sais que ce jour viendra et je te garantis que tu adoreras ça.

Il quitte mon bureau aussi prestement qu'un courant d'air, me laissant pantelante. Progressivement, j'entrevois la possibilité d'une vie sans Becky.

Chapitre 14

Durant le reste de la semaine, Andrew prend bien soin de ne plus m'adresser la parole. Chaque matin, je frappe à sa porte pour le saluer, manifester ma présence, lui montrer que je suis une assistante sur qui il peut compter, en somme. Et chaque matin, il m'ignore. Alors, je regagne mon bureau, ouvre ma boîte mail et commence ma journée avec une tasse de thé.

Andrew a mis en place une routine. Tous les jours, en fin de matinée, il va et vient dans mon bureau, jette un coup d'œil aux feuilles éparpillées autour de mon ordinateur, en ramasse deux ou trois, s'installe dans le fauteuil en face de moi, les lit en silence, puis retourne à ses occupations. Chaque fois, j'espère qu'il va m'adresser un mot. Il ne le fait pas.

Parfois, l'espace d'une fraction de seconde, son regard croise le mien, et je me sens perdue. Depuis la discussion que nous avons eue, je ne sais plus comment me comporter en sa présence. Je ne voudrais pas que mon silence soit mal interprété ; j'essaie de garder un air détaché. Il est impossible, cependant, qu'il ne remarque rien quand il entre dans la pièce – le rythme de ma respiration qui s'accélère et, surtout, cette manière détestable que j'ai d'enlever et de remettre en permanence le capuchon de mon stylo. Est-ce que j'aime cette tension ? Est-ce que je la hais ? En tout cas, ce silence me déstabilise.

Je prends conscience de mon état de dépendance lorsque, le cinquième jour, il ne vient pas... On est vendredi, et l'idée de partir en week-end sans le voir bouleverse tous mes repères. À peine une semaine que je travaille ici, et je me suis déjà habituée à ce petit jeu. Je mordille frénétiquement mon stylo. Pourquoi ne s'est-il pas montré ? Où est-il ?

Je balance mon stylo à l'autre bout de la pièce. Mon geste me surprend moi-même. Il faut que cette mascarade cesse – je dois me débarrasser de cette emprise malsaine. Parce que tout est calculé, j'en suis sûre : il cherche à provoquer ce trouble, il veut que je cède.

Ses paroles résonnent dans ma tête : « Tu pourras honorer ta part de notre pacte le jour où on fera l'amour Emma. Je sais que ce jour viendra et je te garantis que tu adoreras ça. »

– Non ! m'écrié-je malgré moi.

Je me frotte le visage. J'ai attendu jusqu'à 13 heures qu'il franchisse cette fichue porte. Je ne suis toujours pas descendue me chercher de quoi manger. Par de simples visites silencieuses, Andrew a réussi à me rendre dépendante de lui. A-t-il eu recours à ses pouvoirs ou suis-je juste faible ?

Je regarde par la fenêtre. Il fait gris, le soleil peine à percer, New York semble plongé dans une semi-obscurité.

Hors de question que je reste une minute de plus dans ce bureau. J'enfile mon manteau, mon écharpe et mes gants, et décide de sortir pour aller m'acheter un sandwich chaud.

J'échange un sourire avec Vanessa et m'engouffre dans l'ascenseur. Durant toute la semaine, à chaque fois que je montais ou que je descendais, je me suis demandé à quel étage travaillait Matthew. Bientôt sept jours que je n'ai pas eu de ses nouvelles. Est-ce qu'il m'évite ou est-il occupé à autre chose ? Est-il... fâché ?

Le tintement de l'ascenseur met fin à mes rêveries. Les portes s'ouvrent, et je suis toute surprise de voir entrer Nathan.

– Emma ! Quoi de neuf? s'exclame-t-il en me prenant dans ses bras.

Je lui rends son étreinte.

– Tu viens voir Matthew ?

Nathan s'appuie contre la paroi de l'ascenseur. Il porte un pantalon noir très moulant qui tombe bas sur ses hanches et une veste en cuir qui s'accorde vraiment mieux avec son look que le haut de costard de l'autre soir.

– Ouais, mais je sors de son bureau, il n'est toujours pas revenu de Singapour. (Nathan marque une pause.) Il t'a parlé... d'Addison ?

– Non, réponds-je, perplexe.

Matthew est retourné voir Addison. Je ne sais pas quoi en penser. A-t-il abandonné l'idée d'arriver à quelque chose avec moi ? Sans doute est-ce notre discussion houleuse qui l'a poussé à partir retrouver cette fille. Je tente de garder une expression impassible.

– Mais attends… En fait, tu bosses ici, maintenant, non ? demande Nathan pour rapidement changer de sujet.

– Oui, j'ai commencé lundi, dis-je, ravie de son initiative.

– Et tu travailles avec Andrew, c'est ça ? Alors, ça va ? Il n'est pas trop dur avec toi ?

– Il a son caractère, mais ça va.

– D'accord. N'hésite pas à venir me parler si tu as un coup de mou, OK?

Il me fixe avec bienveillance, et l'ascenseur arrive au rez-de-chaussée. Quand les portes s'ouvrent, il m'invite à sortir la première.

– Pourquoi tu voudrais que ça se passe mal ? demandé-je innocemment.

– Bah, je connais bien Andrew, et je l'aime beaucoup, mais il a sa réputation, ce n'est pas un modèle de tendresse. Mais tant mieux si ça se passe bien.

– Et toi, qu'est-ce que tu fais ici ? Tu travailles pour Anderson Corporation en plus de la musique ?

– Houlà, non, pas de danger, répond-il en riant. Vu que j'étais dans le coin, j'étais passé voir si Matthew était revenu. Tu pars déjeuner ?

– Je vais me prendre un panini chez l'Italien du coin, réponds-je, resserrant mon manteau tandis que nous franchissons les portes à battant du building.

– J'aurais adoré rester avec toi, mais on a des répétitions tout l'aprèm. Au fait, on donne un concert privé, ce soir. Ça te branche de venir ?

– Pourquoi pas ! C'est où ?

– Au Rockefeller Center. Ça commence à 19 heures. Tu

peux venir avec ton frère, si tu veux : je te ferai mettre deux places de côté à l'entrée.

Il se souvient que mon frère est fan du groupe ; notre conversation de l'autre soir n'était pas « juste » une discussion. Agréable de savoir qu'il a été aussi attentif. Et ça me change tellement d'Andrew !

– Génial. Jonathan sera ravi.

– Allez, il faut que je file. Tiens, prends mon numéro et envoie-moi un message après le concert, on ira boire un verre, d'accord ?

Il me tend sa carte, puis me serre de nouveau brièvement dans ses bras, avant de disparaître dans la foule.

À peine remontée de ma pause-déjeuner, et en prévision du week-end, je mets à jour tous les dossiers en cours. J'ai travaillé suffisamment dur cette semaine pour ne pas être prise de court, et je termine même avec un peu d'avance. Je profite du temps qu'il me reste pour faire quelques recherches sur Anderson Corporation.

L'entreprise n'est pas aussi ancienne que je le pensais : elle a vu le jour il y a seulement sept ans. Sans doute Andrew possédait-il une autre société avant, sous un nom différent. Il doit prendre un grand soin à n'éveiller aucun soupçon.

Google Images, à présent. Je suis curieuse de voir le nombre de photos de lui disponibles sur le Net.

Je fais défiler les clichés. Il y en a énormément, et ils se ressemblent tous. Bien sûr, et quelle que soit la date, aucune ride ne vient abîmer son joli visage. Toujours cet air d'éternelle jeunesse. Et toujours cette expression déterminée, ce regard dur.

Je ne connais pas son âge exact, mais je sais qu'il est plus âgé que Matthew. Ce n'est pourtant pas l'impression que donnent ces images. Je regarde une photo des deux frères, et la différence est frappante. Andrew semble avoir tout juste l'âge de mon frère ; Matthew, lui, pourrait avoir trente ans... Andrew était-il plus jeune quand il a été transformé ? Quand tout cela a-t-il eu lieu ?

La porte de mon bureau s'ouvre, et je ferme précipitamment la fenêtre de mon ordinateur. Andrew est là. Toujours aussi silencieux, mais je m'y suis habituée.

– Emma, j'aurais besoin que tu traites ce dossier en urgence avant de partir.

Un frisson me parcourt l'échine lorsque j'entends le son de sa voix. Cela fait si longtemps...

– Je resterai dans mon bureau assez tard, ajoute-t-il. Viens me l'apporter quand tu auras fini.

La force de sa voix me percute après plusieurs jours sans l'avoir entendue une seule fois. Je prends la chemise cartonnée et le gros classeur qu'il me tend, il repart sans un mot.

Drôle d'emploi fictif : le boulot ne manque pas. J'ai l'impression qu'Andrew me met à l'épreuve. Me trouve-t-il à la hauteur ? En consultant le dossier, je prends conscience de l'ampleur de la tâche. Je dois estimer la viabilité d'un investissement, son coût potentiel, ce qu'on peut y injecter, le retour qu'on est en droit d'attendre. Une étude de marché est à ma disposition, que je vais devoir lire en entier. Autant dire que j'en ai pour un bon moment. Et qu'en une seule soirée, il me sera impossible d'accomplir un travail très pointilleux.

J'ouvre la chemise pour découvrir ce qu'elle contient, et je suis surprise de constater que le travail a déjà été fait deux fois. La première fois par une ancienne assistante, la seconde par quelqu'un du secteur marketing.

Je prends mon iPhone et passe un rapide coup de fil à mon frère pour lui parler du concert de Before Death. Il va falloir qu'il y aille sans moi. Son enthousiasme me met du baume au cœur, et il raccroche en me promettant qu'il va trouver un ami pour l'accompagner. Tout de suite après, j'envoie un SMS à Nathan, lui expliquant la situation et m'excusant de ne pas pouvoir assister à son set.

Andrew semble vouloir racheter une start-up mais, évidemment, il n'est pas le seul intéressé. Si l'on considère l'ancienneté du projet et les performances de l'entreprise, le prix paraît plutôt élevé. Malheureusement, j'ai très peu de recul sur ce dossier. Je me demande si Andrew n'attend pas seulement un troisième avis de ma part. Clairement, c'est un test : peut-il ou non me faire confiance ?

19 heures à mon portable. Le concert va bientôt commencer, et je n'ai fait, pour l'instant, que consulter cette fichue étude de marché.

Un SMS de Nathan est arrivé.

> **Nathan – Aujourd'hui 18:49**
> T'inquiète. Il y aura d'autres occasions.
> Tu rates juste le déhanché du siècle. :P

Cet imbécile arrive à me faire sourire. Je lui réponds que oui, j'espère bien qu'il y aura d'autres occasions... et je me replonge dans le dossier.

Je lance recherche sur recherche, passe quelques coups de fil, tombe systématiquement sur des répondeurs. Je m'efforce d'évaluer les risques à partir des seuls documents en ma possession. J'ai un mauvais pressentiment. Les deux premiers avis sont pourtant très positifs : à lire les notes de mes prédécesseures, il n'y a pas à hésiter. Et cependant, le seuil de rentabilité me paraît très difficile à atteindre, à court terme.

Poursuivant mes investigations, j'en viens à m'interroger sur l'identité même du créateur de cette petite entreprise. Bizarre... il n'est mentionné nulle part. Je lance des requêtes sur le serveur du site de l'entreprise, mais l'information semble cachée. Pas très bon signe. Ces données sont censées être publiques.

Au bout d'une heure, je trouve enfin la réponse à ma question. Après avoir consulté le registre national des entreprises, je tombe enfin sur un nom : Marcus Zeitmann. Le nom de l'un des candidats au rachat.

Ce type veut racheter une boîte qui lui appartient déjà pour faire monter sa valeur. La transaction est une arnaque.

Je boucle le dossier à 22 heures, satisfaite – fière de moi, même. Andrew va éviter une humiliation médiatique. Sans doute que ça le déridera un peu et qu'il daignera m'adresser la parole désormais. Je me sens plus sereine, tout à coup. Je referme le classeur, rassemble mes affaires et enfile mon manteau. Je vais aller le voir.

Après avoir éprouvé quelque difficulté à fermer ma porte – l'insertion de la clé dans la serrure se révèle plus compliquée que prévu –, je me retourne pour poursuivre mon chemin. Le couloir est plongé dans l'obscurité. Seules les lumières des buildings voisins prodiguent une vague clarté. Arrivée à la hauteur de l'immense porte de chêne, mon dossier dans les mains, j'hésite un instant. Cette difficulté à fermer ma porte m'inquiète. Et si j'avais fait fausse route au sujet du dossier ? Et si Becky avait faussé mon jugement ?

Il faut que je me calme. J'ai juste eu un problème de clé. J'avais les bras chargés, la journée a été épuisante, c'est normal – Becky n'est pas systématiquement cachée derrière chacun de mes actes.

Je respire un grand coup et m'apprête à frapper à la porte quand j'entends des gémissements. J'imagine Andrew, de l'autre côté. Il m'a entendue fermer mon bureau à clé, il sait que je suis là. Il a sûrement le sourire aux lèvres, en cet instant. Ce dossier n'était qu'un prétexte pour me faire rester tard. Il m'a manipulée, et je suis tombée dans le panneau. J'ai réellement cru que mon travail sur ce dossier pouvait l'intéresser. Je serre mes documents si fort que les jointures de mes doigts blanchissent.

Je le dépose devant la porte et me précipite vers les ascenseurs, tentant d'oublier les images qui se bousculent dans ma tête.

Je déteste M. Anderson.

Chapitre 15

L'air frais de la rue me fait du bien. Je respire à fond et essaie de me calmer. Je n'ai pas envie de rentrer directement chez moi, pour ruminer ce qui vient de se passer. Non, j'ai besoin de me changer les idées, de me défaire de l'emprise que M. Anderson a sur moi. Il a réussi sournoisement à faire naître un besoin en moi : ce besoin de le voir, ce besoin de le satisfaire, ce besoin d'exister à ses yeux.

Cinq bonnes minutes que j'arpente le trottoir devant le building, réfléchissant à tout ça. Je lève la tête, tente de voir s'il y a encore de la lumière dans son bureau, mais c'est impossible – la perspective ne le permet pas. Ça suffit, Emma, stop ! STOP !

Je m'éloigne à vive allure, et alors que je m'apprête à m'engouffrer dans la bouche de métro, je m'arrête, pensive, puis sors mon téléphone pour appeler la première personne qui me vient à l'esprit : Nathan.

– Emma ! s'exclame-t-il, par-dessus le vacarme – musique et voix mêlées.

– Je te dérange ?

– Attends une seconde, je sors.

Le tumulte dure un moment, puis finit par s'amenuiser. De nouveau, sa voix résonne.

– Allô ? Tu as fini de bosser sur ton dossier ?

– Oui, je suis vraiment désolée, j'aurais adoré pouvoir venir.

– T'en fais pas. Ce n'est que partie remise. Tu veux qu'on se retrouve ?

J'espérais qu'il me le demande ; plus que tout, j'ai besoin de passer du temps avec quelqu'un de rassurant.

– Avec plaisir !

– Tu as pu manger ?

– Non, je voulais terminer au plus vite.

– Je comprends. Je n'ai pas mangé non plus et j'ai la dalle. On est au Fury Dog, dans la 51e Rue, entre la 5e et la 6e Avenue. Tu nous retrouves là-bas ?

– Ça marche !

Bien décidée à oublier cette affreuse semaine, je m'enfonce dans les entrailles de NYC – la cité qui ne dort jamais.

*

– Emma, je te présente Louis, Zack, Adam et Juliana, crie Nathan par-dessus la musique. Les gars, je vous présente Emma !

Ses amis lèvent leurs verres dans ma direction. Je m'assois à côté de Nathan. Nous sommes sur une sorte de mezzanine surplombant l'ensemble du club. En contrebas, des gens s'agitent sur la piste de danse. Certains regards se lèvent vers nous, espérant apercevoir dans la pénombre le visage de Nathan ou d'un de ses acolytes.

– Qu'est-ce que tu manges ? Tu es végétarienne ?

Du khôl noir a coulé de ses yeux, ce qui lui donne un air grunge encore plus prononcé. Il me tend le menu.

– Non, pourquoi ? Toi, oui ?

– Carrément pas, j'aime trop la viande ! Essaie le burger du chef, tu vas te régaler, c'est le meilleur de tout New York !

Il se dégage une énergie positive de ce garçon : même quand il évoque un simple hamburger, il est capable de s'émerveiller. On dit que la plupart des gens qui gagnent beaucoup d'argent finissent par se lasser des choses simples. Pas lui.

– OK, je te suis, alors ! m'exclamé-je.

Il hèle un serveur, qui attendait poliment en retrait. Il plaisante avec lui, essaie de le mettre à l'aise, ponctue sa commande d'une tape amicale dans le dos.

– Je t'ai commandé un Star Fury, tu me diras si tu aimes ! Il y a du champagne dedans !

– Tu veux me saouler, c'est ça ? demandé-je en rigolant.

– Loin de moi cette idée ! se récrie-t-il en levant les mains avec une moue innocente.

Il porte de nombreuses bagues à ses doigts et, malgré la pénombre, on peut voir les tatouages qui se dessinent en dessous de ses bijoux. J'aimerais bien connaître leur histoire.

– Alors, ce concert ?

– Dingue ! New York, c'est toujours spécial. C'est là où on a commencé, tu sais, alors des fois, dans la foule, on reconnaît des visages familiers. Incroyable, de se dire qu'ils nous suivent depuis tout ce temps !

Je l'écoute me parler de son groupe, de comment ils en sont arrivés là. Il s'exprime avec passion, on voit tout de suite qu'il est habité par la musique – il a ça dans le sang. Même si je n'ai jamais été portée sur le rock, je suis captivée par ses paroles.

– Tu as déjà essayé d'apprendre à jouer d'un instrument ? me demande-t-il en retirant sa veste.

Il porte un tee-shirt blanc avec un col en V, laissant deviner un tatouage sur son torse.

– Absolument pas ; j'en serais incapable !

– Tu rigoles ? Ça ne te dit pas, d'essayer ? Je pourrais t'apprendre quelques trucs à la guitare, si tu veux !

– Je ne sais pas trop... Je t'assure, je ne suis pas du tout douée de mes dix doigts...

– Tu t'avoues vaincue sans même avoir tenté ? Je t'imaginais plus combative... insiste-t-il, taquin.

– J'espère que tu es vraiment un super prof, alors, et que tu as beaucoup, beaucoup de patience. Parce que je peux te garantir que tu vas rapidement le regretter.

– On va faire des miracles, tu vas voir ! Allez, trinquons à ta future leçon de guitare !

Je ne sais pas combien de cocktails il a bus avant mon arrivée mais, manifestement, il a eu le temps de prendre de l'avance. Il commande une nouvelle tournée pour la table, nous trinquons, et la soirée continue. Je me sens bien. Au bout du quatrième verre, je me sens bien plus légère. Je frissonne ; la voix de Nathan me paraît douce et hypnotique.

– Et alors, il y a quelque chose entre Matthew et toi ? me demande-t-il tout à coup, en me dévisageant avec attention.

– Je sais pas très biiiien – surtout s'il est parti retrouver Addison à Singapour. Je suppose qu'il n'y a rien du touuut.

J'ai du mal à articuler, mais je ne m'en moque. Nathan lève un sourcil interrogateur.

– Je vois... Et... avant qu'il parte ?

– Rien non plus, je crois.

Je me mets à rire sans vraiment savoir pourquoi.

– Tu entends quoi, par « rien » ?

– Bah... ça dépend de ce que tu entends par « quelque chose ».

Il rit à son tour, puis approche son visage. Cette proximité me paralyse, ma peau s'échauffe, mes oreilles bourdonnent, ma vue se trouble. Ses lèvres sont là, à quelques centimètres des miennes, je peux sentir son souffle sur moi. Il réfléchit à ce qu'il va dire ; pendant ce temps-là, mon corps est en zone rouge.

Je ferme les paupières un instant, déglutis avant de les rouvrir... Les yeux verts de Nathan ont laissé place au regard perçant d'Andrew. Un sourire se dessine sur son visage, dévoilant deux longues canines. Dans mon estomac, la chaleur s'intensifie d'un coup. J'en viens à m'humecter les lèvres... mais la voix de Nathan dissipe l'illusion.

– Je pourrais te montrer ce que « quelque chose » veut dire, mais ça ne serait pas correct vis-à-vis de Matthew. Mais disons qu'un baiser, c'est un bon début, non ?

Il recule, mon cœur bat douloureusement.

– Dans ce cas, il n'y a jamais eu quoi que ce soit.

– Eh bien, il attend quoi ? conclut Nathan en avalant son cocktail cul sec. Cet idiot ne se rend pas compte de la chance qu'il a.

Pourquoi dit-il ça si son ami est retourné voir Addison ? Je tente de trouver une réponse à cette question quand un trou noir m'avale tout entière.

*

Ma tête me fait atrocement mal, et ma bouche pâteuse m'empêche de déglutir correctement. J'essaie d'ouvrir les yeux, mais cela ne fait qu'accentuer la douleur. Je me passe les mains sur le visage en espérant que cela ait un quelconque effet, en vain.

– Vas-y doucement. À moins que tu n'aies encore envie de vomir ?

La voix de Nathan me fige. Immobile, les bras le long du corps, je prie très fort pour que tout ceci ne soit qu'un mauvais rêve. Je vais rouvrir les yeux, et je serai seule dans ma chambre, et pas là où je suppose que je suis.

– Allez, Emma, bois ça au lieu d'essayer d'imiter un mort ! s'exclame-t-il dans un rire.

Inutile de faire semblant. Est-ce que je peux encore me ridiculiser davantage ? Je me tourne vers lui, essaie de m'asseoir sur ce lit inconnu, et contemple Nathan avec un sourire gêné, avant de prendre le verre et le cachet qu'il me tend. Il s'installe en face de moi dans un fauteuil cosy. En dehors de son tee-shirt blanc, il n'est vêtu que d'un simple caleçon, que je tente d'éviter de regarder par tous les moyens.

Nous sommes dans un grand loft new-yorkais, très haut de plafond. Les fenêtres, immenses, lui confèrent un style industriel. Un poster noir et blanc des Guns

N’ Roses est suspendu sur le mur de droite, près d’une Fender Stratocaster couleur or. Le lit dans lequel je suis installée est en fer forgé, avec des draps noirs constellés de petites croix blanches. Nathan m’observe avec attention.

– Méchante gueule de bois, hein ? Il faut que tu t’hydrates.

Le médicament avalé, je vide le verre, le pose sur la table de nuit et, confuse, enfouis ma tête dans l’oreiller. Peu à peu, la triste réalité s’impose : j’ai passé la nuit à vomir – et à faire Dieu sait quoi d’autre – dans l’appartement de Nathan.

– Ah, ah, ah, Emma, t’es pas en train de pleurer, j’espère ?

– Non, dis-je tout bas. Je suis juste morte de honte.

Il rit, se lève et s’approche pour me prendre dans ses bras. Il frotte doucement mon dos avec affection, comme pour me réchauffer, mais je n’ai pas froid ; j’ai même très chaud, tant la honte me consume de l’intérieur.

– Crois-moi, j’ai vu bien pire. Tu vomis comme une vraie princesse.

Je lui flanque un coup d’oreiller sur la tête en gémissant. Je constate que je porte un grand tee-shirt noir qui ne m’appartient pas. La culotte, elle, est la mienne. J’imagine que c’est censé me soulager.

– C’est pour ça que tu as dû me filer un tee-shirt ? Parce que je vomissais trop proprement ?

Je le fixe avec insistance, attendant qu’il avoue la supercherie. Il sourit.

– D’accord, j’avoue : tu en as foutu partout.

Je me cache à nouveau, mortifiée. Mais rien de tout ça

n'est grave, au fond. Nathan a le don de dédramatiser les choses, et je ne suis plus très sûre d'être si gênée, en fin de compte. Même si l'image de ma personne en train de baptiser ses toilettes a tendance à me faire douter un peu.

– Tiens, donne-moi ton verre, au lieu de te cacher.

Nathan me sert un second verre d'eau.

– Qu'est-ce que j'ai besoin de savoir d'autre ?

– On a fait l'amour tellement comme des bêtes qu'on a vidé ma réserve de préservatifs. Faudra qu'on pense à aller en racheter, d'ailleurs.

Je recrache l'eau que je viens d'avaler. Nathan se contente de me fixer, impassible. Qu'ai-je fait ? Je n'ose même plus le regarder dans les yeux. « J'ai fait l'amour avec Nathan. » La phrase tourne en boucle dans ma tête.

Alors, subitement, il éclate de rire. Plié en deux sur son fauteuil, il tente de se redresser mais repart de plus belle. Des larmes perlent au coin de ses yeux.

– Je plaisante, Emma ! Oh, si tu pouvais voir ta tête !

– Pauvre crétin ! vociféré-je, avant de m'esclaffer à mon tour.

Je ris autant de ma stupidité que de soulagement. Bien sûr, pendant un court instant, j'ai eu envie de le trucider, mais je dois avouer qu'il a réussi à détendre l'atmosphère.

Enfin remis de sa crise, il ouvre une commode. Il en extirpe un premier pantalon de jogging, qu'il enfile par-dessus son caleçon, puis un second, qu'il me lance.

– Tiens, enfile ça et retrouve-moi dans la cuisine. On va bruncher, comme de bons hipsters du Village. Par contre, ce sera en pyjama – j'espère que tu ne m'en voudras pas.

Il quitte la chambre, me laissant seule pour me changer.

Quand je le rejoins dans la cuisine, il est occupé à préparer des œufs brouillés. Je lui demande si je peux faire quelque chose.

– Sors-moi le bacon et le saumon du frigo.

Je m'exécute, et nous voilà en train de préparer à manger avec, en fond sonore, l'album *Hypnotize* de System of a Down, que je reconnais tout de suite – mon frère l'écoutait tout le temps quand il habitait encore avec nous à Butler.

Je n'ai pas eu l'occasion de le voir beaucoup, cette semaine. Il faisait partie de l'équipe de nuit. J'espère que tout se passe bien pour lui. Je revois son regard meurtri. Je ne supporte pas l'idée qu'il puisse être malheureux à cause de moi. À cause de Becky.

Nathan avale une grande gorgée de jus d'orange.

– Emma ? S'il se passait quelque chose avec Andrew, tu me le dirais ? Je veux dire, tu sais, peut-être intimement ?

– Pourquoi voudrais-tu qu'il se passe quelque chose ? C'est mon patron, enfin !

Je me lève pour contenir ma colère. Je n'ai pas envie de me fâcher avec Nathan – pas maintenant. Je débarrasse mon assiette et passe un coup d'éponge sur le plan de travail en marbre.

– L'un n'empêche pas l'autre, tu sais. Surtout avec lui...

Je suspends mon geste quand je sens une pointe me percer lentement le cœur.

– Je n'imaginais pas que tu puisses penser ça de moi... dis-je d'une voix peinée.

– Hein ? Oh là, ma belle, non ! Je m'exprime très mal, excuse-moi. Je n'insinue pas du tout que tu auras nécessairement le même type de relation que celle qu'il a eue avec ses autres assistantes. Je te pose la question parce que... comment dire...

Je le fixe d'un air interrogateur, l'incitant à poursuivre. Penché en avant, il se triture les mains sous la table – je le sais, car c'est quelque chose que j'ai tendance à faire dans ce genre de situation. Il s'humecte alors les lèvres, comme pour se donner du courage.

– En fait, quand je t'ai ramenée, dans le taxi, tu... tu m'as appelé Andrew à plusieurs reprises.

– Ce n'est pas drôle.

– Je ne plaisante pas, Emma. Tu as même essayé de me déshabiller et de me lécher le cou. Pendant un instant, j'ai vraiment cru que tu avais perdu la raison. Tu étais sur le point de me violer.

Je le fixe intensément, d'un air de dire : « Arrête avec ça » – même si j'ai vraiment envie de rire. C'est Nathan : toujours à mettre les pieds dans le plat, à tourner les choses en dérision. Et je sais qu'il n'y a rien de méchant en lui.

– D'accord, d'accord, admet-il, un autre mensonge.

Je passe l'éponge sous un filet d'eau chaude, et il entreprend de ranger le reste des assiettes et des couverts dans le lave-vaisselle. Je mets le saumon au frais, et il lave la dernière poêle.

– Par contre, sans rire, tu m'as bel et bien appelé Andrew plusieurs fois.

Je le dévisage, incapable de trouver une réplique.

– Franchement, dis-moi juste les choses, OK? Imagine que Matthew l'apprenne... (Il marque une pause, guettant de ma part une réaction qui ne vient pas.) Tu as dû le constater, c'est assez tendu entre eux deux, et s'il apprenait que son frère se comportait mal avec toi, je ne crois pas que ça s'arrangerait des masses...

Je hoche la tête en signe d'approbation.

– Tu peux tout me dire. Je ferai mon possible pour t'aider et je ne te jugerai jamais.

Sait-il à quel point ses paroles me font du bien ? À présent, je me fiche de comprendre pourquoi j'ai prononcé le prénom de mon patron, ivre morte dans les bras du chanteur d'un groupe de rock mondialement connu. Ce que je sais, c'est qu'il a pris soin de moi cette nuit. Je le fixe, reconnaissante. Je crois que je viens de gagner un ami. C'est donc d'autant plus difficile pour moi de devoir lui mentir.

– Merci, Nathan. Tu es un mec bien. Mais je t'assure, ne te fais pas de souci.

Il me prend brièvement dans ses bras, et l'affaire est classée. Nous passons le reste de la journée à regarder des séries, vautrés sur son canapé.

– Toute une éducation audiovisuelle à refaire, déclare-t-il en riant. Les livres, c'est bien, mais il y a autre chose.

– Tu sais qu'une majorité des films et des séries que tu regardes sont inspirés de romans ?

– N'essaie pas de te trouver des excuses : tu ne connais pas Netflix, voilà tout ce que je retiens.

Plus tard, il se met en tête de me donner mon premier cours de guitare. Alors que je craignais vraiment d'être incapable d'en tirer un son, je rentre chez moi toute fière : je sais finalement à peu près jouer *Come As You Are* de Nirvana. Certes, ça n'a rien de très sorcier, mais je suis persuadée que mon frère n'en croira pas ses oreilles. Je suis impatiente de partager ça avec lui.

Nathan m'appelle un taxi, et il est 19 heures quand je rentre chez moi. Mon frère est déjà parti, et l'appartement me semble très vide sans lui, mais je suis tellement fatiguée que ça n'a pas d'importance. Je m'allonge sur mon lit, un sourire aux lèvres, tout heureuse des vingt-quatre heures qui viennent de s'écouler.

Chapitre 16

•

Une odeur de café me chatouille les narines, et mes yeux se mettent à papillonner. L'alarme de mon téléphone n'a pas encore sonné, et ma chambre est plongée dans la pénombre. Je roule sur moi-même pour vérifier l'heure sur mon réveil, qui se reflète sur le plafond en chiffres rouges.

5 : 52

Il me reste encore une vingtaine de minutes avant la sonnerie, mais je préfère me lever. J'entre dans le salon. Mon frère est sur le sofa, en train de regarder la télé, avec le son réglé au minimum. Il ne travaille pas ce matin, il en revient. Il m'aperçoit, s'étire en bâillant, puis se lève pour m'accueillir.

– Salut. J'attendais que tu te réveilles.

Il me prend dans ses bras et embrasse le sommet de mon crâne.

– Tu es rentré il y a longtemps ?

– Non, il y a une vingtaine de minutes.

– Tu devrais aller te coucher. Tu fais peine à voir, le taquiné-je affectueusement.

– Très délicat de ta part, répond-il en souriant. Merci.

Ses yeux sont rouges, ses cernes creusés, c'est la première fois qu'il fait autant de nuits d'affilée. Je le soupçonne d'avoir demandé à faire des heures sup en horaires décalés pour gonfler son salaire.

– Tu travailles encore beaucoup de nuits, cette semaine ?

Je fais chauffer de l'eau pour mon thé, et mon frère, assis sur un tabouret, m'observe en sirotant son café. Ses cheveux sont en bataille. Ils ont bien poussé. Je ne me souviens pas l'avoir vu aller chez le coiffeur depuis notre arrivée à New York, mais je trouve que ça lui va bien, ça me rappelle ses années lycée...

– Non, je ne reprends que demain, horaires normaux jusqu'à la fin de la semaine.

– Tu as l'air fatigué, pense à te reposer.

– T'inquiète.

Le son de la télévision nous parvient assourdi. Incroyable promotion sur un autocuiseur révolutionnaire. L'eau commence à frémir dans la casserole. Je ne suis pas du genre bavard le matin, et mon frère le sait.

– J'ai réussi à t'obtenir un rendez-vous chez ce psy que le docteur Curtis t'a recommandé. C'est ce soir, après ton boulot, finit-il par lâcher après ce qui a dû lui sembler être le bon délai de tranquillité dont j'avais besoin.

Il avale une gorgée de café et guette ma réaction.

Je ne suis pas très fan des séances chez le psy. Lorsqu'on m'a diagnostiqué Becky, j'ai passé une année complète avec le Dr Carter à Butler. Il devait s'assurer que je ne développerais pas d'idées suicidaires après cette annonce. Mais la perspective de raconter ma vie à un inconnu ne me séduit pas. Je préfère utiliser cet argent pour sortir, profiter de l'instant présent... Tout le contraire de ce que me conseillait ma mère : « Ce n'est pas en occultant les choses que tu les feras disparaître. La meilleure solution, c'est d'en parler et d'apprendre à vivre avec. Je sais que tu en es capable, ma chérie. »

La vérité, c'est qu'après presque six ans passés en compagnie de Becky, je n'en suis toujours pas capable. Au lieu d'apprendre à vivre avec, j'ai bâti une forteresse pour me protéger du mieux que je pouvais de ce que Becky pourrait me faire. Mais je sais que c'est important pour Jonathan. Il a tant sacrifié pour me suivre ici, à New York. J'acquiesce d'un hochement de tête, et je lis du soulagement dans son regard.

Je me tourne vers un placard pour attraper ma boîte à thé, mais j'ai mal estimé la distance, et ma main se referme sur du vide. Je tourne la tête vers Jonathan, en espérant qu'il n'a rien vu. Nouvelle tentative. Lorsque mes doigts se referment sur l'objet, je m'empresse de le poser sur le plan de travail, craignant qu'une faiblesse musculaire vienne entraver mon action.

Les mots de mon médecin me reviennent à l'esprit : « Vous allez probablement ressentir des faiblesses musculaires, n'hésitez pas à vous ménager. Votre travail n'est pas trop physique ? Non ? Tant mieux. Évitez de faire du sport seule, aussi – les chutes ne sont pas rares... Vous risquez d'éprouver des difficultés à estimer certaines distances, les informations envoyées par votre cerveau ne seront pas toujours très fiables. Il vous faudra redoubler d'attention et de concentration. »

Je serre les poings et respire un bon coup en attendant que mon thé finisse d'infuser.

– Tout va bien ?

Je souris à mon frère pour le rassurer. J'empoigne ma tasse à deux mains et me dirige vers le canapé. Le regard de Jonathan reste vissé sur moi ; je sais que si je me retourne, j'y lirai une inquiétude que je ne me sentirai pas capable de soulager.... Alors, je décide de changer de sujet.

– J'ai commencé à apprendre à jouer de la guitare, tu sais ? m'exclamé-je avec entrain.

– Non !

– Je te jure. *Come As You Are*, de Nirvana ! Dingue, non ?

Un grand sourire aux lèvres, il fonce vers sa chambre. Quand il en ressort, il a cette vieille guitare sèche à la main – couverte de stickers de son université et de groupes de rock qu'il affectionne – et me la tend.

– Impressionne-moi.

J'essuie mes mains sur mon pyjama et m'empare de l'instrument. Il s'installe en face de moi, sur la table basse. Par le passé, il a déjà tenté de m'apprendre à jouer, mais j'ai toujours refusé, craignant d'ajouter un échec à ma liste.

Je passe la sangle sur mon épaule, positionne la guitare à la bonne hauteur et pose mes doigts sur les cordes – deux de la main gauche et le pouce de la droite, c'est tout ce dont j'ai besoin. La mélodie résonne dans ma tête, je respire un bon coup avant de me lancer.

Échec. J'essaie de faire pression sur les cordes de nylon, d'estimer le bon placement de mes doigts, mais plus rien ne va.

– Je... Pourtant, j'y arrivais parfaitement... Je te le jure !

Le regard de mon frère se voile brièvement. Il sait. Becky gagne du terrain, encore et toujours. Les gestes les plus simples m'échappent.

– C'est sans doute la fatigue. Tu me montreras ce soir, d'accord ? Allez, va te préparer. Moi, il faut que je dorme.

Il se lève, me retire la guitare des mains, m'embrasse sur la joue avant de repartir vers sa chambre.

La réalité s'impose à moi : oui, j'ai bâti une forteresse. Mais la vérité, c'est qu'elle ne me protège pas de Becky, non. Parce que Becky est enfermée avec moi depuis le début.

*

J'ai l'estomac noué. Pendant le trajet jusqu'à l'immense tour d'Anderson Corporation, je cogite. J'appréhende ma journée de travail, et plus particulièrement mes retrouvailles avec Andrew. Mais aussi étrange que cela puisse paraître, ça me fait du bien de m'inquiéter pour autre chose que Becky.

Je dis bonjour à Vanessa et rejoins mon bureau sans prendre la peine de m'arrêter devant celui d'Andrew. Passera-t-il me saluer, en fin de matinée ? Fera-t-il référence à vendredi soir ? Me parlera-t-il du dossier que j'ai laissé devant sa porte ? Après m'être servi un thé, je m'attaque à mon travail. Je dois préparer des propositions de projets pour Andrew. Les équipes techniques et marketing nous envoient régulièrement des idées pour validation ; je parcours les documents, surligne ce qui me semble important, mets en avant les éléments les plus pertinents de l'étude pour lui faire gagner du temps.

Vers 11 h 30, il fait son apparition. Il s'installe en silence dans son fauteuil et feuillette les classeurs déjà traités. Je continue les tâches commencées avant son arrivée. J'ai du mal à rester concentrée. Il y a une telle tension, une telle électricité dans l'air ! Mais je me sens plus sûre de moi.

– Emma ?

Mon stylo dévie de sa trajectoire, traçant une fine rature sur le fichier ouvert devant moi. Je relève la tête.

– Oui, monsieur ?

Il reste silencieux.

– Un problème avec un dossier, monsieur ?

Il prend son temps pour me répondre. Ravi d'avoir enfin mon attention.

– Non, aucun, Emma. Tout est très bien.

Un nouveau silence. Je le fixe, ne sachant pas si je dois l'interroger pour savoir ce qu'il désire ou reprendre ma besogne.

– Autre chose ? demandé-je, hésitante.

– Ce midi, tu es prise ?

– Non. Avez-vous besoin de mon aide avant ma pause ?

Il s'approche de mon bureau, pose une fesse dessus, délaissant le dossier qu'il vient de consulter. Je vois se dessiner le début d'un sourire sur son visage.

– Rejoins-moi dans mon bureau pour le déjeuner. Je souhaiterais que nous discutions de ta première semaine ici.

– Très bien, monsieur. Laissez-moi juste le temps d'aller m'acheter quelque chose et...

– Inutile : j'ai fait commander pour nous deux. Je t'attends pour 12 h 30.

Sur ces paroles, il quitte mon bureau. J'aurais préféré

qu'il me dise de le rejoindre tout de suite. Quarante-cinq minutes. Quarante-cinq minutes à m'imaginer tous les scénarios possibles...

Un message de Nathan vient me tirer de mes réflexions. Il m'envoie un mème se moquant de ceux qui n'ont pas Netflix.

Trois coups, et j'entre dans son bureau. Sur le moment, je crains d'assister à une scène gênante, mais non, il est seul, assis devant une pile de dossiers. Dans le petit salon adjacent, deux plateaux en argent reposent sur une table carrée.

– J'ai cru comprendre que tu aimais la cuisine italienne.

Il l'a remarqué. Est-ce qu'il me surveille ?

– En effet. Merci.

Je lisse ma jupe pour me donner une contenance.

– Ne reste pas plantée là. Va t'asseoir. J'arrive dans un instant.

Il a un don pour sentir le malaise des gens. Je gagne le canapé pour y prendre place. Cette manière qu'il a de changer de ton quand il s'adresse à moi ne me perturbe plus autant qu'auparavant. Plongé dans ses papiers, il cesse de me prêter attention. Je l'observe, discrètement. Pour une fois que la situation est inversée et que je ne suis pas son sujet d'étude, j'en profite autant que possible. Ses lèvres pulpeuses semblent sèches. Au moment même où je me fais cette réflexion, il les humecte de sa langue. Gênée, je détourne le regard pour fixer les plats devant moi.

Il arrive en silence près de moi, et je réussis à ne pas sursauter quand je l'entends m'inviter à commencer le repas. Je triture les raviolis que j'ai dans mon assiette, et il se sert un whisky – en plein milieu de la journée. Je suis tentée de lui faire une remarque, mais je la sais déplacée, alors je prends le soin de me taire.

Il s'installe dans le fauteuil d'en face, et nous commençons à manger dans un silence pesant, lorsque soudain ma main tressaute. Faiblesse musculaire. Ma fourchette m'échappe et bascule sur le tapis clair, y laissant une tache de sauce tomate.

– Je suis confuse, vraiment, je...

– Ce n'est rien. Ce tapis a déjà vu bien plus rouge.

Sa remarque me déstabilise. Il fait probablement allusion au sang de ses précédentes assistantes. Ce tapis a pourtant l'air impeccable. En change-t-il parfois ? Il toussote.

– Comment s'est passée ta première semaine ici ?

– À merveille. Fictif ou pas, le travail est très intéressant.

J'avale une gorgée d'eau, jaugeant sa réaction. Je veux l'entendre dire que cet emploi n'est pas si fictif que ça, mais j'ai la sensation que cela n'est pas près d'arriver pour autant. Ses lèvres s'étirent très légèrement ; il a senti la légère pique que je lui ai envoyée.

– J'en suis ravi.

Il mâche en silence, s'essuie la bouche sur sa serviette blanche. J'attendais plus, et il le sait. Il sourit plus nettement.

– Le dossier de vendredi soir ne t'a pas posé de problème ?

Évidemment, le dossier de vendredi soir, c'était sûr qu'il en parlerait et s'en servirait pour me déstabiliser...

– Pas vraiment. Je n'ai pas bien compris pourquoi vous

me l'aviez confié, sachant que deux expertises sur cette vente avaient déjà été réalisées.

Satisfaite de ma réponse, j'approche une nouvelle bouchée de mes lèvres.

– Tu n'as pas tort, rétorque-t-il.

Sa repartie me scie. Il se sert de mes attaques pour les retourner contre moi. Il est fort, incroyablement fort à ce jeu-là. Mes dents sont serrées pendant que je cherche dans l'urgence quoi lui répondre.

– Vous quittez souvent votre bureau assez tard, n'est-ce pas ? L'absence d'une vraie assistante doit vous donner du travail en plus.

Les mots étaient anodins, mais je n'ai pas pu m'empêcher de prendre le ton du reproche. Il se rencogne dans son fauteuil, avale une gorgée de whisky sans me quitter des yeux. Il a forcément perçu le sous-entendu.

– Tu fais allusion à vendredi ? Je suis désolé, c'est vrai que Lena était assez bruyante. Les raviolis te plaisent ?

Comment peut-il évoquer sa partie de jambes en l'air de façon aussi légère et me questionner sur mes raviolis dans la même phrase ? Il me rend folle. Je m'apprête à reprendre une gorgée d'eau quand mes doigts, de nouveau, me trahissent. Mon verre m'échappe, rebondissant sur le tapis avec un bruit sourd. Une auréole se forme aussitôt.

– Tu es toujours aussi maladroite ?

Becky est de retour. Comme un boomerang revenu deux fois plus fort.

– Désolée de ne pas l'avoir mentionné dans mon CV.

Il sourit franchement, à présent. Et, sans répondre, se lève pour se resservir un verre.

– Pour ce qui est du dossier de vendredi...

– Je vais suivre tes recommandations.

– Vraiment ? réponds-je, un peu trop enthousiaste.

– Tu as su voir ce que les deux autres n'avaient pas vu. Donc oui : vraiment. Un whisky ?

– Non merci. Un peu tôt pour moi.

Il se sert en me tournant le dos. Il est moins carré que son frère. Un peu moins grand, aussi. Il revient s'asseoir. Il a à peine touché à son plat. Si je n'avais pas vu Matthew manger devant moi, l'autre soir, je douterais que les vampires soient capables de se nourrir comme nous.

– Où est-ce que tu te vois, dans dix ans ?

Sa question me surprend. Dix ans ? C'est tellement loin... Avec Becky, j'ai pris l'habitude de ne pas penser à ce genre de choses.

– Je me vois vampire, épanouie, profitant des plaisirs de la vie.

Un nouveau sourire passe sur son visage.

– Un projet de vie bien singulier.

– Oh. Vous me parliez de mes perspectives de carrière ? Je pourrais vous dire que j'ai l'ambition de diriger une équipe, plus tard, et, pourquoi pas, de créer ma propre entreprise, que je compte bien voir cotée en Bourse un jour. Mais ce serait vous mentir, alors à quoi bon ?

– Je suppose que si je te demande à nouveau pourquoi, tu refuseras de me répondre.

Je lui rends son regard. Il n'a pas tort. J'essaie de détourner la conversation.

– Ça fait quoi, d'être un vampire ?

– Tu veux vraiment qu'on parle de moi ?

– Oui.

Il sourit et je fais de même. Il semble de bonne humeur. C'est toujours bon à prendre.

– Eh bien... Tu as l'impression de pouvoir faire tout ce que tu veux, d'être vraiment *qui* tu veux. Les belles choses te paraissent encore plus belles, la moindre image se pare de mille détails autrefois invisibles. Tout est accru, plus intense, plus puissant. Lorsque tu fais l'amour, par exemple, le simple contact d'une plume peut te plonger dans un ravissement inégalable.

– Intéressant, dis-je, tenue en haleine.

– Évidemment, il y a aussi des contreparties.

– Lesquelles ?

– Tu dois t'en douter, répond Andrew avant de porter de nouveau son verre à ses lèvres.

– Le sang, la cruauté... Aimer faire souffrir...

– Quel magnifique portrait de ma personne, réplique-t-il en riant.

– Désolée, ce n'est pas ce que je voulais dire... Je...

D'un signe, il me rassure : rien de grave. Cette bienveillance m'étonne. Ça ne lui ressemble pas.

– Nous ne sommes pas tous comme ça, Emma ; tu as dû t'en rendre compte. Mon frère, par exemple... Si je suis aussi cruel, c'est parce que les bonnes émotions ne sont pas les seules à s'intensifier : les mauvaises aussi. Une simple colère peut se transformer en rage incontrôlable, la tristesse en désespoir. Finalement, la soif de sang ne vient qu'en dernière position.

– Vous êtes en train de me dire que vous êtes ainsi... parce que... parce que vous n'arrivez pas à gérer vos émotions ?

– Non, Emma : je suis comme ça parce que j'ai choisi de renoncer à mon humanité.

Je le contemple, et les questions défilent dans ma tête. Que s'est-il passé, pour qu'il en soit venu à adopter une posture aussi radicale ?

– Tu as enfin perdu ta langue ?

Il se lève et se dirige vers son bureau, sur lequel il pose son verre, avant de chercher quelque chose parmi ses papiers. Sans m'en rendre compte, je l'ai suivi à la trace.

– Comment ça ? Vous ne ressentez plus rien ? Comment est-ce possible ?

– C'est ainsi, c'est tout. C'est comme avoir enfermé mes émotions dans un coffre et jeté la clé, répond-il sans me regarder.

– Est-ce que... Est-ce que ça fait longtemps ?

Il met du temps avant de répondre, occupé à regrouper plusieurs dossiers.

– Un certain temps, oui.

– Et ça ne vous manque jamais ? dis-je, en prenant le dossier qu'il me tend.

– Question d'habitude. On apprend à oublier. À passer sur ces choses ou ces personnes qui nous manquent.

Comment ne pas être prise de sympathie pour lui ? J'ignore ce que cachent ces révélations, mais j'ai du mal, désormais, à ne le voir que comme un être dangereux et obscur. Si on en arrive à ne vouloir rien ressentir, c'est que quelque chose nous a blessé, profondément.

Son verre à la main, Andrew m'observe en souriant, mais, pour moi, il y a quelque chose derrière cette façade, dorénavant : une âme en peine... J'ai envie de lui prendre la main, de lui dire mille choses. Je n'en trouve pas le courage.

*

– Quel a été l'élément le plus positif de votre journée, Emma ?

Je suis allongée sur un canapé de cuir vert, baignant dans un halo de lumière tamisée. Tout autour de moi, des rayonnages de bibliothèques. La voix – très douce – qui vient de prononcer ces mots est celle de Christina Vincenzo, une femme d'origine italienne – la quarantaine, j'imagine. Elle est ma psy pour les prochains mois.

Je réfléchis à sa question.

– J'ai déjeuné avec quelqu'un... commencé-je timidement, mal à l'aise à l'idée de me confier.

– La présence de cette personne vous paraît-elle réconfortante ? Vous rassure-t-elle ?

– Pas vraiment, non. Je dirais même que c'est tout le contraire. (Christina garde le silence. Une façon de m'encourager.) En réalité, il – cet homme – a tendance à me troubler, et même à me malmener parfois. Pas physiquement, mais... disons que ce n'est pas une personne très tendre...

Je ne parviens pas à mettre des mots sur mes sentiments. Comment pourrais-je expliquer ça à cette femme ? Andrew n'est pas un homme des plus fréquentables ; il est même ce qu'on pourrait qualifier de dangereux, mais je ne vais évidemment pas sortir de telles choses à une psy – qui sait ce qu'elle irait interpréter...

– Dans ce cas, quel a été l'aspect positif de ce déjeuner ?

– Je crois que j'ai appris à le connaître un peu mieux, dis-je. Cela m'a donné l'envie d'en apprendre plus.

– Il vous plaît ?

Sa question est anodine, et pourtant voilà qu'elle me perturbe. Je suis tentée de lui répondre que cela ne la regarde pas. Détends-toi, Emma. Prête-toi au jeu.

– C'est... C'est un très bel homme, oui, mais nous n'entretenons pas ce genre de rapport.

– Pourquoi ?

Sérieusement ? Si elle connaissait Andrew, cette question ne lui viendrait même pas à l'esprit. Pourquoi ? Parce que c'est mon patron. Parce que c'est un homme qui refuse de ressentir la moindre émotion.

– Parce que je ne suis pas le genre de personne qui l'intéresse, je pense. On est très différents. On ne vient pas du même monde.

– Quel genre de personne êtes-vous, Emma ?

– Je...

La fameuse question. Qui est vraiment capable d'y répondre ? Certainement pas moi. Je peine déjà à être quelqu'un au quotidien, alors me définir, la belle affaire...

– Si vous deviez vous définir en trois mots, par exemple...

Je triture le bord de mon accoudoir tout en fixant mes pieds.

– Les livres, ma famille et... Becky ?

– Qui est Becky ?

– Ma maladie... Beckyngton...

– C'est la raison de votre présence ici, n'est-ce pas ?

– Oui.

– Que ressentez-vous lorsque vous pensez à votre maladie ?

Nous y voilà. Becky a toujours adoré être le centre de l'attention.

– J'essaie de ne pas y penser, dis-je sur un ton un peu trop sec.

La psy gribouille sur son carnet. J'imagine assez aisément ce qu'elle est en train d'écrire : « Refus d'accepter sa maladie, vit dans le déni. » Si seulement c'était aussi simple.

– Vous n'êtes pas originaire de New York, je me trompe ?

– Ça se voit tant que ça ?

– Si ça peut vous rassurer : non. C'est simplement dans votre dossier.

– Je ne sais pas si ça me rassure.

Je lève mon regard vers elle. Elle porte des lunettes vintage, couleur écaille de tortue, aux angles pointus. Ça lui va plutôt bien. Je dois reconnaître que son visage est assez sympathique. Elle me sourit. J'ai l'impression d'être un animal que l'on tente d'apprivoiser.

– Pourquoi avez-vous quitté Butler, Emma ?

– Tout avait l'odeur de Becky, là-bas. Je commençais à étouffer.

– Pourquoi New York ?

Les questions fusent ; elle ne me laisse pas le temps de réfléchir. Elle doit chercher la spontanéité.

– Je discutais sur un forum avec une jeune femme du nom de Rebecca, qui habite à New York. De fil en aiguille, on s'est rapprochées, de plus en plus, on est devenues amies. C'est elle qui m'a convaincue de quitter Butler et de venir m'installer ici.

– Sait-elle, pour Becky?

– Non. (De nouveau, la psy reste silencieuse.) En réalité, je lui ai souvent parlé de mon envie de changer d'air, de voyager. Mais c'est elle qui m'a parlé de New York, la première fois.

– C'était une bonne idée?

– Je... je crois, oui.

– Pourquoi?

– Ici, je ne suis personne. Du moins, je ne suis pas Becky. J'ai rencontré des gens, et... et... ça m'a fait du bien.

– Étiez-vous très seule à Butler?

– Oui.

– Pourquoi?

Je sens mes entrailles se nouer.

– Becky... Becky m'avait tout pris...

Je sors de cette séance lessivée. Parler de moi, de Becky, je n'ai jamais aimé ça. C'est encore pire à présent que j'ai entrevu l'espoir de m'en débarrasser. Une partie de moi ne peut s'empêcher d'espérer. Mais une autre reste sur ses gardes. Certes, Andrew a promis qu'il me transformerait le jour de mes vingt-deux ans, quoi qu'il arrive, dans quatre mois. Mais j'ignore si je peux lui faire confiance.

Sur le chemin du retour, j'envoie un message à mon frère pour le prévenir que je rentre à la maison, et pour lui dire que la séance est terminée. Je lui dois bien ça. Au moment où je m'apprête à ranger mon téléphone, le voici qui vibre dans ma main. L'écran affiche le nom de Matthew. Après une légère hésitation, je décroche.

– Emma! Bonsoir, c'est Matthew.

Sa voix est enjouée.

– Salut, Matthew. Comment vas-tu ?

– Bien. Je suis rentré ce matin, mais j'ai eu beaucoup de boulot. Désolé de ne pas t'avoir rappelée.

Je suis tentée de lui poser des questions, mais je me rappelle notre discussion dans la voiture.

– Ce n'est pas grave. Ne te sens pas obligé de te justifier, je ne suis plus fâchée.

– Tu aurais pourtant de quoi l'être : je me suis comporté comme le dernier des abrutis. J'ai beaucoup pensé à toi, tu sais.

Il était à Singapour et il pensait à moi... Comment dois-je prendre cela ?

– C'est vrai ?

– Tu en doutes ?

– Ça se pourrait bien, dis-je pour le taquiner.

– Je ne te fuyais pas, c'est tout ce que je veux te dire. Pour te le prouver, accepte de venir avec moi ce week-end.

Je prends une seconde pour digérer la nouvelle. M'invite-t-il réellement à passer un week-end entier avec lui ?

– Où ?

– Tu te souviens quand je te parlais du Harriman State Park ?

– Oui, je m'en souviens.

– J'ai ce petit chalet, là-bas, et... et j'aimerais beaucoup qu'on y passe le week-end, toi et moi. Il y a un lac, de belles balades à faire, une cheminée et même une bibliothèque, si jamais les activités en plein air t'ennuient.

A-t-il bien dit « bibliothèque » ? Je sais que Rebecca n'est pas disponible ce week-end, et je n'ai pas particulièrement envie de me retrouver seule. Reste toujours l'option

Nathan mais, en vérité, j'ai envie de passer du temps avec Matthew.

– Ça me semble un bon programme.

– Parce que c'en est un.

Une bouffée de vent frais me fait frissonner, et je resserre mon écharpe autour de mon cou tout en évitant les passants qui cherchent à pénétrer dans la station de métro pour rentrer chez eux.

– On partirait quand ?

– Vendredi soir après le boulot. Ça t'irait ?

– Oui.

– Génial.

– Génial, répété-je en souriant.

Nous nous taisons. Mais New York ne se tait pas, lui. Le vacarme de la ville m'entoure, m'empêchant d'apprécier ce moment de silence.

– J'ai hâte d'y être, Emma.

– Moi aussi.

– Je dois raccrocher. Je n'en ai aucune envie, mais j'ai encore une montagne de choses à faire avant de quitter le boulot.

– Raccroche, alors. On se voit vendredi.

– Bonne soirée, Emma.

Chapitre 17

La semaine se déroule sans accroc. Comme à son habitude, Andrew passe chaque jour dans mon bureau vers 11 h 30. À ceci près qu'il m'adresse la parole, à présent. Pas de grandes discussions, mais nous échangeons et, pour moi, cela fait toute la différence. Les tâches qu'il me confie prouvent qu'il me fait davantage confiance, et j'en suis plutôt fière. Jeudi, il a passé une vingtaine de minutes à m'apprendre comment gérer les requêtes de financement pour des start-up en développement. Je le suspecte de m'avoir entendue passer quelques appels depuis le couloir.

– Bonjour, je vous téléphone au sujet de votre requête auprès d'Anderson Corporation. Pensez-vous qu'il vous serait possible de venir la semaine prochaine pour en discuter ? Monsieur Anderson trouve votre projet intéressant et...

Andrew se frotte l'arête du nez, probablement exaspéré. Je m'en veux de le décevoir, mais je ne vois pas bien ce qui cloche.

– Tu vas te faire bouffer, Emma. Toi et ta gentillesse... N'oublie pas que tu es en position de force : ce sont eux qui ont besoin de nous, pas le contraire.

– Oui, mais…

– Ne me sors pas l'excuse de la politesse.

Prise de court, je reste silencieuse, car c'est bien évidemment ce que je comptais plaider comme défense. Il prend le combiné.

– Bonjour, ici Anderson Corporation. Votre requête a bien été traitée par nos bureaux. Monsieur Anderson pourra vous recevoir lundi prochain à 17 heures.

Sa voix est ferme, déterminée. Sans bien savoir pourquoi, j'ai envie de sourire. Je m'en abstiens.

– Et s'ils ne sont pas disponibles durant ce créneau ? demandé-je au moment où il raccroche.

– C'est leur problème, pas le nôtre. Tu te souviens de notre entretien ?

J'acquiesce, en déglutissant.

– Je te le répète : nous vivons dans un monde de requins. Pas de place pour les courbettes. Tâche de t'en souvenir.

Nous sommes vendredi, Andrew ne passera pas aujourd'hui – il a un rendez-vous à l'extérieur. Je boucle l'analyse du mois précédent quand trois petits coups résonnent à la porte.

– Entrez ! crié-je en annotant une clause du contrat que j'ai sous les yeux.

Le visage de Vanessa apparaît dans l'entrebâillement. Elle a attaché ses cheveux, son teint est parfait, elle porte un rouge à lèvres sombre parfaitement accordé à sa tenue.

– On y va ?

– Je ferme ma session et je suis à toi.

Nous choisissons de déjeuner dans un restaurant bio, à deux blocs du building. La déco fait très atelier : briques blanches, grosses plantes en pot. Le mobilier évoque celui d'une grange, on s'attend presque à trouver des bottes de paille derrière le comptoir. Un jeune homme d'à peu près mon âge vient prendre notre commande. Vanessa flirte gentiment avec lui et, quand il repart, je ne peux m'empêcher de lui faire remarquer que le rose lui est monté aux joues.

– Plutôt mignon, non ? répond-elle sur un ton complice.

– Comment tu fais ? Je veux dire, pour être aussi sûre de toi ?

– On n'a qu'une vie, tu sais. Il vaut mieux être acteur que spectateur, ajoute-t-elle en vérifiant son maquillage.

– N'empêche, je ne crois pas que j'oserais, dis-je en réarrangeant mon manteau sur le dossier de ma chaise.

– Pourquoi pas ?

– Je ne sais pas... La peur du ridicule ? Tu imagines s'il n'était pas rentré dans ton jeu ? Ou s'il t'avait répondu un truc du genre « Merci, mais je ne suis pas intéressé... » ?

Vanessa étire ses lèvres en un sourire franc. En contraste avec son teint hâlé, ses dents paraissent d'un blanc immaculé.

– Et ensuite ? Tu te tapes la honte pendant dix secondes, rien de grave. New York est assez grand. Tu sais quoi, Emma ? Tu te relèves, tu rigoles un coup, et la vie continue.

Je souris avec elle. Elle n'a pas tort. Je prête trop attention au regard des autres.

– Cela fait longtemps que tu bosses chez Anderson Corporation ?

Le serveur ne tarde pas à nous apporter nos plats, et Vanessa lui offre un sourire ravageur. Il repart, non sans jeter un coup d'œil par-dessus son épaule.

– Ça va bientôt faire quatre ans, répond-elle en ôtant la serviette enroulée autour de ses couverts.

– Tu as dû en voir passer, des assistantes !

– Si tu savais... Bon appétit !

Vanessa est originaire du Texas. Quand elle est venue faire des études de théâtre à New York, elle a dû chercher un boulot pour les payer. Elle a trouvé cette place chez Anderson Corporation, et elle y est restée depuis. À cause du salaire, m'avait-elle expliqué : elle gagnait plus en tant qu'hôtesse d'accueil chez Anderson Corp que ce qu'elle aurait jamais touché en tant que comédienne.

– Du coup, tu connais plutôt bien monsieur Anderson.

– Est-ce qu'on peut le connaître vraiment ? Il est assez secret.

– C'est vrai.

Je touille ma soupe au cresson pour la faire refroidir. Vanessa me scrute avec inquiétude.

– Ça se passe bien, avec lui ? Il n'est pas trop dur ?

– Ça va. Je peux te poser une question ? (Elle avale une gorgée d'eau en m'invitant à poursuivre.) Est-il plus dur avec ses assistantes qu'avec ses autres employés ?

– Non, il est dur avec tout le monde. Il est tellement exigeant... Je me souviens d'un jour où Sonia avait laissé monter quelqu'un par erreur. Il est rentré dans une colère noire.

– Il l'a frappée ?

– Quoi ? Non ! Mais elle a eu tellement peur qu'elle s'est mise à pleurer, sans plus pouvoir s'arrêter. Il lui a lancé un regard glacial, elle a cessé net. Elle a posé sa démission dans la foulée. C'était impressionnant à voir.

Je digère l'information. Suis-je si surprise que cela ? Je

jette un coup d'œil par la fenêtre, suis un taxi des yeux. J'essaie d'imaginer Andrew fou de colère.

– Et son frère ?

– Rien à voir : une vraie crème. Par contre, il est clair qu'ils ne s'apprécient pas trop.

– Ils se sont déjà disputés, au travail ?

Oui, je suis sans doute trop curieuse, mais à qui d'autre pourrais-je demander cela ? J'attends de cet homme qu'il tienne une promesse susceptible de me sauver la vie.

– C'est arrivé une fois. Andrew nous a tous chassés de la salle. On s'est tous agglutinés dans les ascenseurs, et ceux qui n'ont pu y entrer se sont rués dans les escaliers de secours. Il y a eu un bruit de verre brisé, et puis des coups sourds, comme si quelque chose avait cogné contre un mur. Plus tard, j'ai compris que c'était la grande table basse dans le salon d'attente qui avait été fracassée ; elle avait disparu quand je suis revenue. La semaine suivante, des artisans sont venus rafistoler un pan de mur, sévèrement fissuré. Mais c'était il y a longtemps, à l'époque où Matthew bossait encore à cet étage.

– Il travaille où, maintenant ?

– Au pôle recherche et développement.

– Et tu sais pourquoi monsieur Anderson a eu autant d'assistantes différentes ?

– Beaucoup n'ont pas tenu le coup.

Je la regarde avec inquiétude.

– Ne panique pas, Emma. Tu sais, si ça se passe bien en ce moment, il n'y a aucune raison que ça ne continue pas.

Je vois qu'elle tente d'enrayer une éventuelle panique qu'elle aurait générée sans le vouloir, mais je n'ai pas peur, ou du moins, étrangement, je n'ai plus vraiment peur de qui est Andrew.

– Tu es restée en contact avec certaines d'entre elles ?

– Les assistantes, tu veux dire ? Non, elles ont toutes coupé les ponts. Je pense qu'elles ne voulaient plus rien avoir à faire avec Anderson Corporation.

Je repense à cette jeune femme, lors du repas de charité. Une nouvelle question m'échappe.

– J'ai entendu dire qu'il pouvait nouer des liens... disons... particuliers avec ses assistantes.

– Il t'a fait des avances ? s'exclame-t-elle, avec un air un peu trop enjoué à mon goût.

– Bien sûr que non.

Décidément, je mens de plus en plus souvent depuis qu'il est entré dans ma vie.

– Je ne sais pas d'où tu tiens ça – il est vraiment très discret. Mais oui, c'est vrai, il a déjà fait un pas de côté. Je pense d'ailleurs que c'est aussi ça qui a contribué au fait que... enfin, qu'elles finissent par partir, tu vois ?

– Personne n'a jamais porté plainte ? Pour ses sautes d'humeur et son tempérament abusif ?

Vanessa émet un rire attendri.

– Emma, on est surpayés, ici. Personne ne trouverait ailleurs un job avec un salaire pareil. Tu sais, le silence, ça s'achète. Surtout quand on s'appelle Andrew Anderson.

Je repense à ce qu'avait dit Andrew après qu'il m'avait mordue pour la première et unique fois : « Il existe une chose encore plus puissante dans ce monde-là : l'argent, Emma. Tu n'imagines pas à quel point on peut tout acheter avec des dollars. »

*

L'après-midi est là, et cette fichue discussion me reste dans la tête. Je n'arrive pas à travailler. Au bout de deux heures passées à ruminer, j'ouvre une page Internet. L'idée ? Retrouver la liste des précédentes assistantes d'Andrew et voir si elle coïncide avec celle des jeunes femmes portées disparues à New York.

Rien.

Je note quand même le nom des jeunes femmes en question et appelle le service des RH pour demander un listing des anciens employés. J'ai peur qu'ils me demandent une explication, mais ils ne le font pas. Ils m'envoient un lien vers l'intranet de l'entreprise, ainsi qu'un identifiant et un mot de passe.

16 h 30. Je dois faire vite, Matthew ne va pas tarder à venir me chercher.

La page s'affiche. Un onglet permet d'affiner la recherche par secteur de l'entreprise. Je sélectionne « DIRECTION ».

Je fais défiler les noms et les note sur une feuille dès que les mots « assistante de direction » apparaissent.

Encore une fois, ça ne colle pas. Pourtant, il y a bien une disparition dont j'ai la certitude qu'il en est le responsable... Ashley McBee. Je la revois sur le sol, une flaque de sang s'élargissant autour de son crâne, dans cette ruelle où j'ai rencontré Andrew pour la première fois. Cela signifie-t-il qu'il ne tue pas ses assistantes, mais qu'elles partent de leur plein gré ? Plus j'y réfléchis, plus je trouve cela étrange.

– Bonsoir, Emma !

Mon cœur fait un bond. Je sursaute, froissant en même temps la feuille que j'ai sous la main. Andrew apparaît dans l'entrebâillement de la porte.

– Bonsoir, Andr... euh, bonsoir, monsieur. Votre réunion s'est-elle bien passée ?

Je ferme discrètement la fenêtre Internet que j'étais en train de consulter.

– Très bien. Tes notes étaient excellentes. Ça m'a facilité les choses, et je t'en remercie.

Pour un peu, je tomberais de ma chaise. Première fois qu'il me complimente ouvertement.

– J'en suis ravie, monsieur Anderson, admets-je en tentant de réprimer un trop large sourire.

Il s'approche pour s'asseoir près de moi. Il a retiré sa veste de costume et ne porte qu'un petit veston. Il frotte son poignet au niveau de sa montre.

– Des projets, pour ce week-end ?

À toute allure, je réfléchis à la réponse que je vais lui donner. Pourquoi me demande-t-il ça ? Simple courtoisie ? Ce n'est pas son genre.

– Un problème, Emma ?

– Pas du tout. Je passe le week-end à Harriman State Park, réponds-je, hésitante.

Je passe une mèche derrière une oreille, en évitant soigneusement son regard.

– Avec Matthew, je suppose ?

L'air semble se raréfier. Ma gorge est sèche, mon cœur palpite. Inutile de mentir.

– Oui.

Il continue de m'observer, en silence. Il n'a pas l'air

énervé, tout juste une légère froideur. Il passe une main dans ses cheveux et ferme ses paupières un instant.

– C'est un endroit sympathique ; je suis sûr que tu vas passer un excellent week-end.

Je le dévisage, incrédule. Où est passé le Andrew que je connais ?

Un silence gêné s'installe. Sans doute prend-il cela comme un signe. Il se lève, mains dans les poches. Il continue de m'étudier, attendant peut-être que je dise quelque chose, mais je reste muette, et c'est lui, finalement, qui brise le sortilège.

– Je te souhaite un bon week-end, Emma.

Et il quitte mon bureau.

Chapitre 18

La route vers le chalet est plus longue que prévu. La circulation est dense. Ce vendredi soir, tout New York semble en effervescence. Cette fois, Matthew est venu sans son chauffeur, et nous faisons la route à deux. Nous longeons la Franklin D. Roosevelt Drive jusqu'au pont George-Washington et récupérons l'interstate 95. À partir de là, le trafic est beaucoup plus fluide.

Nous parlons de tout et de rien, mais je sens une certaine nervosité chez Matthew. Il passe son temps à changer de station de radio et se gratte souvent la nuque, sans compter les coups d'œil répétés dans le rétroviseur, comme s'il craignait d'être suivi.

Il est 20 heures passées quand nous nous garons devant un magnifique chalet tout en bois, perdu dans une immensité de pins très hauts. De là où nous nous trouvons, j'aperçois une terrasse suspendue et, en contre-plongée, un lac baigné par le clair de lune. L'endroit est somptueux.

Matthew, galant, se charge de ma valise, qu'il dépose dans l'entrée, et me demande de patienter le temps qu'il aille chercher « quelque chose ». Il part précipitamment et j'en profite pour visiter. La bâtisse, de plain-pied, se compose d'un immense séjour ouvert sur une cuisine en bois et en verre. De nombreuses bibliothèques habillent les murs. Je scrute les rayons, à la recherche d'une lecture éventuelle pour le week-end. La terrasse est construite sur un terrain légèrement en pente et donne la sensation de surplomber le lac. Des marches descendent vers un petit ponton qui s'avance sur l'eau. De retour, Matthew m'invite à déballer mes affaires dans la première chambre, avant de se diriger vers celle du fond, histoire, j'imagine, de troquer son costume contre une tenue plus confortable. Je décide de l'imiter, passe un pull en laine crème et un legging noir. Rebecca désapprouverait sans réserve cette tenue, mais je n'ai pas envie de jouer un jeu avec Matthew.

Malgré le froid, nous passons la fin de la soirée sur la terrasse, avec un bon chocolat chaud. Matthew m'a enveloppée dans une énorme couverture en polaire, et nous admirons le ciel, constellé d'étoiles.

– Tu avais raison, dis-je en gardant mes mains autour de mon mug pour me réchauffer. La vue est magnifique.

– J'aime venir ici. Regarder la nuit, écouter les bruits de la nature. On est à la fois loin de tout et proche de ce qui compte.

J'avale une gorgée de chocolat, laissant mon regard errer sur le reflet de la lune à la surface du lac.

– Tu as prévu quelque chose pour demain ? demandé-je, curieuse de connaître le programme.

– Tout dépend de toi. (Je lui souris, l'invitant à poursuivre.) Nous pourrions aller nous promener au bord du lac ou faire une petite rando autour du chalet. Je ne pense pas que tu tiennes spécialement à te baigner dans l'eau glacée…

Minuit sonne à la montre de Matthew, et nous finissons par rentrer. Je gagne la cuisine pour y laver mon mug, et c'est l'instant que choisissent mes jambes pour se dérober sous moi. Je n'entends même pas la tasse se briser ; mes oreilles sifflent, une douleur vive me vrille le crâne. C'est quand je rouvre les yeux, quelques secondes plus tard, que je découvre les fragments de porcelaine éparpillés autour de moi.

Matthew se tient là, figé comme une statue. Pourquoi ne vient-il pas me porter secours ? Je me relève.

– Tout va bien, Matthew ?

Il fixe ma main, entaillée par un morceau de porcelaine. La blessure n'est pas profonde, mais la manche de mon pull est déjà imbibée de sang. Matthew est livide. Une lueur sombre passe dans son regard.

Je le trouve distant, depuis notre départ de New York, et voilà qu'il semble paralysé à la vue de mon sang… Serait-il moins maître de ses pulsions que son frère ? Il baisse les yeux, comme s'il ne voulait pas croiser mon regard. Je me penche pour ramasser les débris.

– Laisse, je vais m'en occuper. Va plutôt te désinfecter ta main, il y a ce qu'il faut dans la salle de bains.

Je me relève, il n'a pas bougé d'un pouce. Il fixe toujours ses pieds, les poings serrés.

– Je ne suis pas médecin, je serais capable d'aggraver les choses, dit-il, comme pour justifier son comportement.

J'acquiesce et quitte la cuisine, osant un regard par-dessus mon épaule pour vérifier ce qu'il fait : il se passe une main dans les cheveux, puis sur le visage, avant de s'accroupir et d'enfouir sa tête entre ses genoux.

*

Le lendemain matin, Matthew a disparu. Un mot posé sur la table de la salle à manger m'invite à faire comme chez moi. Après une tasse de thé et quelques biscuits, je m'installe dans un fauteuil en tweed marron, face à la grande baie vitrée donnant sur la terrasse, et j'ouvre un roman. Le temps passe vite d'ordinaire lorsque je me plonge dans une lecture, mais aujourd'hui, impossible de me concentrer. Je ne cesse de lever les yeux de mon livre, de tendre l'oreille, à l'affût d'un bruit de pas ou de porte. Matthew m'a proposé de venir passer un week-end en sa compagnie, et voilà qu'il me laisse seule.

Il rentre un peu avant midi, alors que, tentant désespérément de m'occuper l'esprit, je me suis mise à préparer le repas. Il se fend d'un simple « bonjour » alors qu'il retire ses gants. Bientôt, il sort des assiettes du placard et entreprend de dresser la table.

– Tu es sorti te balader ? demandé-je une fois attablée.

Matthew nous a installés à l'opposé l'un de l'autre. La table n'est pas grande, mais tout de même : je ne peux plus ignorer cette distance qu'il tente de mettre entre nous.

– Oui, j'aime bien marcher à l'aube.

Il n'ajoute rien, et je sens bien que je ne tirerai rien de plus de lui.

L'après-midi, nous nous promenons dans les environs. Il marche vite, serpentant entre les arbres, et je peine à suivre le rythme. Un peu essoufflée, je le questionne sur le chalet. Il m'explique qu'il l'a acheté quelques années auparavant pour fuir l'agitation de New York.

Notre sentier longe un ravin débordant de végétation. La fatigue aidant, mes jambes se dérobent sous moi, et le monde bascule, c'est la chute. Je vois le ravin se rapprocher, et je préfère ignorer sa profondeur. Pourtant, avant que j'aie pu sentir mon corps percuter les branchages en contrebas, les bras de Matthew se referment sur moi, m'écartant du gouffre. Éperdue, pantelante, je vois ses narines se dilater, ses pupilles s'assombrir. Il me relâche immédiatement, se relève, s'essuie les mains sur son pantalon, et s'éloigne de moi, comme s'il était pris au piège.

– Matthew, est-ce que ça va ?

Je m'approche doucement.

– Oui.

– Attends ! crié-je, alors qu'il est déjà reparti.

Je le rejoins, il continue de me tourner le dos. Je sens, dans sa posture, qu'il est contracté.

– Matthew, il faut qu'on parle. Je vois bien...

– N'insiste pas, Emma. Je te dis que ça va.

La voix est sèche, cassante ; cela ne lui ressemble pas.

– Non, ça ne va pas : tu m'évites, tu es tendu, et puis tes yeux... dis-je en tendant ma main vers lui.

– Arrête ! hurle-t-il.

Je suspends mon geste, terrifiée.

– Tu... tu as faim ? demandé-je, hésitante.

– Quoi ?

– Écoute, Matthew... je sais... Je veux dire... je suis au courant.

Il se retourne et me fixe, incrédule, de son regard

sombre. La faim le dévore de l'intérieur, impossible de l'ignorer.

– Recule, s'il te plaît, souffle-t-il en fermant les yeux.

Une goutte de sueur coule le long de sa tempe.

– Tu peux… Tu peux te nourrir sur moi, si tu veux.

Il rit nerveusement, se frotte le visage de ses mains.

– De quoi tu parles, Emma ? On n'est pas dans un roman.

Il semble avoir du mal à tenir sur ses jambes. Il transpire de plus en plus, alors qu'il fait un froid polaire.

– Matthew… imploré-je.

Il me regarde à nouveau, plus sombre que jamais.

– Et tu ne pars pas en courant ? Si ce que tu dis est vrai, c'est pourtant ce que tu devrais faire, non ?

– Tu ne peux pas rester comme ça, Matthew. Tu trembles.

– Je pourrais te tuer.

Il s'approche d'un arbre, le frappe du poing.

– Putain de merde ! hurle-t-il à pleins poumons.

Je ne l'ai jamais vu dans cet état, et un frisson de panique me parcourt. Mon cœur bat à vive allure, et je peine à reprendre une respiration normale.

– Qu'est-ce qui se passe, Matthew ? Dis-le-moi.

– Andrew.

Je le dévisage, interloquée. Andrew ? Il me fixe du regard, à présent.

– Que sais-tu de moi, Emma ?

– Je sais juste que tu es un vampire, Matthew. Rien de plus.

– Andrew sait que tu es au courant ?

Il a du mal à articuler, chaque seconde qui passe semble ajouter à son calvaire. Je prends conscience que je me suis trahie. En lui avouant que je sais, au sujet de sa condition, j'ai admis indirectement que je suis au courant pour son frère également...

– Oui.

Il s'éloigne en se frottant l'arête du nez, se marmonne à lui-même des mots sans queue ni tête.

– Calme-toi, Matthew. C'est pour la bonne cause... C'est une bonne chose, c'est...

Il se plie en deux, les mains sur les genoux, fixant le sol, et rit nerveusement.

– Mais quel psychopathe ! Bordel ! hurle-t-il à nouveau en se relevant et en faisant les cent pas.

– Matthew...

Je veux m'approcher, mais il me fait signe de rester où je suis.

– En quoi Andrew est-il responsable de ton état ?

– Je ne me nourris jamais sur des humains, Emma. J'ai trop peur de les tuer.

– Quel rapport avec lui ?

– Le rapport ? Je me nourris avec des poches de sang que je stocke chez moi, et mon enfoiré de frère les a toutes prises pour me mettre dans cette putain de situation ! répond- il en s'énervant davantage sur les derniers mots de sa phrase.

– Pourquoi aurait-il fait ça ?

– Pour me rendre la vie impossible ? Parce qu'il ne supporte pas que je passe du temps avec toi ? Va savoir...

– Est-ce que tu ne pourrais pas... chasser ? Je veux dire, ces bois sont pleins d'animaux, non ?

Il s'adosse à un tronc d'arbre.

– On n'est pas dans un film, Emma. C'est comme si tu me proposais d'avaler de l'air pour contenter ma faim.

Soudain, un liquide pourpre s'écoule de ses oreilles et de son nez. Il passe ses doigts dessus, comme pour vérifier ce qui se passe. J'ignore comment fonctionne le corps d'un vampire, mais tout cela n'augure rien de bon. Se tenant la tête entre les mains, il se penche en hurlant. La douleur paraît insupportable.

– Nourris-toi sur moi, Matthew. Fais-le. Je sais que tu ne me tueras pas.

Je m'approche, il recule, me fait signe de m'écarter, mais j'ignore son geste, je ne peux pas le laisser dans cet état.

Il glisse au sol, contre le tronc d'arbre. Je m'accroupis à sa hauteur. Des larmes de sang coulent de ses yeux, qu'il s'empresse d'effacer d'un geste. Oh, Matthew...

Doucement, je passe une main sur son visage. Il me fixe sans un mot, et j'acquiesce d'un hochement de tête. Il déglutit avec peine, essuie une nouvelle larme, baisse la tête un instant. Je sens sa main saisir la mienne. Il tremble. J'ai mal pour lui.

– Ça va aller, Matthew, soufflé-je pour l'encourager.

Il pose ses lèvres tremblantes sur mon poignet, étouffe un gémissement. Ce geste lui coûte, et ça me brise le cœur. Ses canines percent ma peau fine, et je passe ma main libre dans ses cheveux, espérant l'apaiser. À peine a-t-il avalé les premières gouttes de sang que sa prise sur mon bras s'accentue. Je fronce les sourcils. La douleur n'est pas insurmontable, mais elle est plus aiguë que lors de ma première morsure. Je serre les dents mais ne cesse de caresser la tête de Matthew. Après un moment, il se recule légèrement. Je crois qu'il en a terminé, mais il resserre la prise autour de mon bras pour y revenir avec plus de férocité. La pression de ses doigts et ses canines qui reviennent arracher ma chair me font émettre une plainte que je ne peut contenir. Ce son lui fait l'effet d'un électrochoc. Brusquement, il s'éloigne de moi. Mille émotions passent dans son regard, mais je le sens soulagé, surtout, soulagé de ne pas m'avoir tuée.

*

Nous regagnons le chalet en silence et nous installons devant une série télé. Je lui lance des regards appuyés. Quelque chose ne va pas. Il se débat avec des souvenirs.

– Tu penses que c'est lui qui a volé l'antidote ? demandé-je, désignant la série que nous sommes en train de regarder et sur laquelle il est incapable de se concentrer.

– Pardon ? Euh, oui, probablement.

Son regard s'éteint. Je me lève de mon fauteuil pour venir m'installer sur le canapé, à ses côtés. Je prends la télécommande, coupe le son de la télévision. Il me fixe, à présent, avec intensité.

– Tu veux en parler ? suggéré-je d'une voix douce.

Il prend ma main dans la sienne pour la réchauffer. Les bûches crépitent dans l'âtre, et pourtant, je peine à habituer mon corps à la température ambiante de la pièce.

– Je pense... Je pense que je te dois bien ça.

– Tu m'as dit qu'Andrew t'avait volé ta réserve de sang.

– Je suppose qu'il l'a fait.

Je ne saisis pas. Quelle autre explication y aurait-il ?

– Je ne pensais pas te mettre en danger, reprend-il. J'ai aussi une réserve ici, au cas où. Jamais je n'aurais pensé que mon frère serait assez tordu pour venir et vider mon frigo. Je suis… je suis vraiment désolé.

– Tu n'es pas dangereux, Matthew. Regarde, dis-je en souriant, je suis toujours en vie.

Il me fixe d'un regard peiné. J'ai la sensation de le rendre plus malheureux encore.

– Tu te souviens du sujet « Addison » ?

À peine a-t-il prononcé ce prénom que je vois ses yeux briller d'une lueur triste.

– Oui, je m'en souviens.

– Addison n'est pas vraiment à Singapour.

Je reste silencieuse, l'invitant à poursuivre, mais la phrase qu'il s'apprête à prononcer lui fait monter les larmes aux yeux.

– Elle est morte.

Je ne m'attendais pas à ça. Je serre ses mains plus fermement.

– Je suis… désolée.

Il me regarde, à présent, et je sens qu'il ne m'a pas encore dit le plus dur. Ses yeux… me détruisent l'estomac. Je pourrais avaler de l'acide, cela ne serait pas aussi douloureux.

– Je l'ai tuée, Emma.

Il serre mes doigts plus fort. J'ai du mal à respirer. Il y a quelques semaines, j'aurais retiré mes mains, reculé instinctivement. Pas aujourd'hui. Je passe une paume tremblante sur son visage. Comment un homme comme Matthew peut-il avoir du sang sur la conscience ? Il reste un vampire, et j'ai trop souvent tendance à l'oublier.

– Je suis sûre que ce n'était pas ta faute, murmuré-je.

– J'aimerais te dire que c'est le cas.

Je n'ai pas besoin qu'il m'explique plus en détail : tout se lit sur son visage. Il aimait Addison, probablement l'aime-t-il toujours, et à présent, il doit vivre avec ça. Peut-on se remettre d'une telle douleur ? Le temps finit-il par apaiser ce genre de tourment ?

– Tu es une bonne personne, Matthew. Qu'importe ce qu'il s'est passé. Tout le monde a le droit au pardon. Tout le monde a le droit à une seconde chance. (Il passe son pouce sur mes lèvres, ses yeux brillent d'une lueur nouvelle.) Le plus difficile, c'est de se pardonner à soi-même. Je t'aiderai. Tu mérites d'être en paix avec ça.

Nous nous dévisageons sans mot dire. Son visage si près du mien... Son souffle, sa main sur ma joue... Je me demande si ses lèvres vont finir par effleurer les miennes.

– Tu es vraiment celle qu'il lui faut, murmure-t-il en reculant avec un sourire triste.

Il fixe ma bouche avec envie, se mord les lèvres. Mes paupières deviennent lourdes. Je voudrais lui demander pourquoi il a dit ça, pourquoi il ne m'embrasse pas, mais, déjà, je me sens partir dans les bras de Morphée, et je le suspecte d'y être pour quelque chose.

Chapitre 19

Je me réveille en retard ce lundi-là – c'est bien la première fois que cela m'arrive. Pourtant, j'ai dormi durant une bonne partie du samedi. Lorsque j'ai rouvert les yeux, c'était le dimanche matin, je n'étais plus au chalet à Harriman State Park, mais dans mon lit. Une enveloppe blanche à mon nom déposée sur ma table de chevet. À l'intérieur, un mot : « Merci pour tout, Emma : pour ce que tu as fait, et pour ce que tu es – une femme formidable, avec le plus grand cœur que je connaisse. Désolé d'avoir écourté notre week-end, mais il me fallait me nourrir plus copieusement... Prends soin de toi. »

J'ai cherché à comprendre le sens des derniers mots de Matthew, mais je n'étais plus très sûre de les avoir entendus... cette sensation brumeuse. J'ai alors fini par m'endormir, à nouveau, vaincue par une lourde et inexplicable fatigue.

Cette fois, je suis vraiment en retard. Je me prépare sommairement, saute dans mes chaussures et cours jusqu'à la bouche de métro, manquant de me rompre les os à plusieurs occasions.

Après avoir dû faire la queue devant les ascenseurs, j'arrive enfin à l'étage de la direction. Je salue Vanessa et me dirige tout droit vers mon bureau.

Près du clavier de mon ordinateur, un petit paquet m'attend, soigneusement enveloppé dans du papier cadeau. Je tire sur le nœud de satin, ôte l'emballage et découvre un pendentif en forme de goutte avec, à l'intérieur, un liquide pourpre. Du sang ? Cela vient d'Andrew, aucun doute. Je suis partagée entre une immense gratitude – parce que je crois savoir ce que ce présent signifie – et la colère qu'il est censé m'inspirer pour ce qu'il a fait subir à son frère.

– Il te plaît ?

Andrew se tient dans l'entrée de mon bureau. Les mains dans les poches, un sourire narquois aux lèvres.

– Oui, merci beaucoup.

Je veux lui demander la signification de ce présent ; j'ai besoin qu'il me la dise de vive voix – besoin de savoir que Becky fera peut-être partie de mon passé. Il m'a promis de me transformer, mais je ne cesse de douter.

Je retire mon manteau, l'accroche à la patère de l'entrée et retrousse les manches de mon cardigan. Andrew m'observe, immobile. Je cherche une pique à lui adresser. Je lui en veux. Prise dans mes pensées, je ne le vois pas s'approcher. La pression de ses doigts sur mon poignet m'arrache un cri de douleur.

– Qu'est-ce que c'est que cette cicatrice ? demande-t-il, les dents serrées.

Son regard est noir, une veine palpite sur sa tempe. Cela n'augure rien de bon.

– Quelle cicatrice ?

Je contemple mon poignet, là où les dents de Matthew ont déchiré ma chair, et je ne vois rien. La cicatrice a disparu, et Andrew la voit pourtant.

– Il t'a mordue ?

– Qu... quoi ? bégayé-je.

– IL T'A MORDUE ! hurle-t-il, cette fois.

Je sursaute, son ton m'effraie. Sa main serrée autour de mon poignet me fait mal, mais je n'ose pas me dégager. J'ai peur pour Matthew, tout à coup.

– Oui, dis-je en me dérobant brusquement.

Fou de colère, il recule d'un pas, me fixant d'un regard noir.

– Il va le regretter...

Il est sur le point de quitter mon bureau. Pour aller trouver Matthew ? Je panique.

– C'est entièrement votre faute !

– Comment ça ? demande-t-il en faisant volte-face.

Il revient vers moi, m'obligeant à céder du terrain, jusqu'à heurter le mur. Je lâche une plainte sans le vouloir.

– Vous le savez très bien !

Il plaque ses mains sur le mur, de chaque côté de ma tête. Il est si proche que je peux distinguer les moindres nuances de ses iris.

– Il te l'a demandé ?

Sa voix s'est adoucie, mais je ne m'y méprends pas.

– Non... Je le lui ai proposé.

Il se redresse finalement. Le calme avant la tempête. Je sens la colère l'envahir, son regard me glace le sang.

Tout se passe si vite... Il pulvérise mon bureau contre le mur, explosant au passage l'écran d'affichage de son agenda. Mon ordinateur aussi est brisé, et des feuilles jonchent la moquette. À peine ai-je le temps de réaliser ce qui vient de se produire qu'il a déjà disparu.

Je retiens mes larmes. Tiendra-t-il un jour sa promesse ? Je me laisse glisser sur le sol, mes jambes n'arrivent plus à me porter.

Je reste un moment ainsi, incapable de réagir. Puis le visage de Vanessa apparaît dans l'encadrement de la porte. Sans un mot, elle vient s'accroupir à ma hauteur. Elle prend ma main, me gratifie d'un sourire rassurant. Parfois, il n'en faut pas plus – une présence pour ne pas se sentir seul ou abandonné.

Elle m'aide à remettre de l'ordre dans mon bureau, puis appelle la maintenance pour faire remplacer mon ordinateur et l'écran, pendant que j'essaie de faire du tri dans mes documents. Apparemment, l'état de mon bureau ne choque personne ; c'est, je crois, ce qui me déroute le plus.

*

Andrew reste aux abonnés absents pendant le reste de la semaine. J'entends dire qu'il s'est rendu à Seattle pour une affaire de dernière minute. Je sais que c'est faux. Je ne cesse de m'interroger sur les raisons de cette crise soudaine. Pourquoi reprocher à Matthew de m'avoir mordue quand tout porte à croire que c'est exactement ce qu'il voulait ?

Vendredi arrive sans m'avoir apporté de réponse. Je quitte le bureau plus tôt pour aller à mon rendez-vous chez le Dr Vincenzo. Progressivement, je m'ouvre un peu plus à elle. Mais je reste mal à l'aise à l'idée de me livrer à quelqu'un. Seul mon carnet recueille toutes mes confidences. Chaque soir, je le remplis minutieusement. Je veux être sûre de pouvoir tout me rappeler si Becky décide de s'attaquer à ma mémoire. Et surtout, je sais que je peux tout dire à mon journal : il ne me jugera pas, il n'aura pas un petit sourire si je lui apprends que je côtoie des vampires. Si Christina savait la vérité, elle me trouverait probablement en urgence une place à l'hôpital psychiatrique...

*

– Alors, ce week-end en amoureux ? me demande Rebecca en se faisant les ongles.

– Pas vraiment en amoureux, réponds-je en appliquant un vernis beige sur les miens.

Après l'altercation avec Andrew, je suis allée trouver Matthew pour vérifier qu'il allait bien. Il m'a semblé avoir une petite mine, mais il m'a assuré qu'il se portait au mieux et a tenté de comprendre pourquoi je m'inquiétais. J'ai inventé une explication, prétextant que c'était en rapport avec notre week-end. Je n'ai pas eu le cœur de lui demander s'il savait où se trouvait son frère. Je ne voulais pas qu'il pense que j'accordais plus d'importance à son bourreau qu'à lui-même ; pourtant, je réalise au fond de moi que c'est le cas... Nous n'avons plus parlé d'Harriman State Park par la suite, comme si c'était une affaire réglée et enterrée pour toujours.

– Comment ça ?

Vanessa relève la tête, étonnée.

– Eh bien, on en est toujours au même point.

– Même pas un bisou ? Tu plaisantes, j'espère !

Je marque un silence en guise de réponse. Elle tend les mains pour admirer ses ongles, secoue ses doigts pour accélérer le séchage, puis se lève.

Je regarde par la fenêtre. Depuis qu'Andrew a disparu, il fait gris à New York. Le ciel est perpétuellement chargé de nuages sombres. Mais il ne pleut pas – pour le moment.

– Ce ne serait pas toi qui le freines, par hasard ?

– Pourquoi je le freinerais ?

– Je ne sais pas, moi. Parce que quelqu'un d'autre occuperait ton esprit ?

J'ai l'impression qu'elle lit en moi comme dans un livre. Fait-elle allusion à Andrew ? Est-elle... au courant ?

– Ce n'est pas le cas, dis-je.

Je vois à son regard qu'elle n'est pas convaincue.

– C'est marrant. J'ai l'impression que tu ne me dis pas tout. Tu sais que je suis là, si tu as besoin de parler, hein ? (J'acquiesce, et elle me sourit, avant de me prendre dans ses bras, doigts écartés pour ne pas ruiner le travail accompli.) Et surtout, on ne vit qu'une fois, Emma. N'étouffe pas tes sentiments, vis les choses intensément, OK ?

Chapitre 20

Lundi, Andrew est de retour. Il m'ignore. J'ai l'impression d'avoir déjà vécu cela. Je frappe à la porte de son bureau, et il ne prend pas la peine de me répondre, encore moins de m'ouvrir, demeurant invisible pour le reste de la journée. Vanessa tente de me rassurer en me disant qu'il a ses jours avec et ses jours sans. Je pense qu'il a surtout des jours sans.

Ai-je cru qu'il s'excuserait ? Andrew Anderson ne s'excuse jamais. Je pensais qu'on s'était peut-être rapprochés, que ça avait de l'importance. Je me suis trompée.

Mercredi soir, résultats de mes derniers tests médicaux. Beckyngton s'est stabilisée. Un sursis, mais pour combien de temps ? Je griffonne sur mon carnet. Andrew me manque, voilà. Je pense à lui plus qu'à Becky. C'est idiot.

Je m'allonge un moment, ferme les yeux, tente de me calmer. La frustration se mêle à la colère, l'incompréhension. Mon frère m'appelle depuis le salon. Je referme mon carnet et le rejoins pour le dîner. Nous regardons une émission musicale sur une chaîne du câble. Je triture ma nourriture, répondant machinalement à ses questions. Puis je l'interromps.

– Dis, comment tu expliquerais le comportement d'une personne qui s'énerverait très fort avant de disparaître, juste parce que quelqu'un qu'elle connaît aurait accepté de... enfin, de...

Je cherche mes mots. À quoi comparer une morsure ?

– De... ?

Je le regarde un instant en silence.

– De faire quelque chose d'intime... Enfin, pas ce que tu penses, ajouté-je en voyant les yeux de mon frère s'écarquiller.

– On parle de toi, là ?

– Non ! Non, pas du tout... Il s'agit de Rebecca, et... et ce n'est pas intime au sens où tu l'entends... Ah, laisse tomber. C'était débile.

– Non, dis-moi. Tu veux comprendre pourquoi il s'est énervé et a... disparu, c'est bien ça ?

– Oui. Et cette personne avait déjà fait cette chose... cette chose intime avec lui... avant de le faire avec l'autre.

Je prends conscience de l'évidence de la situation au fur et à mesure que les mots sortent de ma bouche. Mon frère semble s'en apercevoir car un large sourire s'étire sur ses lèvres.

– C'est pourtant évident, non ?

Rien n'est évident avec Andrew. C'est ce que je me répète depuis une heure. Sur mon bureau, la petite boîte, le fameux pendentif. Aujourd'hui, j'ai la sensation qu'il ne représente plus rien. Il a pourtant promis...

Après une longue hésitation, j'ouvre la boîte, saisis le bijou. C'est alors que je remarque qu'un petit bout de papier plié y est accroché. Comment ai-je pu ne pas le voir ? Je déchiffre le message qui y est inscrit : « En remerciement pour ton travail, pour ta patience, et pour le plaisir de collaborer avec une personne aussi déterminée. »

Le Andrew d'il y a quelques semaines n'aurait jamais écrit une telle chose. Je me rappelle certaines conversations. Becky ne les a pas effacées. Peut-être ne les a-t-elle conservées que pour me faire du mal ?

Je voudrais être en colère, folle de rage. Il a mis ma vie en danger, et celle de son frère. De quel droit peut-il s'énerver ainsi et m'ignorer comme il le fait ? J'aurais préféré ne pas lire ce message, car il fait remonter bien trop de questions... Qu'a-t-il bien pu se passer pour qu'il se comporte ainsi ? Matthew aussi a vécu un drame. Mais il a gardé sa sensibilité, il continue de s'émerveiller, d'éprouver de la joie, du chagrin. Chez Andrew, il n'y a plus que de la colère. Et je veux comprendre pourquoi.

Becky me pousse parfois à faire des choses insensées. Ou peut-être que j'aime dire qu'elle est la raison de certains de mes agissements... Au moment où, dans l'entrée, j'enfile mon manteau, marmonnant à mon frère un « Rebecca » en guise d'explication alors qu'il est déjà 21 heures passées, je sais que c'est une mauvaise idée. Pourtant, je ne cherche pas à lutter. Je vais aller trouver Andrew chez lui.

Sur le chemin, je ne cesse de m'interroger. Savait-il qu'il mettait ma vie en danger en privant Matthew de ses poches de sang de secours ? Pourquoi déteste-t-il son frère à ce point ?

Un portier m'interpelle à l'entrée de l'immeuble. Je lui explique que je suis l'assistante de M. Anderson. Je lui donne mon nom, il consulte son classeur et me laisse finalement passer. Seule dans l'ascenseur, je gamberge. Trop tard pour faire demi-tour.

Andrew m'attend sur le seuil de son appartement. Le concierge l'a prévenu. Ses yeux sont cernés, il a l'air fatigué.

– Emma. Que puis-je pour toi ?

– Je suis désolée de vous importuner, mais vous m'ignorez totalement et... et je pense que cela nuit à mon travail, et...

Les mots peinent à franchir mes lèvres. Une fois de plus, je perds mes moyens.

– Je te rappelle que...

– Non ! S'il vous plaît, ne me répétez pas que mon emploi est fictif. Vous savez très bien qu'il ne l'est pas.

Bras croisés, il s'adosse au mur.

– Je ne voulais pas vous blesser en proposant à Matthew de me mordre, dis-je. Mais sa vie était en danger.

– C'est adorable de ta part de penser que tu as pu me blesser, Emma. Si je le pouvais, j'en serais touché. Mais tu fais ce que tu veux de ton corps, et avec qui tu veux.

Il tourne les talons, comme si je n'existais plus, prêt à retourner dans son appartement. Mais son ton était accusateur, j'en suis sûre.

– Qu'insinuez-vous ? demandé-je d'une voix sèche.

Il s'arrête.

– Tu as passé un week-end avec mon frère. Nous savons tous comment ce genre d'escapade se termine.

– Je ne sais pas de quoi vous parlez.

– Vraiment ?

Il se rapproche de moi, et je ferme les yeux.

– Ton cœur bat incroyablement vite, miss Reyes. Et il

devait battre au moins aussi vite dans le lit de mon frère. Voilà de quoi je parle.

Sa proximité m'oblige à reculer. Son regard est glacial. Je ne saurais dire si c'est de la colère ou de la faim, ou un mélange des deux. Je trouve sa phrase insultante et je ne peux réprimer ma fureur.

– Nous n'avons pas couché ensemble !

Un sourire passe sur ses lèvres.

– Mais tu aurais adoré ça, n'est-ce pas ?

Je ne prends conscience de la gifle que je lui flanque qu'en sentant ma main toucher sa joue. Il sourit de plus belle. Je crois que j'aurais préféré qu'il me menace.

– Ce que je fais de ma vie privée ne vous regarde pas !

– Que ressens-tu pour mon frère, Emma ? Pourquoi ne pas lui avoir proposé ton marché, à présent qu'il t'a mordue ?

Il tourne autour de moi, tel un prédateur jaugeant sa proie.

– Et qui vous dit que je ne le lui ai pas proposé ?

– Tu ne serais pas ici si c'était le cas. Ne me prends pas pour un imbécile.

Il attendait sans doute que je vienne à lui. Il a encore gagné. Son silence était évidemment calculé.

– Pourquoi avoir saboté ce moment, Andrew ?

Il arque un sourcil.

– Quel moment y avait-il à saboter ?

Il sourit encore, satisfait de l'effet que sa réponse produit sur moi. Je préfère poursuivre mes questions, ravalant mon envie d'imprimer la trace de mes doigts sur son autre joue.

– Vous saviez le risque que je courais s'il n'avait pas de quoi se nourrir.

– Mon frère n'avait donc pas de quoi se nourrir ?

Du sarcasme ? Vraiment ?

– Ne faites pas l'innocent, vous savez très bien de quoi je parle !

Andrew émet un rire sourd en secouant la tête, amusé, comme si quelque chose prenait enfin tout son sens à ses yeux. Je peine à le suivre, et son silence, qui se prolonge, accentue ma colère.

– Pourquoi avoir mis ma vie en danger ?

– Que ta vie soit en danger m'importe peu, Emma, rétorque-t-il en s'approchant de moi, sur un ton détaché qui me blesse.

– Je ne vous crois pas ! hurlé-je.

– Tu devrais, répond-il d'une voix calme.

Et ce sourire qui ne le quitte pas... Il sait comment me mettre hors de moi. Tout dialogue est impossible. Andrew va systématiquement dans le sens opposé, pour le simple plaisir de me contrarier.

Ses lèvres se trouvent à quelques centimètres des miennes, à présent. Il fixe ma bouche, et je peine à respirer, à penser correctement. Je sens la chaleur de son corps, et mon cœur menace de briser ma cage thoracique pour partir le plus loin possible d'ici – et c'est probablement la meilleure idée qu'il pourrait avoir. Si je reste ici, je risque de commettre une terrible erreur. Je n'aurais jamais dû venir.

Je me décale, me détache de son emprise. Il me suit du regard.

– Alors, on n'a plus rien à dire ? s'amuse-t-il, tandis que

j'appuie frénétiquement sur le bouton d'appel de l'ascenseur.

Les portes s'ouvrent. Je pénètre à l'intérieur sans quitter Andrew des yeux.

– Plus rien, non.

Les portes se referment, et j'ai la sensation que je retenais ma respiration depuis le début.

Chapitre 21

•

Andrew vient me trouver en fin de matinée dans mon bureau. L'altercation de la veille a eu le mérite de ramener la situation à la normale, si un tel mot a encore un sens. Il n'est plus en colère, me semble-t-il. Moi, je suis toujours blessée.

Je passe la semaine à le suivre un peu partout, pour diverses réunions. Il s'est mis en tête que je devais l'accompagner, que cela pourrait l'aider dans son travail. D'où vient ce revirement ? Moi qui me plaignais de ne plus le voir, je suis désormais en permanence près de lui.

Nous sommes coincés dans des embouteillages. Je suis plongée dans un dossier que je peaufine pour la réunion à laquelle nous nous rendons. La voix d'Andrew me fait sursauter.

– Tu vas faire la tête encore longtemps ?

Je le regarde, marque un silence. C'est vrai que depuis le début de la semaine je n'ai pas été particulièrement bavarde.

– Je ne fais pas la tête.

– Tu mens très mal, Emma.

– Il est certain que si vous me comparez à vous, je suis bien plus transparente, émotionnellement parlant, que vous ne l'êtes.

– Tu n'imagines pas tout ce que j'ai pu lire dans ton regard depuis qu'on se connaît. Ça me rendrait presque nostalgique des émotions que j'éprouvais autrefois.

Je le fixe un instant. Je déteste qu'il fasse ça. Oui, j'avais envie qu'il m'embrasse, l'autre soir. Mais c'était tout à fait déraisonnable.

Ses doigts pressent un instant les miens. Une vive sensation se propage dans tout mon corps à ce simple contact. Pourquoi me touche-t-il ? Pourquoi serre-t-il ma main dans la sienne ? J'ose un regard vers lui tandis que je retire ma main.

– J'aime voir ces émotions, Emma. S'il te plaît, ne fuis pas mon regard.

Il sourit d'un air satisfait. A-t-il vraiment dit ça ?

Matthew vient me rendre visite en milieu de semaine. Nous ne nous sommes croisés que deux fois depuis ce fameux week-end. Il m'avait trouvé une petite mine. Je l'avais rassuré en inventant une histoire de grippe. Comment pouvais-je lui parler du reste ?

– Salut, Emma. Comment ça va ?

Je me lève pour le prendre dans mes bras.

– Très bien. Et toi ? Quel bon vent t'amène à cet étage ?

– On n'a pas trop eu l'occasion de se voir depuis... enfin, tu sais. Je me disais qu'on pourrait peut-être passer un peu de temps ensemble – ailleurs que dans un ascenseur, par exemple.

Il a pris place dans le fauteuil en face de mon bureau. Il me sourit avec bienveillance.

– À quoi tu penses ? demandé-je, une fesse posée sur le bord de mon bureau.

– J'ai deux places pour *Roméo et Juliette* ce soir.

– C'est vrai ? m'écrié-je.

La porte de mon bureau s'ouvre brusquement. Andrew se tient sur le seuil et nous lance un regard noir.

– Matthew, dit-il d'une voix froide.

– Andrew, répond son frère sur un ton plus jovial.

– J'imagine que tu trouves ça intelligent, de te pavaner dans un département qui n'est pas le tien, au lieu d'essayer de rentabiliser le brevet que j'ai acheté pour toi ?

Matthew se rembrunit.

– Je venais juste discuter deux minutes avec Emma.

– Emma a du travail.

La tension est palpable, et je me sens totalement impuissante face à la naissance de cet ouragan qui menace de mal finir.

– Je passe te chercher chez toi à 19 heures ? me demande Matthew en tournant le dos à son frère.

J'ai à peine le temps d'ouvrir la bouche.

– Emma n'est pas disponible ce soir. (L'affirmation me prend de court. La vérité, c'est que je suis parfaitement libre. Mais je préfère entendre l'explication d'Andrew et fuir le regard de Matthew.) On a une réunion très importante à Chicago demain matin. On prend l'avion ce soir.

Mensonge : nous avons bien une réunion à Chicago, oui, mais le vol est prévu pour demain matin. Matthew frotte ses mains contre ses cuisses et se lève. Je ne peux me résoudre à ne rien dire.

– Vous êtes sûre, monsieur ? Il me semble que le vol est prévu pour demain matin.

Une lueur nouvelle brille dans le regard du cadet.

– Certain, crache Andrew.

Après un silence pesant, son frère reprend la parole.

– Bon, dommage. Une prochaine fois alors ! Bonne journée, Emma, et bon courage pour ce soir.

A-t-il souri en prononçant ces mots ? Andrew et moi restons seuls. Je l'interroge du regard. Va-t-il se justifier ?

– Tu y tenais vraiment, à ce spectacle ? Si ce n'est que ça, je t'offrirai des places.

– Ça n'explique pas pourquoi...

– Ne cherche pas d'explication là où il n'y en a pas. Appelle pour avancer le vol.

Et il s'en va, sans ajouter un mot.

Je demande à Vanessa la marche à suivre pour modifier notre vol. C'est plus technique que ça en a l'air. Il faut appeler JFK, trouver un autre créneau de décollage et vérifier qu'un pilote est bien disponible.

Andrew me raccompagne ensuite jusqu'à chez moi afin que je puisse emporter le nécessaire. Jonathan n'est pas là. Je laisse un mot sur le comptoir, lui recommandant de ne pas s'inquiéter, puis je fourre quelques affaires dans un sac.

Une heure plus tard, nous arrivons sur le tarmac. Un avion nous y attend, la passerelle est déjà en place.

L'intérieur est luxueux. Moquette blanche, sièges assortis. Andrew m'invite à m'asseoir dans un fauteuil près d'une banquette et d'un minibar. Il s'installe en face de moi. Une table noir carbone nous sépare ; il y dépose son ordinateur portable et quelques dossiers.

Une fois l'appareil en vol, il se lève, se sert un whisky et me tend un jus de fruit. Il me regarde un moment avant de se plonger dans le travail, et je l'imite. Plusieurs fois, il se relève pour remplir son verre, et finit par carrément prendre la bouteille avec lui. Nos regards se croisent. Il vide un énième whisky et retourne à sa lecture.

– Tu sais que tu ne pourrais rien contre moi, ici, à 30 000 pieds d'altitude ?

J'allais porter mon verre à mes lèvres, mais je suspends mon geste. Vient-il réellement de me menacer ?

– Détends-toi, je blague. Je me suis nourri avant de monter, lâche-t-il en ricanant, fier de sa plaisanterie.

À la sortie de l'avion, une berline nous attend. Nous roulons pendant quarante-cinq minutes et atteignons la petite ville de Willow Springs. La nuit est noire, les habitations sont espacées, et la végétation omniprésente. La voiture ralentit devant une jolie maisonnette victorienne en briques rouges.

Le sol de l'entrée est couvert d'une moquette baroque à imprimé fleuri ; les murs sont habillés d'un lambris à croisillons. De nombreux tableaux sont accrochés, mais je n'ai pas le temps de les détailler. Andrew me tire par le bras, m'invitant à le suivre dans le séjour. Parquet en bois, ici. Quelques tapis décorent le coin canapé près de la cheminée. Il fait sombre, malgré les quelques lumières qu'Andrew a allumées.

– Tu as faim ? demande-t-il en se dirigeant vers ce que je suppose être la cuisine.

– Pas tellement, réponds-je en le suivant.

– Logan a rempli le frigo. N'hésite pas à te servir.

De retour dans le salon, il se sert un nouveau verre de whisky avant de se laisser tomber dans un fauteuil.

– Vous buvez beaucoup, dis-je en fixant le liquide ambré entre ses mains.

– Tu n'aimes pas les hommes qui boivent ?

– On ne peut pas dire qu'ils aient bonne presse.

– Pas faux.

Je m'assieds à mon tour, repliant mes jambes en tailleur, le regardant jouer avec les glaçons de son verre. Les flammes de la cheminée creusent les ombres de son visage.

– Matthew, c'est le genre d'homme que tu aimes bien ?

Aucune animosité dans son regard ; une curiosité toute simple, inédite. Je fais le choix de lui répondre honnêtement.

– C'est le genre d'homme que beaucoup de femmes aiment bien.

– Parce qu'il est gentil ?

– Pas seulement.

De l'index, il se caresse la lèvre supérieure.

– Et vous... quel est votre genre de femme ?

– Tout ton contraire.

J'aurais voulu cacher la peine que ces propos me causent, mais trop tard. Désireuse de ne pas lui donner davantage de satisfaction, je baisse les yeux.

– Mais les genres, c'est surfait, ajoute-t-il d'une voix douce.

Je relève mon visage vers lui. Il me sourit.

– Pourquoi New York ? enchaîne-t-il en croisant les jambes.

– Je voulais du changement. J'étais lasse de Butler... Et vous, vous êtes originaire de New York ?

– De Chicago.

– C'est chez vous, ici ?

– Non, ma maison a brûlé. C'était la maison de ma grand-mère.

Il se lève, titubant légèrement, se ressert un énième whisky.

– Tu sais que tu m'intrigues ? Tu débarques dans ma vie, tu me proposes un pacte... mais je ne sais rien de toi.

– Vous n'avez pas enquêté sur moi ?

– Je devrais ?

Il reste un instant à me dévisager, debout près du bar. Des cernes creusent son visage.

– Vous n'apprendriez rien de bien intéressant.

Il me sonde du regard, espérant que je me livre enfin, que je lui révèle un secret inavouable. Finalement, il revient s'asseoir.

– Raconte-moi.

– Je suis née à Butler, en Pennsylvanie. Ma mère était archiviste, et mon père est professeur de géographie.

– Était ?

– Oui... elle est morte quand j'avais dix-sept ans.

– Tu m'en vois navré.

Il me considère avec un mélange de tendresse et de curiosité. Je poursuis.

– J'ai un grand frère, de deux ans mon aîné. Il m'a suivie à New York parce que mon père avait peur de me laisser partir seule dans une grande ville... J'ai fait mes études supérieures par correspondance, et me voici.

– Quel genre de fille étais-tu, au lycée ?

– Effacée. Solitaire.

– Tiens donc.

– Et vous ? osé-je.

– J'étais capitaine de l'équipe de baseball, et je sortais avec une pom-pom girl : un cliché du parfait adolescent américain.

– Comment s'appelait-elle ?

Je vois à son regard que je n'aurais pas dû demander ça.

– Stella, finit-il par lâcher, en avalant cul sec le restant de son whisky.

– Joli prénom... Vous êtes restés ensemble longtemps ?

– Trois ans.

Cette révélation me surprend. Ainsi, il y a bien eu un autre homme avant l'impitoyable PDG d'Anderson Corporation. Pourquoi se sont-ils quittés ? Mille scénarios me traversent l'esprit, mais je n'insiste pas et, finalement, c'est lui qui reprend la main.

– Et toi, avec qui tu sortais, au lycée ?

– Personne... murmuré-je.

À quoi bon mentir là-dessus ? Cacher Becky est déjà suffisamment compliqué. Il me regarde d'un air curieux, ses yeux brillent – l'alcool, sans doute.

– Drôle de prénom.

Ses lèvres s'étirent légèrement quand il porte son verre à sa bouche. Il semble fier de sa blague, et je ne peux contenir mon propre sourire. Bientôt, il se verse un autre whisky. Et un autre encore. Combien avant le coma éthylique ?

– Ça ne vous manque pas... de ressentir des choses ?

– Non, répond-il en faisant tourner dans son verre des glaçons qui n'existent plus.

– Et l'amour ?

– L'amour ? L'amour est la pire des émotions. Elle rend faible et vulnérable.

– Elle rend surtout vivant.

– Tu n'as pourtant pas l'air d'être une experte en la matière.

Touchée. Je lui en veux de se servir de mon honnêteté de tout à l'heure pour me balancer une telle chose au visage. Ne pas avoir connu une adolescence normale m'a laissé des séquelles, et la blessure est encore ouverte.

– On peut ressentir de l'amour pour sa famille, ses amis... Apparemment, vous avez oublié tout ça.

– Je n'ai pas d'amis. Et il n'y a pas d'amour dans ma famille.

– Et votre frère ?

– Ne parle pas de choses dont tu ne sais rien, Emma.

– Vous, en effet, on dirait que vous ne ressentez rien pour lui. (Il me fixe froidement, mais ça ne m'empêche pas de continuer.) Seulement lui, il vous aime. Et à vrai dire, je ne sais pas si vous le méritez.

Andrew serre si fort son verre qu'il se brise entre ses doigts. Les veines de ses tempes ressortent. Qu'est-ce qui se cache derrière cette colère ?

– Dans ce cas, que fais-tu ici ? (Il se lève. Il se rapproche de moi, pose ses mains de part et d'autre de mon fauteuil. Son regard est trouble.) Pourquoi avoir accepté de venir ici, avec moi, alors que mon adorable frère te proposait d'aller voir la meilleure comédie musicale de l'univers ?

Le ton est dur, blessant. Il me place face à mes propres contradictions.

– Vous ne m'avez pas laissé le choix.

– Mensonges. La vérité, c'est que tu préférais venir ici. (Il se redresse, se passe une main dans les cheveux, ricane.) Tu m'as suivi de ton plein gré, Emma. (Ses yeux ont pris une teinte sombre. Je le fixe silencieusement, incapable de répliquer. Il en profite.) Tu es lâche : tu me désires, mais tu ne l'assumes pas. Tu as honte de préférer l'horrible frère que je suis à ce gentil Matthew qui ne cesse de te faire des courbettes. Tu te demandes ce qui cloche chez toi pour que tu éprouves des sentiments pour moi. Mais, à part ça, l'amour ne rend pas vulnérable, hein, Emma ?

Il rit à gorge déployée. Ses paroles me pétrifient. Je me lève d'un bond.

– C'est vous, qui n'assumez pas vos émotions ! Et vous rêvez complètement : vous êtes mon patron, vous m'avez ordonné de prendre ce vol. C'est la seule raison qui fait que je suis ici avec vous aujourd'hui !

– Vraiment ?

– Oui, vraiment !

Son souffle chaud sur mon visage, son haleine alcoolisée...

– Ton cœur bat trop vite, susurre-t-il à mon oreille.

– Normal, je suis en colère.

– Oui... J'aime quand tu t'énerves... Quand un pli se forme à cet endroit précis... commente-t-il en appuyant délicatement son index entre mes sourcils.

J'essaie de soutenir son regard. La douceur soudaine de sa voix me surprend.

– Il faut dire que vous êtes particulièrement doué pour m'exaspérer, dis-je d'une voix que je voudrais assurée, mais qui ne l'est plus.

– Mille émotions contradictoires... (Il plonge son regard dans le mien, et je perds le contrôle. Je suis sous son emprise, paralysée. Mon cerveau ne répond plus.) J'aime sentir à quel point ton corps répond à ma présence. J'aime quand tu pinces tes lèvres en réfléchissant à la façon dont tu pourrais me résister...

Ses doigts caressent ma bouche, et c'est comme si une guerre s'était déclarée en moi.

– Si j'avais su que c'était possible, je... je serais allée avec Matthew.

– Tu mens, Emma.

Je cesse de respirer. J'ai mal à la poitrine. J'aimerais que mon cœur cesse de se débattre, et pourtant j'aime ce que je suis en train de ressentir...

– Tu me désires, ajoute-t-il.

Ses lèvres s'arrêtent à quelques centimètres des miennes. Il s'écarte légèrement pour mieux me contempler. Il sourit à nouveau. Cela me déstabilise. J'aime quand il sourit.

– Je... Je ne vous désire pas... dis-je dans un soupir.

– Prouve-le : va-t'en, va le retrouver...

Le temps semble suspendu. Je retiens ma respiration. Mon cerveau me crie que c'est une mauvaise idée lorsque mes lèvres s'écrasent sur les siennes. Je n'en peux plus, je n'ai plus la force de résister. C'est comme si j'avais espéré cet instant depuis le début et que je n'en prenais conscience que maintenant.

Il passe une main sur ma nuque, m'invitant à ouvrir ma bouche davantage pour y faire pénétrer sa langue, qui caresse délicatement la mienne. Andrew m'embrasse. Ici. Maintenant. Il me plaque avec brutalité contre le mur, et sa main descend sur ma hanche.

– Emma, murmure-t-il dans un souffle, s'écartant

légèrement pour me laisser respirer avant de ramener sa bouche contre la mienne.

Ses baisers descendent, s'égarent sur mon cou, j'étouffe un gémissement, c'est si bon – si douloureusement bon ! –, j'ai l'impression de me réveiller d'un sommeil de cent ans.

Il se détache de moi, et j'émets une plainte sourde, je ne veux pas que cela cesse.

– Tu me rends fou. Complètement fou.

Ses yeux sont plus sombres, mais plus doux aussi, et ses lèvres sont rouges et gonflées de m'avoir embrassée. Il me soulève, et j'enlace sa taille de mes jambes. Ses lèvres retrouvent les miennes. Est-il ivre ? Se souviendra-t-il de tout ça demain ?

Il se dirige vers ce que je pense être la chambre. Il pourrait m'emmener n'importe où. Je suis perdue dans une brèche de l'espace-temps, prisonnière d'émotions que je n'aurais jamais cru ressentir un jour. Il m'allonge sur le lit, déboutonne mon chemisier, se défait de sa chemise. Il me fixe d'un regard si sombre que j'ai la sensation que ses crocs vont, d'un instant à l'autre, apparaître dans sa dentition parfaite. Je frémis. Il colle son front au mien, s'installe entre mes jambes, se frotte lentement contre moi. Il ne m'embrasse plus. Il observe le désir monter en moi. Comme une vague irrésistible. Je doute qu'il soit possible de ressentir quelque chose de plus fort, et pourtant quand je sens son désir enfler à travers ses vêtements, je peine à mesurer la puissance des frétillements qui me parcourent le corps. Chaque mouvement lent m'arrache un souffle.

Jusqu'où vais-je le laisser aller ?

– Tu es parfaite, chuchote-t-il à mon oreille avant de la mordre délicatement.

Sa voix est rauque, elle trahit son excitation. Mille sensations nouvelles m'assaillent. Mon corps ne m'appartient plus. Sa main glisse sur ma cuisse, il remonte ma jupe, retire mon collant. Je lui mords la lèvre, et il grogne. Je gémis contre sa bouche.

– Mords-moi... l'imploré-je en tirant sur ses cheveux.

Je sens ses poings se serrer contre le matelas, juste au-dessus de ma tête. Pourquoi s'est-il arrêté ? Il se relève brusquement, brisant le sortilège. Ses yeux brillent d'une lueur sombre. J'y lis du désir, mais de la douleur aussi.

– C'est une mauvaise idée.

Il se frotte le visage sans me quitter du regard. Je le fixe sans comprendre. Je veux retrouver notre monde d'abandon et de douleur, notre monde parfait. Les larmes me montent aux yeux. Je ramène les draps sur ma poitrine.

– Est-ce un jeu, pour toi ? Est-ce que tu me détestes ? Est-ce que tu aimes... me torturer ? (Il reste là, incapable de répondre. Je le sens désarmé. Il tente de m'approcher mais je le repousse.) Tu veux me faire payer pour Matthew ? C'est ça ?

– Je ne te déteste pas.

– Alors pourquoi tu me fais ça ? Qu'est-ce que tu attends de moi, au juste ?

Je m'essuie les yeux avec les draps, et il continue de me fixer, hébété.

– Emma, ne pleure pas... Écoute, je... je suis ivre. Je ne veux pas que ça se passe comme ça.

Nous nous regardons en silence. C'est Becky. Elle me joue un tour, ce n'est pas possible autrement. L'homme en face de moi ne peut pas être Andrew. Jamais il n'aurait dit ça. Pourtant, cette main qui caresse mon visage me paraît bien réelle.

– Tu as des états d'âme, maintenant ?

Il me sourit. Un sourire tendre et maladroit.

– On dirait bien…

– Ils pointent le bout de leur nez au mauvais moment, non ?

Ses lèvres s'étirent encore, et ses canines apparaissent – il ne semble même pas en avoir conscience.

– J'aimerais comprendre ce qui se passe dans ta tête, dis-je en lui caressant le visage à mon tour.

– Des idées obscènes. Obscènes et plus obscènes encore…

Je souris. Il est beau, d'une beauté brutale. Cette innocence dans son regard, ce pantalon porté si bas sur ses hanches, ses lèvres prononçant des mots que je n'ai jamais entendus encore… Il m'embrasse sur le nez.

– Moi aussi, mademoiselle Reyes, j'aimerais savoir ce qui se passe dans votre tête. Je suis sûr de ne pas être le seul à avoir des secrets…

Je me suis toujours dit que ce sont nos secrets qui font de nous ce que nous sommes. Andrew et moi en avons des tas. J'espère qu'ils ne causeront pas notre perte.

Chapitre 22

– Non, ne m'oblige pas à faire ça... Pitié !

Les cris d'Andrew me réveillent en sursaut. La clarté lunaire filtre par la fenêtre, et je peux voir son visage déformé par la peur. Il se prend la tête entre les mains, se balançant d'avant en arrière.

– Andrew ! Andrew !

Je le saisis par les épaules, le secoue, mais il se débat en tous sens.

– Arrête ! Je ferai ce que tu veux, mais pas ça !

Soudain, il se redresse, ouvre les yeux, complètement désorienté. Je prends son visage entre mes mains.

– Andrew...

Je n'ai pas le temps de dire autre chose. Il écrase ses lèvres sur les miennes et m'embrasse avec passion, comme s'il cherchait un point d'ancrage. Il me fait basculer sur le lit, et nous nous retrouvons face à face, allongés sur le flanc. Puis il me regarde avec douceur, jusqu'à ce que mes paupières se referment et que le sommeil m'emporte.

Lorsque je me réveille, vers 10 heures, il est toujours endormi, torse nu, les mains accrochées à son oreiller.

Une heure que je l'observe. Il semble si paisible...

Je ne veux pas le réveiller, mais je ne peux m'empêcher de passer ma main dans ses cheveux, plusieurs fois, comme si je voulais vérifier qu'il est bien réel. Un soupir d'aise lui échappe. Je lui caresse le visage ; les poils drus de sa barbe naissante crissent sous mes doigts. Je vois ses yeux s'ouvrir doucement.

Il me sourit, et je me sens fondre. Il me tire par le bras, délicatement, m'obligeant à m'asseoir à califourchon sur lui. Il me caresse les cuisses, puis se redresse en position assise et prend mon visage entre ses mains. J'aimerais mourir maintenant. Ses yeux sondent les miens, et il me sourit encore. Je ne savais pas qu'Andrew Anderson pouvait sourire autant.

Il m'embrasse, de nouveau. Un baiser doux, chaud, délicat.

– Bien dormi ?

– Je n'ai pas osé te réveiller. J'espère que je ne t'ai pas fait prendre du retard sur ton travail.

Il se penche en arrière pour attraper son téléphone sur la table de nuit, et il m'entraîne avec lui. Je sens ses muscles se contracter sous mes doigts. Il regarde l'heure et repose l'appareil.

– Ça faisait longtemps que je n'avais pas dormi aussi tard. Pas grave. Je rattraperai mon retard dans l'avion ce soir.

Il marque une pause, me contemple. Après qu'il s'est endormi, j'ai troqué jupe et soutien-gorge contre un legging et un pull rose pâle en polaire. Il rit doucement.

– Même en pyjama, tu arrives à être désirable. (Je le fixe

silencieusement.) De quoi rêviez-vous, cette nuit, mademoiselle Reyes ? Vous faisiez de drôles de bruits dans votre sommeil.

J'écarquille les yeux, recule pour mieux scruter son visage.

– Tu me fais marcher.

– J'espère que tu rêvais de moi.

Il se rapproche de nouveau pour m'embrasser. Je le fixe sans mot dire, savourant sa bonne humeur.

– C'est rare, que tu sois si silencieuse. Quelque chose ne va pas ?

– Au contraire. Tout va très bien.

Je le regarde en souriant. Aucun indice d'une gueule de bois, ses yeux sont d'un bleu clair limpide, et il est... adorable. C'est comme vivre un rêve qui paraît si vrai que l'on espère ne jamais s'en réveiller.

Nous reprenons la route de Chicago peu après midi, pour notre rendez-vous, puis gagnons l'aéroport, direction New York.

Une fois dans le jet, Andrew se replonge dans ses dossiers. Au bout d'une demi-heure, je lui apporte un jus de fruit. Il me remercie, pose son stylo, referme son ordinateur. Il me regarde, attentif, disponible.

– Tu as beaucoup voyagé ? finis-je par demander.

– Oui, répond-il en portant son verre à ses lèvres. Et toi ?

– Jamais allée plus loin que New York. Ah si, une fois jusqu'à Colombus, pour une compétition de danse. Mais c'est à peu près tout.

– Tu danses toujours ?

– Non, j'ai arrêté.

– Pourquoi ?

– Pourquoi as-tu renoncé à ton humanité ?

Il rit. J'aime son rire, autant que j'ai pu le détester.

– Sujet sensible ? demande-t-il.

– Sujet sensible.

Il s'enfonce dans son siège, pose sa tempe contre son poing et me fixe de biais.

J'ai toujours rêvé de faire des études de danse à Londres. C'était même ce qui était prévu, avant que Becky débarque et décide à ma place. Mais au fond de moi, je crois, je rêve toujours de partir. L'Angleterre... Jane Austen... Danser jusqu'à l'épuisement...

– Merci. (Je le regarde sans comprendre.) Merci d'être venue ici avec moi. Je sais que cette comédie musicale comptait beaucoup pour toi. Je t'observe attentivement, Emma... Et je me pose un tas de questions sur toi.

– Par exemple ?

Il marque une pause. Me sourit de nouveau.

– Par exemple, sur ton état d'esprit. Est-ce que tu es heureuse ?

Sa question me déstabilise.

– Je... Je crois que oui. Pourquoi cette question ?

– J'ai l'impression que tu portes un poids immense sur tes épaules.

Je me suis trompée sur son compte. Je l'ai toujours vu comme un être égoïste, uniquement préoccupé par son plaisir et ses envies. Derrière son masque, pourtant, il a réussi à percer le mien et à voir bien plus loin que les autres. Ma carapace se fissure.

– Et toi ? Tu es heureux ?

– Chacun a sa propre définition du bonheur.

– Et quelle est la tienne ?

Il me dévisage, semble réfléchir un instant.

– « Ne pas souffrir, souffrir peu, était le seul bonheur auquel je pus espérer atteindre. D'ailleurs, deux vies se confondaient en moi : l'une de rêves, l'autre de réalités ; et pour peu que mon imagination puisât dans les songes suffisamment de joies pour nourrir la première, les privilèges de la seconde pouvaient se limiter au pain quotidien, au travail de chaque heure, au toit pour la nuit. »

Charlotte Brontë. Décidément, il ne cessera de me surprendre.

– À ton tour, fait-il avec un air bravache.

– « Le suprême bonheur de la vie, réponds-je, c'est la conviction qu'on est aimé ; aimé pour soi-même, disons mieux, aimé malgré soi-même. »

– Tu penses que n'importe qui peut être aimé ?

– Tout le monde a le droit au bonheur, dis-je. Et à l'amour.

Un voile de tristesse trouble son regard. J'ai envie de le prendre dans mes bras, de l'embrasser, de lui montrer que n'importe qui, y compris lui, peut être aimé.

– « Vous avez des joues qui appellent le baiser d'une sœur, et des lèvres qui réclament le baiser d'un amant », récite-t-il en riant.

Les Misérables, Victor Hugo Je suis heureuse qu'il ait su immédiatement d'où venait ma définition du bonheur. Je me lève, m'approche de lui, m'assieds sur ses genoux. Il m'embrasse délicatement.

Son téléphone émet un bip. Il le saisit, parcourt le message. Son sourire disparaît. Je tente de me relever, mais il m'en empêche. Il plaque l'appareil contre son oreille.

– Je ne veux rien savoir, arrangez ça. Si vous tenez à garder votre job... Eh bien, mettez une équipe dessus, bossez tout le week-end s'il le faut, mais lundi, à la première heure, je veux que ce soit réglé.

Il raccroche. Son regard, lorsqu'il se repose sur moi, s'apaise. Mais son insouciance a disparu.

– Tu n'es pas fatigué, parfois, d'être toujours en colère ?

– Je ne suis pas *toujours* en colère.

– Très souvent, alors.

– C'est l'impression que tu as parce que tu as le don particulier de me faire sortir de mes gonds ; n'oublie pas ça.

Je lui souris.

– Et tu prends souvent des décisions sur des coups de tête ?

– Tu parles d'hier soir ?

– Oui.

– Jamais.

Il m'embrasse à nouveau, glisse délicatement sa langue dans ma bouche. Je sens ma peau qui s'embrase au niveau de mon cou, avant de m'irradier tout entière. Si mourir consumée par le feu ressemble à cela, j'aimerais devenir cendre un peu plus chaque jour.

– Prends plus souvent ce genre de décision, alors.

– Pourquoi donc ?

– Parce que j'ai aimé ces moments avec toi.

Il prend ma main dans la sienne. Nos doigts s'enlacent.

– Tu resteras comme ça ? Je veux dire, quand on sera rentrés à New York ?

– Je n'ai pas changé, Emma.

– Si. Tu es devenu gentil. Tu dévoiles tes émotions.

Pendant un long moment, il ne dit rien ; et quand il répond enfin, je regrette de l'avoir souhaité. Son ton est devenu si froid.

– Ne te méprends pas, je suis toujours le même.

– Je pensais...

– Tu pensais mal. Personne ne peut me changer, personne.

Il m'embrasse à nouveau, mais, cette fois, c'est pour me faire taire. Je m'accroche à lui comme une naufragée à un radeau.

– J'aime tellement tes lèvres, soupire-t-il.

Mon Dieu. Faites que son cœur ne se soit pas brisé à jamais.

Je pensais qu'en me lançant dans ce pacte je risquais seulement ma vie, mais c'est ma raison qui est en train de s'envoler.

Je l'ai embrassé, mais ce n'est pas ce qui est le plus déraisonnable. Ce qui l'est, c'est que j'ai aimé ça.

Chapitre 23

– Andrew. Andrew Anderson. Tu es sérieuse ?

Rebecca me fixe, bouche grande ouverte, sous le choc. Elle est venue sonner chez moi quelques heures plus tôt, agitant le prétexte d'un dîner entre filles.

– On ne peut plus sérieuse.

Elle avale une gorgée de vin blanc, hébétée. Je ne peux m'empêcher de sourire. Elle porte une combinaison licorne à capuche, dans laquelle elle a probablement traversé tout New York. Sacrée Rebecca.

– Et la suite ! gémit-elle en se rapprochant, les mains autour de son verre. Vous avez flirté, vous vous êtes embrassés, et... ?

– On n'a pas couché ensemble. Il a refusé.

– Pardon ? (Elle s'étouffe en avalant de travers et en bavant à moitié sa gorgée de vin.)

– Il a dit – je cite de mémoire : « Je suis ivre. Je ne veux pas que ça se passe comme ça. »

– Attends, attends : on parle bien de ton patron ? Le grand big boss d'Anderson Corporation ?

– Lui-même, réponds-je en riant.

– Tu es sûre que tu ne l'as pas confondu avec quelqu'un d'autre ?

– On s'est envolés pour Chicago dans son jet privé et on a passé la nuit là-bas. Il a... Il a avancé notre départ pour m'empêcher de sortir avec Matthew.

– Chicago ? Tu as bien dit Chicago ? demande-t-elle, soudain très sérieuse.

– Oui, pourquoi ?

– Pour rien, finit-elle par répondre, songeuse. (Elle prend son téléphone, pianote dessus un instant.) Et donc, Matthew, c'est *finito*, *terminado*, *completamente*. Andrew ou rien, quoi.

– Je ne sais pas... C'est tellement étrange... Il est parfois si... froid, si distant... Et en même temps, il a ce quelque chose qui me donne l'impression qu'il me comprend. Chaque jour, je le découvre un peu plus... Oh, laisse tomber...

– Tu es amoureuse.

– Mais non ! fais-je en levant les yeux au ciel. Qu'est-ce que tu vas chercher ?

– Emma, je t'assure, tu présentes tous les signes. Oh là là là là ! répète-t-elle en secouant sa main, avant de la plaquer sur sa bouche.

– Arrête ! Je l'apprécie beaucoup, oui, mais je ne suis pas amoureuse !

Elle se rapproche de moi, prend mes mains.

– Tu t'en rendras compte bien assez tôt, affirme-t-elle. J'espère juste que ça se finira bien.

– Arrête avec tes sermons à deux balles et passe-moi la bouteille de vin, finis-je par dire, refusant de me laisser gagner par son inquiétude.

*

La sonnerie de mon portable me tire du sommeil. J'ai la bouche en carton, un mal de tête carabiné et toutes les peines du monde à ouvrir les yeux.

– Décroche, ou je jette ce truc par la fenêtre, bougonne Rebecca en s'enroulant davantage dans ma couette, la corne de sa capuche de licorne dépassant de quelques centimètres.

Je souris. J'attrape mon smartphone. « M. Anderson » s'affiche sur l'écran. Merde. Merde !

Mon premier réflexe est de croire qu'on est lundi et que j'ai raté la sonnerie du réveil. Je me lève précipitamment, mais mes jambes refusent de supporter mon poids. Je m'étale de tout mon long et me cogne l'arcade sourcilière.

– Emma ? Ça va ?

Au milieu du lit, Rebecca s'est redressée, hagarde.

– Oui, oui, rendors-toi !

Je me relève, me prends les pieds dans le tapis et sors en vitesse de la chambre.

– Allô ?

Ma voix est rocailleuse ; je tousse, me racle la gorge.

– Bonjour, Emma. Je te réveille ?

Je frotte mes mains endolories, étouffant un juron et me maudissant de ne pas avoir rappelé cinq minutes plus tard.

– Absolument pas. (J'essaie de me servir un verre d'eau, en renverse la moitié par terre.) Quelque chose ne va pas ?

– J'aimerais que tu me rejoignes au bureau dans l'après-midi.

– Est-ce... professionnel ?

– Oui, Emma, ça l'est, répond-il.

Je jurerais qu'il sourit en ce moment-même. Je me sens stupide : il me propose de le retrouver au bureau, pas chez lui. L'alcool m'a définitivement grillé les rares neurones qu'il me restait.

– Je sais que nous sommes dimanche, mais...

Il cherche ses mots – ça ne lui ressemble pas. À mon tour de sourire.

– Un dossier important pour demain. J'aimerais beaucoup avoir ton avis.

– 13 heures, ça irait ?

– Parfait, Emma. À tout à l'heure.

Je m'adosse contre la desserte de la cuisine, porte une main à mon arcade, découvre un peu de sang... J'attrape le rouleau d'essuie-tout et m'apprête à tamponner ma plaie quand j'entends un crachotement, provenant de mon téléphone. Je le saisis à nouveau, l'amène à mon oreille. Je distingue une conversation :

– ... vraiment obligé de retourner travailler cet après-midi ? susurre une voix féminine.

Je me fige. Mon cœur aussi.

– Oui, répond sèchement Andrew.

– Je serais bien restée encore un peu au lit. Pas toi ?

– Ton taxi ne devrait plus tarder. Tu ferais mieux de t'habiller.

Puis plus rien. Au bout de plusieurs minutes silencieuses, je me décide à raccrocher. Des larmes inondent mon visage. Je voudrais le rappeler, lui demander des comptes – comprendre qui est cette femme dans son lit. La jalousie me ronge, je me sens trahie. Profondément.

Je pourrais ne pas me rendre au bureau. Le laisser en plan, lui montrer que je n'accepte pas que l'on me traite de cette façon... Mais ma conscience professionnelle est plus forte, et c'est dans cet état de colère que je quitte mon appartement vers midi.

Au moment où j'entre dans son bureau, je dois faire un effort colossal pour ne pas exploser. Je reste silencieuse, tente d'adoucir mon regard – en vain. Andrew était avec une autre femme la nuit dernière, pendant que je répétais à Rebecca à quel point je tenais à lui. Ce que j'ai pu être stupide...

Nous travaillons une bonne partie de l'après-midi. Il s'agit d'un gros dossier, mais des études de marché ont déjà été réalisées par plusieurs services, et j'ai du mal à comprendre pourquoi Andrew m'a demandé de venir. Il ne cesse de me poser des questions alors que les réponses se trouvent sous ses yeux.

– J'ai l'impression que nous brassons du vent : ce dossier est complet, finis-je par lâcher.

– Il l'est, en effet, déclare-t-il en reculant sa chaise.

Je lui lance un regard interrogateur.

– Je voulais juste être sûr que tu le connaisses sur le bout des doigts.

– Eh bien, c'est chose faite. Même si je ne comprends pas vraiment en quoi cela sera utile, rétorqué-je en reposant une pile de feuilles sur son bureau.

– J'aimerais que tu assistes à la réunion avec l'actionnaire majoritaire.

– Oui, comme la plupart du temps. Je ne vois pas pourquoi j'ai dû faire des heures supplémentaires.

– Parce que, cette fois, tu te feras passer pour mon associée : voilà pourquoi.

– Pardon ?

– Marcuzak est réputé pour être plus... coopératif avec la gent féminine. C'est un dossier primordial, et je suis persuadé que si c'est toi qui diriges l'entrevue, nos chances de signer seront bien supérieures. Comme tu le sais, il a déjà refusé une offre il y a deux mois.

– Je ne peux pas faire ça, Andrew. J'ai vingt et un ans, je suis sans expérience, je vais bégayer à la moindre hésitation. S'il me pose des questions trop pointues, je ne pourrai pas lui répondre. Non, c'est une mauvaise idée. Très mauvaise, même.

– Ça se passera à merveille, au contraire. Je serai là si jamais ça se complique. Je viendrai à ton secours.

– Et c'est censé me rassurer ?

Il pose sa main sur la mienne, et ce contact m'électrise, mais je ne peux pas oublier ce qui s'est passé. Je me recule pour rompre le contact ; il me regarde sans comprendre mais n'insiste pas.

*

Le lendemain, c'est pleine d'appréhension que je pénètre dans la salle de réunion de M. Marcuzak.

Je me suis renseignée sur qui il était, mais je n'ai pas pris le temps de voir à quoi il ressemblait. Je m'attendais à un homme d'âge mûr, légèrement dégarni, avec de l'embonpoint. En vérité, il est plutôt séduisant.

– Monsieur Anderson, mademoiselle Reyes, bonjour. Asseyez-vous, je vous en prie, s'exclame-t-il en nous serrant la main, avant de retourner s'installer près de ses collaborateurs.

Son regard s'attarde sur moi. Les mains jointes devant lui, il sourit.

– Vous voulez me racheter. Je vous ai donné mon prix. Celui que vous me proposez ne me convient pas – vous le savez.

Je me tourne vers Andrew. D'un signe de tête, il m'encourage à me lancer. J'avale une gorgée d'eau.

– En effet, monsieur Marcuzak. Mais nous avons sérieusement réévalué notre proposition.

– Oh, eh bien, je serais ravi de connaître vos conditions, mademoiselle Reyes.

Il me sourit. Tous les regards sont rivés sur moi. J'ai la gorge sèche.

– Nous vous proposons 80 % de la somme offerte précédemment, et nous vous permettons entre outre de conserver 10 % des parts, ainsi qu'un pourcentage supplémentaire sur les bénéfices si ceux-ci dépassent le seuil actuel.

– 100 % de la somme, répond-il sans cesser de sourire.

J'attends qu'Andrew intervienne ; je ne peux prendre ce genre de décision, ce n'est pas mon entreprise. Pourtant, il se tait – volontairement. Pourquoi m'a-t-il placée dans une situation aussi difficile ?

– 80 %, insisté-je après quelques secondes de silence.

Je me lève, allume le projecteur qui trône sur la table, et des graphiques apparaissent.

– Comme vous pouvez le constater ici, les sociétés que nous avons rachetées ont connu une augmentation moyenne de leurs bénéfices de l'ordre de 35 % dans l'année suivant l'opération. Chez Anderson Corporation, nous savons identifier un potentiel et l'exploiter au maximum. Ainsi que vous le voyez ici, notre nouvelle proposition est susceptible de vous rapporter bien plus, sur le long terme, que tout autre rachat éventuel.

– Mais si ça ne marche pas ? rétorque Marcuzak.

– En toute transparence, monsieur, voici les statistiques concernant nos dix derniers rachats. En page 7 du dossier, vous observerez que le dernier en date s'est soldé par une hausse des bénéfices de 46 % – un record.

Ses collaborateurs et lui étudient la page en silence. Personne, à part lui, ne pose de questions.

– Mon entreprise réalise déjà un chiffre d'affaires maximisé, mademoiselle. J'ai du mal à voir comment vous pourriez l'améliorer. C'est sous-entendre que je ne tire pas profit correctement de mes ressources. Si tel est le cas, peut-être devrais-je réfléchir à une optimisation de mes résultats avant de songer à une vente.

Il n'a pas tort. Je fouille dans ma mémoire à la recherche d'un élément qui pourrait le faire fléchir, instiller le poison du doute.

– J'ai cru comprendre que vous avez caressé, un temps, le projet de racheter le club des Miami Dolphins. La somme que nous vous proposons vous permettra aisément de le faire, et vos 10 % de parts dans l'entreprise ainsi que les pourcentages éventuels vous garantiront également un revenu fixe plus que confortable.

– Que feriez-vous à ma place, mademoiselle Reyes, en toute honnêteté ?

Je le fixe, cligne des yeux. Je me souviens avoir lu dans son dossier qu'il était célibataire, sans enfants.

– Tout dépend de votre degré de satisfaction dans vos conditions de vie actuelles, monsieur.

– Continuez.

– Vous vous êtes consacré à votre entreprise sans relâche, et son succès repose en grande partie sur votre travail acharné. (Je reprends une gorgée d'eau avant de poursuivre.) Peut-être aimeriez-vous considérer l'existence sous un angle nouveau. Envisager une descendance à laquelle, le moment venu, vous pourriez léguer votre fortune. Ce que j'essaie de vous dire, c'est que vous pouvez parfaitement, au stade où vous en êtes, prendre l'argent que nous vous proposons, construire une vie de famille et vous concentrer sur vos rêves.

– Le football américain, par exemple ?

– Entre autres. Il me semble que vous vous destiniez à une carrière dans ce domaine, mais votre père vous a envoyé faire des études de commerce international. Voilà vingt ans, maintenant, que vous marchez dans les traces que l'on espérait vous voir suivre. Peut-être le temps est-il venu de vous réaliser *pleinement*.

– En somme, dit-il sur un ton que je suppose ironique, vous m'offrez la chance de ma vie.

– Je pense honnêtement, monsieur Marcuzak, que d'autres entreprises viendront vous faire des propositions similaires au cours des années à venir. Mais la conjoncture est fragile, et vous n'êtes pas à l'abri d'une dégradation de vos résultats. En conséquence, je doute que les sommes que l'on vous proposera alors soient aussi intéressantes que celle que nous vous offrons aujourd'hui.

– Dans ce cas, pourquoi ne pas attendre quelques années afin de pouvoir négocier un prix plus bas ? demande-t-il en faisant mine de prendre des notes.

– Nous ne cherchons pas à racheter des entreprises au rabais. Nous préférons établir une relation de confiance avec vous et regarder ensemble plus loin. Voyez en page 13 : nous rachetons rarement des entreprises en faillite. Nous marchons au potentiel, et nous trouvons que votre société en a encore à revendre.

– Et la femme de mes rêves est-elle incluse dans votre proposition ?

Je ris avant de lui offrir un sourire charmeur, qu'il semble apprécier.

– Je ne me fais aucun souci pour vous, monsieur.

Andrew se racle la gorge.

– Je vous suggère d'y réfléchir, monsieur Marcuzak. Notre proposition reste valable jusqu'à la fin de la semaine, précise-t-il.

La réunion s'achève peu de temps après, et nous nous levons tous. Andrew fuit mon regard. J'ai l'impression d'avoir tout fait de travers. S'il n'est pas satisfait de la manière dont les choses se sont passées, il ne peut s'en prendre qu'à lui-même.

Il serre la main des membres du conseil d'administration et termine par Marcuzak. À mon tour, je m'avance. Il soulève mes doigts et les effleure de ses lèvres.

– Emma, c'est bien ça ?

– Oui, monsieur.

– William, précise-t-il. Vous êtes une négociatrice de talent. Surtout, vous semblez en savoir long sur moi. Puis-je, à mon tour, espérer en apprendre davantage à votre sujet ? Autour d'un dîner, peut-être ?

Andrew me lance un regard noir. Tant mieux.

– Avec plaisir, monsieur Marcuzak. Je veux dire : William. Vous savez où me joindre.

Et je quitte le bureau, assez fière de mon coup.

Dans la voiture, Andrew reste obstinément silencieux, et son regard est vide. Tout en lui respire la colère.

– Je t'avais dit que c'était une mauvaise idée, soufflé-je. (Pas de réponse.) Ce n'est pas faute de t'avoir prévenu.

– Parce que tu penses vraiment qu'il n'a pas l'intention de signer ? ricane Andrew.

– Il n'a aucune raison de le faire.

– Il va signer, Emma. Mais uniquement si tu sors dîner avec lui – il a sa fierté.

– Ça tombe bien : j'ai accepté. Sa fierté est sauvée, et ton contrat aussi.

– Tu n'iras pas, et il ne signera pas.

Se désintéressant soudain de moi, il se met à pianoter sur son téléphone. Je ne sais pas ce qui me perturbe le plus : le fait qu'il soit prêt à renoncer à ce contrat ou qu'il essaie de m'imposer sa volonté.

– Tu penses que ton autorité peut s'étendre jusque-là ?

– Tu as bien renoncé à ta soirée avec Matthew, l'autre soir.

Comment ose-t-il ? Je sens mon corps se tendre, je ne suis pas certaine d'aimer l'issue de cette conversation.

– Les choses étaient différentes.

– Ah bon ? Et en quoi ?

Je serre les dents.

– Peut-être ai-je réalisé que je pouvais fréquenter qui je voulais. Au même titre que *toi*, tu t'octroies le droit de fréquenter qui tu souhaites.

– C'est-à-dire ? demande-t-il en lâchant son iPhone pour me regarder dans les yeux.

– Tu as oublié de raccrocher ton téléphone, hier matin.

À ce moment précis, j'espère qu'il va me rassurer et m'annoncer, comme dans tous ces romans à l'eau de rose, que la personne que j'ai entendue était sa sœur, sa mère, n'importe qui – certainement pas une femme avec qui il aurait passé une nuit torride, en tout cas. Mais il met un temps fou à me répondre, et je n'ose même plus le regarder. Andrew, par pitié, dis-moi que je me suis trompée...

– Je ne vois pas où est le problème.

Mon cœur explose. Il est éclaté en un milliard de morceaux tout autour de moi, et Andrew ne semble même pas s'en apercevoir.

– Attends, que je sois bien sûre de comprendre : toi, tu as le droit de t'envoyer en l'air avec qui tu veux, mais moi, je n'ai pas le droit d'aller dîner avec un autre homme ?

Je ne sais pas comment j'arrive à retenir mes larmes. Respire, Emma. Respire.

– Tu peux aller dîner avec qui tu veux, et t'envoyer en l'air avec qui tu veux, mais aie au moins l'intelligence de choisir quelqu'un qui n'est pas de l'entreprise ni un collaborateur potentiel.

Nouveau coup de poignard.

– Tu plaisantes ? Je te rappelle que j'ai commencé à côtoyer ton frère avant de travailler pour toi. Et Chicago ? Ça n'existe pas ?

Je prends un risque en m'aventurant sur ce terrain. D'une phrase, il peut me mettre à terre. Et je ne sais pas si je me relèverai, cette fois.

– Emma, c'est toujours toi qui as fait le premier pas vers moi. Chicago était... c'était une erreur. Il faut que tu arrives à faire la part des choses entre travail et vie privée. Je suis ton patron, et rien d'autre.

Pour la première fois de ma vie, j'aimerais que Becky me prenne un souvenir. Qu'elle me vole cette phrase qu'Andrew vient de prononcer. Pour la première fois de ma vie, je vois Becky comme un pansement potentiel, et je prends conscience du mal qu'il me fait.

– Tu es jaloux, craché-je avec dédain. Tu ne supportes pas l'idée que je sois avec un autre homme, et tu es prêt à trouver n'importe quel prétexte pour m'en empêcher.

– Non, Emma. Je suis simplement ton patron, et je n'approuve pas les deals incluant la prostitution d'un de mes employés. Car rassure-moi : tu ne penses tout de même pas que les intentions de Marcuzak à ton égard sont louables, si ?

Ne voit-il pas que je suis déjà au bord des larmes ? Continuerait-il de me rouer de phrases assassines s'il en avait pleinement conscience ?

– Il ne me semble pas que tu sois du genre à te soucier de tes employés, ni de qui que ce soit d'autre, d'ailleurs, lâché-je dans un sanglot, avant de sortir de la voiture, immobilisée à un feu rouge.

Je ne sais pas très bien où nous sommes, dans New York, mais il y a une bouche de métro pas loin, et je cours vers elle. La berline a probablement dû repartir et, pourtant, je ne peux m'empêcher de tendre l'oreille. Je voudrais qu'il crie mon nom. Qu'il me supplie de lui pardonner. Mais rien de tout ça n'arrive. Les voitures démarrent en trombe, les passants me bousculent sans me prêter attention.

J'ai pleuré pendant tout le trajet en métro, et je pleure encore quand j'aperçois mon immeuble au bout de la rue. Je me sens épuisée, à bout de force.

Plusieurs fois, mes clés m'échappent, la serrure ne répond pas. Je tremble, j'ai l'impression que mon champ de vision ne cesse de se rétrécir.

Enfin, j'ouvre la porte, et je m'arrête, interdite. Rebecca se tient là, debout devant moi. Je perds l'équilibre un instant, je me sens sonnée, j'ai la sensation que tout tourne trop vite, et en même temps si lentement. Que fait-elle ici ? Je tente de lui poser la question, mais aucun son ne sort de ma bouche, j'ai chaud, je transpire, j'ai soif, et je ne comprends pas pourquoi je suis là. Qu'est-ce qui se passe ?

– Emma ?

Sa voix – si étrangère, si lointaine. Sa silhouette – de plus en plus floue. Je cherche un mur auquel m'adosser. J'arrive à peine à respirer.

– Emma ! crie cette fois Rebecca.

Je me sens chuter, un gouffre sans fond s'ouvre sous mes pieds. Les ténèbres m'engloutissent, et la douleur disparaît enfin.

Je voudrais avoir le contrôle sur ma fonction mémoire.
J'aimerais que Becky me laisse le choix.
Certains mots ne s'effacent pas.
Tapis dans l'ombre, ils attendent le bon moment pour surgir et me lacérer le cœur.
Ce sont des armes terribles, surtout dans la bouche d'Andrew.

Chapitre 24

•

J'essaie de le détester. J'essaie si fort que ça me déchire le cœur. Mais je n'y arrive pas. Parce que je sais ce que c'est que d'être en colère, d'avoir mal. Je sais ce que c'est de porter un masque tout le temps. J'aimerais juste qu'il me laisse lui apprendre à moins souffrir.

Une compresse fraîche me tamponne le front. Mes yeux papillonnent. Au-dessus de moi, un regard triste, profondément inquiet.

– Jonathan... murmuré-je en me redressant.

– Reste allongée. Ne m'oblige pas à t'emmener à l'hôpital.

J'examine la chambre. Je ne suis pas chez moi. Je suis chez Rebecca. Je tente de me souvenir de ce qui s'est passé, mais rien ne vient, et ma douleur au crâne m'empêche de réfléchir correctement. Si Jonathan n'a pas appelé d'ambulance, c'est que ça ne doit pas être si grave, me dis-je pour me rassurer.

– Mal... à la tête. Et à la gorge, dis-je dans un gémissement.

– Ne bouge pas, je vais te chercher de l'eau.

Il se lève et quitte la chambre. Je jette un coup d'œil au réveil posé sur la table de nuit : 21 h 52.

– Bon Dieu ! s'exclame Rebecca en entrant à son tour. Tu m'as fichu une de ces trouilles ! (Elle me prend dans ses bras, me tapote le dos avec affection, et m'offre toute la chaleur et la tendresse dont j'avais besoin.) Ne me refais plus jamais ça !

– Je suis désolée, Rebecca. Je... Je ne comprends pas ce qui s'est passé.

Elle s'assoit près de moi, prend ma main dans la sienne. Je cherche une excuse à lui donner, mais rien ne vient. Comment donner une explication quand on ne sait plus soi-même ce qu'il s'est passé... ? Comment justifier mon comportement sans parler de Becky ?

Mon frère revient et me tend un verre d'eau. Je le vide d'un trait et le lui rends. Il me contemple un instant, silencieux, puis échange un long regard avec Rebecca...

– Je suis désolé, Emma, finit-il par dire en partant.

Rebecca passe une mèche de mes cheveux derrière mon oreille. Une larme perle au coin de sa paupière, qu'elle s'empresse d'essuyer. Alors, seulement, je comprends qu'elle sait tout.

– Ne lui en veux pas, murmure-t-elle.

– Il t'a...tout dit ?

Elle acquiesce.

– Tu es arrivée chez moi dans un tel état, Emma... Tu t'es écroulée... J'ai eu peur, j'ai même voulu appeler une ambulance, mais... mais je crois que je le savais déjà, au fond de moi : je savais que tu étais malade... Alors j'ai appelé ton frère, je me suis dit que lui saurait quoi faire.

Je pleure. Elle me serre contre elle pour tenter d'apaiser mes sanglots.

– Oh, une chose : mieux vaut que ton frère ne sache pas qu'Andrew est ton patron.

– Pourquoi ? hoqueté-je.

Son regard est grave. Elle passe sa langue sur ses lèvres.

– Tu t'es mise à hurler son nom, Emma... si fort, si longtemps... Ton frère était désemparé. Et puis, Dieu merci, tu as fini par te calmer.

Je porte ma main à ma gorge. Elle est si douloureuse...

– Emma, qu'est-ce qui s'est passé ?

Je me mords les lèvres, tente de contenir mes sanglots, mais les mots sont là, déjà, ces mots qui m'ont déchiré le cœur. J'avais tant espéré que Becky me les dérobe.

Des flashs aveuglants clignotent sous mon crâne. Cette voix, si froide, si calme, ces mots répétés en boucle. « Chicago était une erreur. » « Je suis ton patron, et rien d'autre. »

Je me bouche les oreilles, mais c'est peine perdue, évidemment.

Je mets du temps à me calmer. Ces larmes avaient besoin de sortir, depuis bien trop longtemps. Alors je raconte à Rebecca : tout, tout, de ma première rencontre avec Andrew jusqu'à aujourd'hui. Bien sûr, je ne lui parle pas du sang, des canines, du fait que les frères Anderson sont des vampires. Il n'empêche : je me sens plus légère, le poids dans ma poitrine est moins difficile à porter.

– Tu vas démissionner ? me demande-t-elle le plus sérieusement du monde.

– Je ne sais pas.

Je ne peux pas. Je ne peux pas tout abandonner

maintenant. Même si mon cœur est en miettes. Andrew reste une solution potentielle contre Becky.

– Tu le détestes ?

– Je devrais.

– Mais tu n'y arrives pas.

– Non, Rebecca, je n'y arrive pas... Je suis juste tellement... tellement...

– En colère ?

– Oui.

– Il mérite que tu le détestes.

– Je sais. Et crois-moi, j'ai vraiment envie d'y arriver.

Elle se lève, et je la regarde faire les cent pas. Bras croisés, elle me considère.

– Alors bats-toi, Emma. Tiens-lui tête et montre-lui ce qu'il rate. S'il n'est pas con, et il n'a pas l'air de l'être, il se rendra vite compte qu'il est en train de commettre une grossière erreur.

Je lui souris. Elle ne cherche pas à me raisonner, et je lui en suis reconnaissante. Elle me donne de l'espoir. Elle me donne de la force. J'attrape la main qu'elle me tend et la presse contre ma joue. Quelle chance de l'avoir dans ma vie.

Le lendemain, alors que je me rends au travail malgré les protestations de mon frère, je regrette très rapidement d'avoir quitté mon lit. Je pensais qu'Andrew ne pouvait pas faire pire. Je me trompais.

Dès que j'apparais dans le hall de la direction, Vanessa m'entraîne dans le couloir. Je la regarde sans comprendre.

– Qu'est-ce qui se passe ?

– Andrew t'a mutée ailleurs, murmure-t-elle.

– Quoi ?

– Ton bureau a été vidé hier soir.

– Et... où est-ce que je travaille, maintenant ?

– Service marketing. Je suis désolée, Emma.

– Ne le sois pas.

Je sens la colère monter, irrésistible. Non. Il ne s'en sortira pas comme ça. Je ne le laisserai pas faire.

– Où vas-tu ? souffle Vanessa à mon côté, en voyant que je me dirige vers le bureau d'Andrew.

– Quoi ? Il a *aussi* interdit que je le voie ?

– Pas spécifiquement, mais...

– Je ne suis pas du bétail, dis-je. On ne me mute pas sans me donner d'explication.

Une lueur d'admiration passe dans le regard de Vanessa, et cela me redonne un peu de courage. J'entre dans le bureau d'Andrew sans avoir frappé.

– Emma ?

Je ne pensais pas qu'entendre sa voix me ferait encore autant d'effet.

– Monsieur Anderson.

– Que puis-je pour toi ?

– Je vous remercierais de me vouvoyer, monsieur. Afin que nous puissions entretenir des rapports professionnels convenables.

Il arque un sourcil provocateur, s'enfonce dans son siège, me considère d'un air nonchalant. Si seulement il était moins beau, moins foutrement désirable.

– Je souhaiterais connaître les raisons de ma mutation. De même que les conditions contractuelles qui l'encadrent.

Il appuie sur le bouton de l'interphone.

– Vanessa ? Apportez-moi la copie du contrat de

mademoiselle Reyes. Je vous en prie, fait-il, mettez-vous à votre aise.

Je m'installe en face de lui. Il se dirige vers le bar, se sert un verre de whisky. Il est 9 heures du matin. Nous nous regardons sans prononcer un mot. Je ne peux m'empêcher de fixer ses lèvres, de repenser aux endroits où elles se sont aventurées sur mon corps. Je ferme les yeux.

Vanessa frappe à la porte et vient déposer mon contrat sur le bureau d'Andrew, en me glissant un regard compatissant au passage. Il me tend la liasse.

– Une clause stipule ici que j'ai parfaitement le droit de vous muter dans n'importe quel secteur de l'entreprise, sous réserve que vous n'ayez à subir aucune diminution de salaire. Je vous laisse vérifier.

Je parcours le document.

– Page 11, précise Andrew.

Il a raison. Je serre les dents.

– Seriez-vous... déçu par mon travail, monsieur Anderson ?

– Vous voulez vraiment que je réponde ? rétorque-t-il d'une voix monocorde.

– Oui, monsieur, dis-je en reposant le contrat sur mes genoux et en le fixant dans le blanc des yeux.

Il va me répondre, quand je le coupe dans son élan.

– Mais j'aimerais une vraie réponse, une réponse honnête. Je pense que vous me devez bien ça.

Il hésite un instant, pesant probablement le pour et le contre, et ces secondes me semblent durer des heures. Mon estomac se noue, la nausée menace. Sans doute les médicaments que j'ai pris hier soir... Je sens de la sueur perler sur ma nuque.

– Non, Emma : je ne suis pas déçu par votre travail.

Sa réponse me prend de court.

– Dans ce cas, pourquoi ?

Il me fixe, réfléchit à nouveau. Je ne sais pas si c'est bon signe.

– Je pense que le poste d'assistante ne vous convient pas, mademoiselle Reyes. Je vous ai mutée au service marketing, mais si un autre poste vous intéresse davantage, je suis prêt à faire un effort.

– Je souhaite rester ici.

Il s'humecte les lèvres, indécis. Mes doigts ont froissé mon contrat depuis un moment, mais je n'en ai rien à faire.

– Non, Emma.

Sa voix n'est ni dure ni froide, elle est résignée. Je fronce les sourcils. Qu'est-ce que tout cela signifie ?

– Dans ce cas, je souhaiterais être mutée au pôle recherche et développement. En tant qu'assistante de Matthew Anderson, rétorqué-je, espérant le pousser dans ses derniers retranchements.

Son regard s'assombrit. J'ai touché un point sensible. Difficile de ne pas sourire face à cette petite victoire.

– Non.

Cette fois-ci, sa voix est glaciale et déterminée : c'est non négociable.

– Je vois.

Je repose le contrat sur son bureau et croise les bras. Il me dévisage, interloqué.

– Ne compliquez pas les choses.

– Vous le faites déjà très bien. Si je puis me permettre.

Il reste silencieux, vide son verre cul sec et se frotte l'arête du nez. Il y a longtemps que son sourire s'est effacé.

J'aimerais lui rappeler tout ce qui s'est passé depuis notre première rencontre : ses avances, le premier jour, ce stratagème pour gâcher mon week-end avec Matthew, ce départ anticipé pour Chicago. J'aimerais le placer face à ses choix, ses paradoxes. Oui, il m'est arrivé de faire le premier pas vers lui, lors de ce repas de charité par exemple, ou quand j'ai débarqué chez lui, ou lorsque mes lèvres se sont posées sur les siennes, à Chicago. Mais il est aussi impliqué que moi dans cette relation.

– Je peux vous poser une question ? demandé-je.

– Je ne pense pas pouvoir vous en empêcher.

– Allez-vous signer le contrat avec monsieur Marcuzak ?

– Non. J'ai retiré notre proposition.

Il serre les dents ; cette confession semble lui coûter.

– Pourquoi ?

– Le deal ne m'intéresse plus.

Il ment. Voilà des mois qu'il tente de racheter cette société, qu'il fait réaliser étude de marché sur étude de marché et, subitement, il n'en aurait plus envie ?

– Vous mentez mal, monsieur.

– Et vous, mademoiselle Reyes, vous êtes agaçante.

Je l'ai vexé. Je ne peux m'empêcher de savourer ce moment, mes lèvres s'étirent instinctivement.

– Je sais, vous me l'avez souvent répété.

Ma réponse lui arrache un bref sourire, auquel je n'étais pas préparée. Il se lève, se sert un nouveau whisky. Je soupçonne que celui de tout à l'heure n'était pas le premier.

– Combien de verres avez-vous bus ?

– Qui êtes-vous, au juste ? Ma mère ? Je ne me souviens pas vous avoir attribué ce poste.

Sa voix n'est pas aussi froide qu'il le voudrait. J'étais si en colère quand je suis entrée que je n'ai pas remarqué à quel point il semblait usé. Ces cernes, ces yeux injectés de sang. Il porte le même costume qu'hier, et ses cheveux ne sont pas aussi bien coiffés que d'habitude. A-t-il dormi dans son bureau ? A-t-il seulement dormi ?

– D'autres questions ? s'enquiert-il avant d'avaler une gorgée de poison.

– J'en ai tellement.

– Et je suppose qu'aucune ne me plairait.

– Exact, dis-je en me renfonçant contre le dossier de mon siège.

– Dans ce cas, Emma, je vous serais reconnaissant de vous abstenir, s'il vous plaît.

Son ton est... eh bien, presque implorant. Où est passé le Andrew froid, cynique et amer ? Il y a quelques semaines, il m'aurait mise à la porte depuis longtemps, ou m'aurait menacée – ou pire encore.

– Je devrais vous détester, vous savez... pour tout ce que vous avez fait.

Je ne voulais pas le dire, mais il est trop tard.

– Vous ne serez qu'un nom de plus sur une liste, rétorque-t-il en regardant ailleurs.

L'intonation manque de fermeté, de... de nonchalance. Le silence se prolonge. A-t-il toujours été aussi seul ? Peut-on vivre en étant fâché en permanence contre la terre entière ? Peut-on *survivre* sans l'attachement, l'affection, l'amour d'une personne ?

– Je ne suis pas votre ennemie, dis-je. Personne ici ne l'est. Et pourtant, vous vous comportez comme si vous étiez en guerre contre le monde. Je vous souhaite sincèrement, monsieur, de retrouver le chemin de vos émotions et de faire la paix avec vous-même.

– Je doute que cela arrive un jour, Emma.

Son regard me déchire le cœur. Cette discussion ne mène nulle part. Je prends une grande inspiration, pour me donner le courage de prononcer ces mots…

– Si vous ne me mutez pas au pôle recherche et développement, monsieur, je pense préférable que je vous remette ma démission.

– Vous ne devriez pas prendre une telle décision sur un coup de tête, rétorque-t-il du tac au tac.

– Je vous retourne le conseil.

– Emma, je…

Mon courage s'amenuise de seconde en seconde. Mon masque se fendille. Je suis fatiguée – fatiguée de jouer cette comédie sans relâche. Ma colère s'en est allée, elle a laissé place à un sentiment de vulnérabilité.

– Tu as gagné, Andrew. Si ne plus me voir peut te rendre la vie un peu moins pénible, alors mieux vaut que je m'en aille. J'abandonne la partie.

Je me lève, me dirige vers la porte. Mes larmes sont là, prêtes à jaillir.

– Emma ! Attends ! s'écrie Andrew.

Il me rejoint, et je recule pour maintenir une distance convenable entre lui et moi. Je ne commettrai pas trois fois la même erreur.

– Je te propose une augmentation de 50 % si tu acceptes le poste d'assistante marketing.

– Je ne veux pas de ton argent.

– Mais quoi, alors ? Qu'est-ce que tu veux, Emma ?

De nouveau, je lui fais face. Ce que je veux ?

– La vérité. La vraie raison de ma mutation : voilà tout ce que je veux.

Je le regarde s'humecter les lèvres. Je lis la confusion dans son regard. Je secoue la tête, m'apprête à ouvrir la porte, quand je sens sa main saisir la mienne. Il déglutit, prend une profonde inspiration. Mais il n'y arrive pas. Il n'en est tout simplement pas capable.

– Adieu, monsieur.

La situation me disloque le cœur. Je me sens chuter, il me saisit par la taille pour m'aider à rester debout. Une larme perle au coin de ma paupière. De son pouce, il la sèche délicatement. Je le dévisage en silence, au bord du gouffre.

– Je suis désolé, Emma.

– Pas autant que moi, monsieur.

Je me détache de lui et quitte son bureau sans un regard en arrière.

Chapitre 25

Je ramasse le carton contenant mes affaires, que Vanessa a mis de côté, et entre dans l'ascenseur. J'espérais qu'il me suivrait mais, lorsque les portes se referment, il n'est pas là. J'essuie une larme en priant pour que la cabine ne s'arrête pas avant d'être arrivée au rez-de-chaussée. Raté : l'ascenseur s'immobilise quelques étages plus bas, et je tombe nez à nez avec Matthew.

– Emma !

Le destin s'acharne contre moi. Je respire un grand coup. Pas maintenant.

– Matthew ! Comment vas-tu ?

– Bien, et toi ? Ça s'est bien passé, à Chicago ?

– Oui, ç'a été.

Un silence s'installe. Surtout, ne pas croiser son regard.

– Qu'est-ce que tu fabriques avec ce carton ?

– Rien d'important, dis-je en poursuivant mon chemin lorsque l'ascenseur s'ouvre sur le hall de l'immeuble, mais il me rattrape.

– Hey ! Tu es sûre que tout va bien ?

Je me retourne pour lui faire face, tente un sourire maladroit.

– Je ne travaille plus ici, Matthew.

Je lis de l'incompréhension dans son regard, puis je franchis les portes à tambour. Il n'a pas l'air aussi soulagé que je m'y attendais.

Je rentre chez moi en pilotage automatique. Je n'ai plus la force de réfléchir ou de me poser des questions. Je n'ai qu'une hâte : m'enfermer dans ma chambre et oublier tout ce qui s'est passé ces dernières semaines. Mais je sais déjà que je vais passer de longues heures à ruminer tout ça.

Je pose mon carton dans un recoin (je ne tiens pas à ce que mon frère le voie), mais je ne prends pas la peine de le vider. J'allume la chaîne hi-fi et m'allonge sur mon lit. Rien de ce que j'ai pu lire dans les livres ne m'a préparée à ça. Ils devraient mettre un avertissement au début de chaque roman : « Attention, les émotions ressenties peuvent varier selon les individus. N.B. : vous finirez par pleurer, de toute façon. »

Cela doit faire à peine une quinzaine de minutes que je regarde mon plafond quand mon téléphone se met à sonner. Je ferme les yeux, me retourne sur le ventre. Pas le moment.

Rebecca.

À croire qu'elle est capable de flairer mes ennuis. Je ne réponds pas, mais elle appelle de nouveau. Je finis par décrocher. Évidemment, elle veut savoir comment ça s'est passé avec Andrew. Impossible d'esquiver le sujet.

– Je vous interdis de baisser les bras, Emma Reyes !

– Écoute, Rebecca, c'est une mauvaise idée.

– En quoi ? Il a avoué avoir des sentiments pour toi, non ?

– Pas tout à fait en ces termes.

– Il refuse de te voir quitter son entreprise et il refuse de te dire pourquoi. Tu traduis ça comment, toi ?

Je retiens mon souffle. Cette conversation me fait plus de mal que de bien.

– Est-ce que c'est important, d'avoir des sentiments, s'il répugne à les exprimer ? Il n'en veut pas, de ses sentiments. À quoi ça sert, de le forcer ?

– Mais ce n'est pas possible ! s'énerve Rebecca à l'autre bout du fil.

Je reste silencieuse. N'ai-je pas le droit d'être tout simplement fatiguée ? Résignée ?

– Tu me déçois, Emma. Je pensais que tu étais une battante.

– Écoute, je dois te laisser. J'ai mon père en double appel.

– Hé, ne te défile pas, je t'interdis de raccrocher ! Hé' ! Hé' ?

Je repose le téléphone sur la table. J'en ai assez de pleurer. J'en ai assez de tout.

Le temps passe, mais jamais assez vite. On dit qu'il guérit tout : putain de mensonge. Venir à New York a été une énorme erreur. Je voulais vivre une vie normale, recommencer à zéro. Résultat : je me retrouve plus bas que terre.

Le soleil se lève, mes yeux sont ouverts. Quand il se couche, ils le sont toujours. Le sommeil se refuse à moi. Je mens à mon frère, en lui racontant que j'ai finalement choisi de prendre un peu de repos. Je passe mes journées à attendre que la douleur s'en aille, mais elle ne partira pas. Elle viendra se ranger dans le compartiment des blessures auxquelles on ne peut rien ; peut-être le classeur « Andrew » se trouvera-t-il à côté de celui de maman.

Je ne vais pas à mes rendez-vous. Ni chez Vincenzo ni chez Colgate. Je veux la paix, juste la paix. La vérité, c'est que j'avance dans un épais brouillard. Parfois, je rentre à la maison, et je n'ai pas le moindre souvenir de ce que j'ai fait. Becky ? Cela n'a guère d'importance.

Au bout d'une semaine, Rebecca me propose de venir l'aider à la librairie. J'accepte, en me disant que ça me changera peut-être les idées.

Dix jours que je n'ai pas vu Andrew. 240 heures, 14 400 minutes, 864 000 secondes. C'est comme rester en apnée. Je vais finir par perdre connaissance.

J'ignore depuis combien de temps je regarde cette émission de relooking et combien de fois elle a été rediffusée depuis que j'ai quitté Anderson Corporation – trop, sans doute. La sonnerie de mon téléphone me tire de ma torpeur. Nathan. Je décroche.

– Bonjour, princesse ! Tu es chez toi ?

– Salut. Oui, pourquoi ?

Je me redresse sur le canapé, coupe le son de la télé. Cela fait bizarre, de parler.

– Tu me files ton adresse ?

J'entends le bruit de la circulation en fond sonore.

– Pour... ?

– Je suis dans le coin. Je viens te donner un petit concert privé. Mon déhanché de la mort, tu te rappelles ?

– Attends, tu veux dire là ? Maintenant ?

– Quel enthousiasme !

Je panique. Complètement.

– Mais... Je ne suis pas prête du tout, Nathan, je suis encore en pyjama et...

À l'autre bout du fil, je jurerais qu'il sourit.

– C'est censé me faire peur ? Allez, file-moi cette adresse.

– Oui... alors, euh... c'est 281 Henry Street.

Je me lève précipitamment, débarrasse les restes de mon déjeuner, saisis l'éponge pour récurer le plan de travail tout en gardant le téléphone coincé entre mon épaule et mon oreille.

– Rassure-moi : tu n'es pas en train de faire le ménage ?

– Pas du tout, m'exclamé-je, en tâchant de faire moins de bruit.

Je tapote les coussins du canapé pour leur redonner du volume, aligne les chaussures dans l'entrée, range les paires en trop dans ma chambre.

– Je ne viens pas pour m'envoyer en l'air, hein ! Inutile de changer les draps, si c'est la prochaine étape !

– Nathan ! m'écrié-je, à demi choquée.

Après avoir raccroché, je me précipite dans ma chambre pour m'attacher les cheveux. Je vérifie mon reflet dans le miroir, enfile une tenue plus convenable. La sonnerie de l'entrée retentit alors que je procède à une dernière vérification. Déjà ?

– S'il reste une petite culotte qui traîne, c'est trop tard, annonce-t-il, tout sourire, quand j'ouvre la porte.

– Hilarant.

Il porte un jean slim noir, ses éternels boots et sa veste en cuir. Ses cheveux bouclés ont encore poussé, et cela lui va plutôt bien. Il m'ouvre ses bras, et je m'y réfugie un instant avant de le laisser entrer.

– Alors comme ça, tu es de ces filles qui végètent en pyjama devant la télé tout le samedi... remarque-t-il en balayant du regard mon salon.

– D'habitude, je suis plutôt le nez dans un bouquin, mais là, je n'étais pas d'humeur.

– Je tombe à pic, alors. Chouette, ton appart – j'adore les briques apparentes. Ton frère n'est pas là ?

– Non, il est à son entraînement, et après, il enchaîne avec une nuit de boulot. Il va être super déçu de t'avoir raté.

– Tu dis ça pour me faire revenir ? réplique Nathan, taquin.

Nous rions. Je lui sers un verre de lait et des cookies que j'ai préparés la veille. Il sort sa guitare de son étui et commence à l'accorder. Je l'observe, admirative. Bientôt, les premières notes résonnent. La mélodie est entraînante et, quand sa voix légèrement rocailleuse s'élève, la chair de poule me saisit. La chanson parle d'un amour brisé, du sentiment d'impuissance que l'on peut ressentir quand l'être aimé nous quitte. J'ai envie de pleurer.

– C'est magnifique, Nathan, dis-je une fois qu'il a terminé.

– Je n'ai même pas eu besoin d'exécuter mon déhanché, tu es déjà conquise. Je ne pensais pas que ce serait si facile.

– Ça va, les chevilles ? Tu ne crains pas que tes rangers finissent par être trop petits, à terme ?

– T'inquiète, j'ai pris une taille au-dessus. Bon, et toi alors ? Tu as déjà écrit une chanson ?

– Je pense que j'en serais incapable.

– Tu disais ça pour la guitare, et maintenant, tu maîtrises *Come As You Are* !

Je me revois, essayant de jouer devant mon frère. J'essaie de sourire.

– Bon, mais je te préviens : si je t'écris un hit, je veux des droits.

– Payables en nature ?

– Compte là-dessus, pouffé-je.

Il me parle de sa tournée en Europe qui se prépare – pour l'année prochaine –, et m'avoue songer à sortir un album en solo, dans un registre bien différent de celui de Before Death. Il reste tout l'après-midi avec moi et m'oblige à m'abonner à Netflix. Il me dresse un listing des séries incontournables et me fait jurer d'en regarder au moins une. On essaie d'écrire une chanson ensemble ; il me dit que j'ai une jolie voix. Je sais qu'il sait que j'ai quitté Anderson Corporation, mais il ne m'en parle pas, et je lui en suis reconnaissante. J'étais en train de me noyer, il est arrivé au bon moment.

– Allez, c'est l'heure, on y va ! s'exclame-t-il en se levant alors que 18 heures sonnent.

Je le fixe sans comprendre.

– Debout, princesse.

– On... on va où ?

– Chez moi. J'organise une petite soirée, et j'ai vraiment besoin que tu veilles sur moi.

– Tu vas avoir besoin que je te tienne les cheveux ? demandé-je en rigolant.

– Si ce n'était que ça ! Non, écoute, la dernière fois que j'étais à une soirée, il y avait une fille, Emma, je te jure :

si j'avais su à quel point elle était bizarre, jamais je ne l'aurais ramenée chez moi ! s'exclame-t-il.

– Je ne veux rien savoir, dis-je en me levant.

– Allez, c'était drôle. Je suis sûr que ça peut te faire rire.

Je lui lance un regard noir, il me fait son regard de chien battu. 1 – 0 pour lui.

– D'accord, lâché-je, vaincue. Ça a intérêt à valoir le coup.

Il se redresse, avec l'air le plus sérieux du monde, et commence à imiter une voix de présentateur – genre faits divers criminels. Difficile de ne pas sourire d'emblée.

– « *Cette jeune femme semblait parfaitement normale : belle, intelligente. Et pourtant... Rien ne laissait présager qu'une fois en compagnie de notre héros, elle oserait...* »

– Pas de mise en scène foireuse, s'il te plaît. Les faits ! m'exclamé-je en riant.

– Tu viens de briser une carrière d'acteur, merci beaucoup. (Il laisse passer un silence, puis reprend, concentré.) Bon, je suppose que tu préfères que je te passe les détails de l'acte en lui-même ?

– Si ça ne te dérange pas.

– À vrai dire, je ne m'en souviens plus vraiment. Mais la conclusion, c'est que je me suis réveillé le lendemain matin, nu comme un ver, attaché à... tu sais, le pilier au milieu de mon appart, à côté de la cuisine ?

J'écarquille les yeux, ramasse l'assiette de cookies vide sur la table basse.

– Attaché, euh, comment ?

– Ah, tu vois que tu es curieuse ! s'exclame-t-il en me pointant du doigt.

Je secoue la tête, faussement exaspérée. Je vais mettre

l'assiette dans l'évier, et il m'emboîte le pas, poursuivant son histoire rocambolesque : la jeune femme qui l'abandonne alors qu'il est nu, attaché à son pilier, incapable de bouger.

Ne pas rire est impossible. Comment fait-il pour se retrouver dans des situations aussi absurdes ?

– Et comment tu t'en es sorti ? demandé-je, vraiment intriguée.

– En fait, les menottes n'étaient pas vraiment verrouillées : il suffisait d'appuyer sur un bouton pour les ouvrir. Je m'en suis rendu compte trois heures plus tard, conclut-il, accoudé à ma desserte.

Je ris si fort que tout l'immeuble doit m'entendre.

– Toi, les menottes, c'est pas ton truc, si ?

– Pas trop ! dis-je entre deux hoquets, les larmes aux yeux, essayant de reprendre mon souffle.

– Merci pour ta compassion, voilà ce que j'appelle une vraie amie ! Tu vois ? C'est pour ça que j'ai besoin de toi.

Chapitre 26

– Vous savez à quelle heure on passe ? demande Adam, en roulant ce que je suppose être un joint.

Nous sommes une dizaine, l'ambiance est feutrée, détendue. Il y a là les membres de Before Death, plus quelques amis du groupe. Que Matthew soit de la partie n'est pas vraiment une surprise et, bien que je sois heureuse de le voir, sa présence me met mal à l'aise – parce que je pense à Andrew. Je lui souris maladroitement quand nos regards se croisent, mais je ne suis pas certaine d'être capable de tenir une discussion en tête à tête avec lui. Le remords, la culpabilité… voilà ce que je ressens à sa vue. Je suis assise sur le canapé près de Nathan, qui me demande toutes les cinq minutes si je passe une bonne soirée.

– En dernier, a priori, dit Matthew en terminant son verre. Vu que vous êtes la tête d'affiche.

Ils parlent du concert de charité qui aura lieu dans deux semaines à Central Park. Jonathan m'avait fait part de sa frustration de ne pas pouvoir y assister à cause du boulot.

Adam passe le joint à Louis, qui l'allume. Le bout grésille, rougeoie lorsque Louis tire dessus. Il recrache un épais nuage de fumée blanche avant de le tendre à un homme aux cheveux bleus dont j'ai oublié le nom.

– Allez dehors pour faire ça, soupire Nathan. Pas devant Emma.

Les trois intéressés se lèvent et prennent la direction de la terrasse. Mon ami me frotte les épaules. Je souris. J'aimerais lui dire que ce n'est pas un joint qui va me tuer, mais il semble prendre son rôle de protecteur très à cœur, alors je m'en abstiens.

– C'est moi qui suis censée veiller sur toi ce soir, il me semble.

– Et tu le fais merveilleusement bien, souffle-t-il à mon oreille. Aucune menotte à mon poignet pour le moment, et j'ai encore tous mes vêtements.

Je ris, et je sens le regard du jeune Anderson se poser sur nous. Nathan le sent aussi, et reprend la discussion entamée quelques minutes plus tôt.

– Tu devrais venir à ce concert, tu sais. C'est une sorte de festival caritatif, et Matthew est le parrain de l'événement, cette année. Il doit prononcer un discours pour l'occasion, et il a grave le trac. Ça promet d'être marrant à voir !

– Merci beaucoup pour ton soutien, Nathan, bougonne l'intéressé. Vraiment.

– Pas de problème, mec ! Alors Emma, tu viendras ?

– On te montrera les coulisses, si tu veux, ajoute Juliana en se levant.

– Ça peut être cool. Oui, je viendrai avec plaisir.

Nathan me tend son poing pour un check, puis rejoint ses amis sur la terrasse, pour fumer je ne sais quoi. Me voici seule avec Matthew, et je peine à cacher ma nervosité. Nous nous dévisageons, mal à l'aise.

– Comment t'es-tu retrouvé à devoir prononcer un discours ? finis-je par demander pour briser le silence.

– Chaque année, une grosse entreprise sponsorise l'événement ; on a réussi à faire en sorte que, cette année, ce soit Anderson Corporation.

J'acquiesce d'un hochement de tête. Pourquoi ne demande-t-on pas à Andrew de prononcer ce discours ? Mystère. Matthew me scrute avec attention.

– Sinon, comment ça va, toi ?

– Je donne un coup de main à une amie libraire ; ça occupe mes journées. Et toi ?

– La routine.

Il marque une pause, et je fixe tour à tour son visage et le sol.

– Ça me manque, de ne plus te croiser au boulot.

Pour toute réponse, je lui offre un sourire crispé. Il pose sa main sur la mienne, la presse délicatement.

– Tu es certaine que ça va ?

Les larmes menacent de déborder, alors je redresse la tête. Je vide mon verre d'un trait, en espérant que cela m'aide à apaiser ce que je ressens. Ce geste me fait penser à Andrew et n'arrange en rien mon état.

– Hé, vas-y doucement. Tu vas te rendre malade.

– Ne t'inquiète pas pour moi.

– Désolé, mais si, justement, je m'inquiète.

– Ah ?

Je me lève et gagne la cuisine à la recherche d'une nouvelle bouteille à entamer. Mais peut-être que j'essaie juste de fuir Matthew, et l'inévitable discussion qui va suivre. Il arrive à son tour, se ressert également. Cette mascarade m'épuise.

– Finissons-en, dis-je en me retournant.

Il me considère, interloqué. J'avale à nouveau mon verre cul sec et le repose sur le comptoir.

– Pose-moi tes questions, Matthew.

– Je...

– Pose-moi tes questions ! répété-je, perdant mon calme.

Il réfléchit, et je panique. Il va savoir. Il va deviner. Je me ressers encore. Je sais que c'est une mauvaise idée, mais j'en ai besoin. Je n'en peux plus, de ces mensonges.

– Pourquoi as-tu démissionné ?

Répondre à cette question demanderait de répondre à mille autres avant.

– Qu'est-ce qui s'est passé, au juste ? ajoute-t-il devant mon mutisme.

Je me mords la lèvre inférieure. Ce jour. Ce foutu jour où tout a pris fin, dans son bureau. Et cette conversation, dans la voiture... Il s'est passé tant de choses, Matthew. Si tu savais... Il me fixe, longuement, et aucun mot n'arrive à sortir de ma bouche.

– D'accord, finit-il par lâcher. On n'est pas obligés d'en parler.

Il fait mine de s'éloigner.

– Tu ne poses pas les bonnes questions, Matthew, lui lancé-je malgré moi.

Il se retourne, sourcils froncés. Je sais que, probablement, il craint autant de me les poser que je suis tétanisée à l'idée d'y répondre. Il réfléchit aux mots qu'il va employer, et cette attente me donne le tournis.

– Emma, est-ce qu'il y a… est-ce qu'il y a quelque chose entre Andrew et toi ?

Je déglutis. Déjà, je sens le poison de la culpabilité me ronger l'estomac.

– Oui, soufflé-je.

Le soulagement que je ressens lorsque j'avoue cette terrible vérité est aussitôt anéanti par la douleur que je sais être en train de lui infliger. Peut-être aurait-il préféré ne pas savoir. Peut-être que ne pas savoir est une manière de se préserver… Je me demande si l'honnêteté vaut toujours mieux que le mensonge, si, à la clé, on doit faire souffrir des gens qu'on aime.

Oui, il y a eu quelque chose avec Andrew. Mais aujourd'hui, il n'y a plus rien. Il m'enlève mon verre, le pose sur le comptoir et prend mes mains dans les siennes.

– Si tu ne travailles plus avec mon frère, c'est…

– Parce que c'est terminé.

Il me sonde du regard, caressant le dos de ma main avec son pouce. Comment peut-il se montrer aussi tendre, après une révélation pareille ?

– Je suis désolée, Matthew. Ce n'était pas prémédité. Et quand, à cette soirée de charité, je t'ai dit qu'il ne m'intéressait pas, c'était vrai. Mais ensuite…

– Je ne t'en veux pas, Emma.

Je relève les yeux vers lui. Sa bienveillance me fait du mal, parce que je ne la mérite pas… Je ne *le* mérite pas. Je n'ai aucune excuse. Matthew s'est toujours montré gentil, patient, compréhensif, et je l'ai trahi. Il sort son téléphone de sa poche et pianote dessus à toute vitesse avant de le ranger à nouveau. Il m'attrape gentiment le bras, me guide vers le canapé. Nous nous installons en silence.

– Je ne déteste pas mon frère, tu sais. Même si nos rapports sont plutôt... compliqués, je voudrais vraiment qu'il soit heureux.

– Est-ce qu'il peut vraiment l'être ? S'il se refuse à ressentir quoi que ce soit...

– Alors, il t'a dit... pour son humanité ? reprend-il.

– Oui.

Il s'humecte les lèvres, réfléchit un instant.

– Certaines blessures sont très difficiles à refermer, Emma. D'autres ne cicatrisent jamais... Qu'il accepte ses émotions, c'est vraiment mon souhait le plus cher... Mais, parfois, je me dis qu'à sa place, je n'aurais peut-être pas le courage de les laisser revenir.

– Pourquoi ? Je ne comprends pas...

Son téléphone émet un bip. Il le sort à nouveau, lit un message, le repose sur la table basse.

– Tu sais, Emma... quand tu as cessé de ressentir quoi que ce soit durant de longues années et que tu laisses tes émotions réapparaître, toute la souffrance que tu as gardée enfouie remonte brutalement à la surface... une douleur concentrée, pure... Crois-moi, je n'aimerais pas être à la place d'Andrew quand ça arrivera...

Son portable lâche un nouveau bip. Il y jette un bref coup d'œil.

– Comment fais-tu pour ne pas m'en vouloir, Matthew ?

– Je connais mon frère. Et je sais aussi que tu es probablement la seule femme capable de voir au-delà de l'armure qu'il s'est construite. Andrew est un mec bien. Enfin, *était*.

– Tu m'as perdue, dis-je.

Les paroles de Matthew ne m'aident pas à passer le cap ; elles me condamnent à demeurer dans le passé, à m'accrocher à un vain espoir.

– Emma, je...

Il rafle son appareil, qui, cette fois-ci, sonne de façon régulière, et appuie sur l'écran. Je suppose qu'il vient de mettre son correspondant en attente.

– Depuis le début, je...

Nouvelle sonnerie ; le visage de Matthew se crispe. Au troisième essai, excédé, il décroche.

– Allô ! crie-t-il presque. Non, écoute...

Il s'éloigne, se met à marmonner des paroles indistinctes. Au bout d'un court instant, il revient vers moi, arborant un sourire qui se veut sans doute rassurant.

– Ne t'en veux pas, Emma. Ne doute pas de toi, OK ? Et je compte sur toi pour venir m'encourager au discours d'ouverture du concert !

Je me contente de hocher la tête.

– Je dois y aller. Ça m'a fait plaisir de te voir. Tu me manquais.

Il dépose un baiser sur ma joue et s'éloigne.

Plus tard, restée seule, je m'endors sur le canapé de Nathan. Je me réveille dans son lit. Je le trouve endormi dans le salon, en boxer, probablement en train de cuver. La bonne nouvelle, c'est qu'il n'est pas menotté au pilier de son salon. Je fais un peu de ménage, puis dépose un mot à son intention sur le plan de travail de la cuisine avant de m'en aller.

Les choses ne s'arrangent pas : pas de répit pour les

condamnés. Ce matin-là, je peine à rester debout dans le métro, mes jambes tremblotent. Il me faudrait un cachet, mais je les ai laissés chez moi. Une fois dans la rue, je trébuche à deux reprises, m'écorchant les genoux au passage. Je me relève, priant pour qu'il n'y ait pas une troisième chute.

Lorsque j'arrive enfin chez moi, mon frère m'attend sur le sofa. Il se lève et vient à ma rencontre, m'enlace. Je me raidis pour qu'il ne sente pas les tremblements. J'ôte mes chaussures, accroche mon manteau à la patère, m'enferme dans ma chambre pour prendre mes médicaments.

Je m'allonge un instant, espérant un effet rapide, mais déjà mon frère m'appelle. Je respire un grand coup, me relève pour le rejoindre. Nous nous installons sur le canapé et commentons la fin d'une émission de magie que Jonathan aime bien.

Vers midi, il me propose de commander du japonais. Trente minutes plus tard, notre repas arrive, et je comprends que c'était une mauvaise idée. Dès que je saisis les baguettes, ma main se met à trembler. Je n'insiste pas et décide de manger mes sushis avec les doigts. Jonathan voit ce qui se passe, mais ne dit rien. Quand j'essaie de prendre mon verre, cependant, et renverse la moitié de l'eau sur la table, il m'arrête.

– Emma ? Il est temps de retourner voir le médecin.

Une larme coule le long de ma joue. Il a raison.

Le sursis est terminé.

Une fois dans mon lit, j'attrape mon carnet pour y coucher le récit de mes dernières vingt-quatre heures, mais j'ai du mal à tenir correctement mon stylo. Je cherche une position plus confortable, plus stable.

Impossible.

Mon écriture – l'écriture de Becky – ressemble à celle d'un enfant de cinq ans.

j'aimerais qu'il existe un manuel pour oublier quelqu'un en cinq étapes.
j'aimerais que mon coeur ne me fasse plus souffrir.
j'aimerais que becky ne soit jamais entrée dans ma vie.
j'aimerais qu'andrew ne me manque plus autant.

Chapitre 27

Peut-être existe-t-il sur Terre un équilibre en vertu duquel certaines personnes sont condamnées à souffrir. Ce doit être mathématique, et je suis tombée du mauvais côté de l'équation.

Les jours passent et se ressemblent. Chaque matin, je rejoins la librairie de Rebecca dans Soho. Chaque soir, j'emprunte le même chemin pour rentrer. Je tente de l'oublier, mais j'ai le sentiment qu'il est là en permanence, à me regarder. Je m'inquiète. Je me demande si Becky n'aurait pas quelque chose à voir là-dedans.

Cet homme, par exemple en train de me fixer de l'autre côté de la rue alors que je me tiens devant la fenêtre de ma chambre. On dirait Andrew. Mon cœur semble avoir cessé de battre. Je suffoque. Je suis en train de mourir sur place et personne n'en a conscience.

– Qu'est-ce que tu fous, avec la fenêtre ? Il gèle, princesse, et je suis en caleçon...

Je ne me souviens plus très bien pourquoi je l'ai ouverte, probablement pour aérer. Je ne suis plus sûre, ma mémoire me fait défaut, ces temps-ci... Je me retourne vers Nathan, qui, tout sourire, se tient appuyé contre mon bureau.

– Tu n'es pas en caleçon, dis-je.

– Mais tu as vérifié.

Je fixe à nouveau la rue. L'homme a disparu, mais cela ne me soulage pas pour autant. Je sens les bras de Nathan se refermer autour de moi.

– Qu'est-ce que tu regardes ? Tu as vu un fantôme ?

Il ferme la fenêtre à ma place.

Nathan m'est d'un grand soutien. Je sais qu'il a bien mieux à faire que d'être ici un samedi soir, pour l'anniversaire de mon frère, mais il est là. Et surtout, il n'a pas hésité une seconde à me dire oui.

Nous retournons au salon, où Jonathan s'efforce de faire un peu de place sur la table en débarrassant quelques bouteilles de bière et des assiettes où trônent des restes de pizzas. Une jolie rousse de son âge s'amuse à le déconcentrer dans sa tâche.

Un coup d'œil à l'horloge : bientôt minuit. Qu'est-ce qu'Andrew ferait à cette heure-ci devant mon immeuble ? Rien, évidemment.

Je gagne la cuisine pour m'occuper du gâteau d'anniversaire. Nathan est avec moi. Il m'aide à disposer les bougies, me donne un coup de hanche.

– Qu'est-ce qui ne va pas, princesse ?

– Rien. Merci encore d'être venu, c'était une sacrée surprise pour Jonathan.

– Avec plaisir, répond-il en enfonçant un doigt dans la crème du gâteau.

– Hé ! protesté-je en attrapant le plat pour le mettre hors de sa portée.

– Ça va ! Avec tout ce que ton frère a bu, il ne verra rien, assure-t-il en étalant le reste de crème sur mon nez.

Il doit être 3 heures du matin quand il commande un taxi pour rentrer chez lui. Il est le dernier à partir. Mon frère lui propose de rester dormir, mais Nathan rétorque qu'il n'est pas un homme facile ; nous rions de bon cœur.

Une fois dans mon lit, je me tourne et me retourne, mais le sommeil ne vient pas. Voilà presque un mois que je n'arrive plus à dormir.

La réalité, c'est que ma discussion avec Matthew m'a chamboulée, bien plus que je ne voulais le croire. Je ne cesse de m'interroger : qu'est-ce qui a bien pu pousser Andrew à se renfermer sur lui-même ? Et pourquoi son frère prend-il ainsi sa défense ? J'ai été tentée de lui envoyer un message au cours de la semaine : « Matthew, qu'est-il arrivé à Andrew pour qu'il tue ainsi toute émotion en lui ? » J'ai laissé mon doigt en suspens. Mais je n'ai rien fait. Pire : je m'en suis voulu d'avoir pu ne serait-ce qu'*écrire* cette phrase. En trois semaines, j'ai appris à me détester.

Je m'assieds sur mon lit et me mets à pleurer. Je pleure l'homme brisé qu'est Andrew, je pleure la vie qui s'échappe de moi, je pleure la souffrance que j'inflige à mon frère, je pleure ma mère, qui me manque tellement, je pleure la force qui me fait défaut, je pleure Butler aussi. Soudain, cette fichue ville me manque.

*

Je suis assise en tailleur sur le sofa jaune de la librairie de Rebecca. Un café à la main, elle me fait face sur le chesterfield noir.

– Désolée de ne pas être venue hier à l'anniversaire de ton frère. J'avais ce foutu rendez-vous... C'était comment ?

– Tu aurais vu la tête de mon frère quand Nathan est entré ! Il lui a offert une guitare dédicacée par tout le groupe. Mémorable !

– Tu m'étonnes ! C'est adorable de sa part, d'avoir fait ça. Il a l'air d'être un chic type.

– C'*est* un chic type.

Je pose mes lèvres sur le rebord de ma tasse et avale une gorgée de thé chaud tout en observant les rayonnages de livres qui montent jusqu'au plafond.

– Vous vous voyez souvent ? Avec Nathan, je veux dire.

– Assez, ces derniers temps.

– Et Andrew ?

Mon cœur se serre.

– Je ne veux plus parler de lui, Rebecca. N'insiste pas.

– Je ne te comprends pas, tu sais. J'essaie, mais je n'y arrive pas.

– Il n'y a rien à comprendre ; c'était une histoire impossible.

Elle se masse la tempe – un signe d'agacement, chez elle.

– Impressionnant, de voir à quel point tu peux te voiler la face.

– Rebecca, s'il te plaît...

– D'accord, d'accord... Je suis désolée.

Elle se lève, dépose sa tasse et entreprend de laver la vaisselle derrière le petit comptoir. Ses lèvres sont pincées. Elle rumine, je le vois bien. Mais je n'ai pas la force de poursuivre cette conversation.

Je sors mon livre de mon sac et poursuis ma lecture en silence.

– En fait, je ne suis *pas* désolée ! s'exclame tout à coup Rebecca en fermant le robinet.

Elle fait le tour du comptoir, en s'essuyant les mains avec un torchon, visiblement en colère. Je baisse mon livre.

– Il faut que quelqu'un te secoue ! Tu viens ici, à New York, tu quittes tout pour t'offrir une nouvelle vie, et tu n'en profites pas ! Je veux dire : là, clairement, tu abandonnes au premier obstacle, et tu te refermes sur toi-même. Je te pensais plus forte que ça.

Je la dévisage, le ventre noué.

– Excuse-moi de ne pas avoir le même tempérament que toi, Rebecca... Excuse-moi de ne rien connaître aux relations amoureuses et de découvrir tout ça à vingt et un ans ! Excuse-moi d'essayer de me préserver.

– Mais te préserver de *quoi* ? Tu es malade, Emma. Avec tout ce que tu as à affronter, tu ne vas quand même pas reculer devant un homme qui a juste besoin qu'on lui montre ce qu'il veut ?

L'entendre prononcer ces mots me fait mal. Utiliser Becky pour minimiser ce que je peux ressentir est un coup bas. Je prends une grande inspiration. Je me dis qu'elle ne le pense pas vraiment. Qu'elle est toujours mon amie.

– Précisément : Andrew sait très bien ce qu'il veut et ce qu'il ne veut pas. S'il te plaît, changeons de sujet. Je ne veux pas me disputer avec toi.

J'espère mettre un terme à la conversation. Il n'est pas trop tard pour passer un bon moment. Mais Rebecca n'est pas de cet avis.

– Donc, tu fuis le conflit ? C'est ta stratégie quand les choses deviennent compliquées ? C'est pour ça que tu te rabats sur Nathan ? Sur Matthew ? Parce que ce sont des hommes plus faciles à vivre ?

À mon tour, je pose ma tasse. Je ne la reconnais plus. Mes mains se mettent à trembler ; je les enfouis entre mes cuisses, serre de toutes mes forces.

– De quoi tu parles ? Il ne se passe rien avec eux. Est-ce que tu insinues...

– Oui, Emma : c'est exactement ce que j'insinue !

Son regard est plein de haine, maintenant. Pourquoi ?

– Comment tu peux penser une telle chose de moi ? Tu sais bien que ce n'est pas mon genre !

– Je ne sais pas, Emma. Je ne te pensais pas capable de te taper ton patron, et pourtant tu l'as fait. Je ne pensais pas que nous avions des secrets l'une pour l'autre, mais c'était le cas.

Je ne sais pas ce qui me fait le plus mal : ses reproches ou la déception dans sa voix. Probablement les deux. Les larmes me montent aux yeux. Je serre les dents et me lève.

– Je ne te reproche pas d'être sorti avec Andrew, ajoute-t-elle sur un ton plus doux, sentant sans doute qu'elle est allée trop loin. Je te reproche de ne pas l'assumer, c'est tout. Ni Nathan ni Matthew ne te feront ressentir la même chose, Emma, et tu es en train de commettre une énorme erreur. Tu comprends ? Si j'étais à ta place, j'aimerais t'entendre me dire ça.

– Il vaut mieux que je m'en aille. Bonne journée, Rebecca.

Elle me regarde quitter sa librairie, silencieuse.

Chapitre 28

•

La foule converge vers Central Park, et je prends peu à peu conscience de l'ampleur de l'événement. Je comprends mieux le trac de Matthew. Personnellement, je serais incapable de parler devant autant de monde. Je me dirige vers l'endroit que Nathan m'a indiqué et me présente à de jeunes bénévoles, une casquette vissée sur la tête.

– Bonjour, je viens voir Nathan Young.

Ils me regardent d'un drôle d'air avant de me demander mon nom, puis passent un appel sur leur talkie-walkie. Au bout de cinq minutes, ils me laissent entrer.

Un membre du staff m'accompagne jusqu'aux loges en préfabriqué installées spécialement pour le concert. Il frappe à une porte. Des grognements étouffés et un bruit de verre brisé nous parviennent. Puis la porte s'ouvre, et Nathan apparaît, tout sourire, les cheveux en bataille.

– Emma ! C'est bon, merci, les gars, je prends le relais.

Il sort de sa loge pour me prendre dans ses bras, vérifie sa braguette. Il me dévisage, attendri, et comprend que j'ai deviné ce qu'il tramait à l'intérieur.

– Cette fois, pas de menottes, se justifie-t-il, et j'éclate de rire.

Il ouvre la porte en grand, avec un air faussement résigné.

– C'est bon, Eden. Sors, on est grillés.

Une ravissante blonde aux yeux vairons émerge de la loge de Nathan, visiblement amusée. Le chanteur procède sommairement aux présentations avant de l'embrasser sur la joue. Il lui murmure quelque chose à l'oreille, et elle s'éloigne.

– Ta petite copine ?

– Pas vraiment. Allez, viens.

Je secoue la tête, mi-charmée, mi-exaspérée. Nous remontons le couloir, longeons des portes. À l'extérieur, derrière les minces parois des préfabriqués, se propage la rumeur de la foule.

– Ils t'ont laissée passer sans trop de difficulté ? s'enquiert Nathan.

– Nickel.

– Cool. J'avais laissé des instructions, mais des fois, tu sais, ça capote, surtout quand c'est un gros truc comme ça. Viens, on va voir les autres.

Nous entrons dans une grande pièce derrière la scène, où des gens discutent, mangent un morceau. Je salue Adam, Louis, Zack et Juliana, assis à une table en compagnie d'autres musiciens que je ne connais pas. Nathan m'apporte un verre et s'installe à mon côté, une bière à la main. La discussion tourne autour des péripéties vécues en tournée, et mon ami en prend pour son grade.

– Bon, les mecs, conclut Juliana en se levant, c'est

l'heure du *Meet & Greet*, alors si vous devez vous repoudrer la gueule, c'est maintenant.

Nathan m'explique qu'avant le début du concert, le groupe organise une rencontre privilégiée avec une vingtaine de fans. Il me propose de les accompagner. Sur le chemin, il continue de faire le pitre, et je ne peux m'empêcher de rire. Une fois la rencontre terminée, nous gagnons une zone VIP pour écouter le discours de Matthew. Nathan ne cesse de me chatouiller et de me tirer par la main pour m'attirer à lui. Nous jouons comme des gamins. Quand nous arrivons enfin, je me libère de sa poigne et me retourne, un sourire aux lèvres, lorsque je sens un corps me percuter. Je me confonds en excuses tandis que les mains de l'inconnu me tiennent par les épaules pour m'aider à garder l'équilibre. Plus personne ne rit. Avant même de lever les yeux, je sais que c'est lui. Andrew.

– Désolée... Je... Je suis désolée.

– Ne le soyez pas.

Cette voix. Pourquoi me fait-elle toujours autant d'effet ? J'ai l'impression d'avoir sauté d'un avion en plein vol et d'avoir oublié mon parachute. Je ne serai bientôt plus qu'un tas d'os brisés sur le sol. À son côté, une jeune blonde. Mon cœur se serre. Sa nouvelle assistante, j'imagine. Nous nous dévisageons en chiens de faïence, et j'ignore comment réagir. Je ne pensais pas le revoir un jour.

Nathan passe son bras par-dessus mon épaule pour me ramener à la réalité.

– C'est parti, princesse. Allons encourager Matthew.

J'ose un regard en arrière, les yeux d'Andrew me suivent.

Dans les coulisses, à quelques mètres de nous, Matthew patiente, des fiches à la main. Nathan les lui subtilise, lui assurant que tout ira bien. À mon tour, je lui glisse quelques mots de soutien et l'enlace brièvement. Lorsqu'il est temps pour lui de s'avancer sur la scène, nous retournons à notre place, *backstage*. Des fans reconnaissent Nathan et se mettent à hurler. Il leur adresse un petit signe de la main.

Le discours va commencer. Nathan repasse un bras pardessus mon épaule. Matthew se lance. J'essaie d'écouter ce qu'il dit, mais j'ai toutes les peines du monde à me concentrer. Andrew, assis non loin de nous, me regarde. À quoi pense-t-il, en cet instant ? Je tente de soutenir son regard. Il a des cernes. Peine-t-il à trouver le sommeil, lui aussi ?

Un tonnerre d'applaudissements retentit. Tout le monde s'agite, mais Andrew ne me quitte pas des yeux. Je frappe dans mes mains, hésitante. Nathan me flanque un coup d'épaule : il m'observe, les yeux pétillants, fier de son ami. Andrew, quant à lui, a reporté son attention sur son assistante, qui lui parle à l'oreille. Il lui répond – lui sourit, même. Ça ne lui ressemble pas. Je devrais me dire que tout ça est derrière moi, mais je n'y arrive pas.

Plus tard, pendant le concert, Matthew vient s'excuser de la présence de son frère. Andrew était censé ne pas être disponible, et il ne sait pas ce qu'il fabrique ici. Je le rassure : « Tout va bien », dis-je, mais mon cœur crie le contraire.

Je tente de profiter de la musique, de l'ambiance, mais j'ai l'impression de plus être qu'un corps sans vie. En un regard, en quatre mots, il a réussi à me replonger dans la même détresse qu'aux premiers jours.

Chapitre 29

•

Je branche l'imprimante à mon ordinateur. J'ai fini par renoncer à l'idée d'écrire mon journal à la main. Va te faire foutre, Becky. Il y a des jours où mes mains ne me font pas trop souffrir, où tenir un stylo n'est pas si compliqué. Mais d'autres si, et je suis fatiguée de cette perpétuelle incertitude.

On sonne à ma porte. J'abandonne ma tâche, m'essuie les mains sur mon jean en me relevant. Je tire le verrou. Rien ne m'avait préparée à ça.

– Ton frère est là ? demande Andrew, le regard sombre.

J'ai l'impression de sentir ma colonne vertébrale se fissurer.

– Il est sorti… bégayé-je, estomaquée.

Un silence s'installe, on se regarde, figés dans le temps. Pourquoi est-il là ? Mon cœur bat si fort que j'en ai mal à la poitrine. Mes pensées s'affolent. Je tente de reprendre ma respiration quand il s'approche. Il presse ses lèvres contre les miennes, d'abord doucement, puis avec plus d'ardeur. Je ne sais pas comment c'est possible, et je m'en fiche. Il m'embrasse comme si sa vie en dépendait. La sensation est indescriptible.

– Elles m'ont manqué... soupire-t-il. *Tu* m'as manqué.

– Tu as recouvré la raison ?

Son sourire contre mes lèvres... Il pose son front contre le mien, prend mon visage entre ses mains. Il tremble, ou peut-être est-ce moi.

– Je dirais plutôt que je l'ai perdue.

– Dans ce cas, je vais la cacher pour que tu ne la retrouves jamais.

Il m'embrasse de nouveau. Ses mains se posent sur ma taille, il me soulève, et j'enroule mes jambes autour de ses hanches. Je fonds, je me consume. Il retire sa veste, je passe mes mains dans ses cheveux. Je crois que j'ai arrêté de respirer, mais ça n'a aucune importance. Mon cœur ne pèse plus rien. Il m'embrasse dans le cou. Je sais ce que cela lui coûte, de ne pas me mordre, et je me retiens de l'implorer. Il glisse sa langue dans ma bouche quand il me dépose sur la table. Je le garde prisonnier entre mes cuisses. Sous mon tee-shirt, ses mains parcourent mon dos, ma taille. Je voudrais me faire tatouer le chemin qu'elles prennent pour ne jamais oublier là où elles se seront posées. Ma respiration est saccadée, la tête me tourne. J'ai la sensation de chuter : une chute sans fin, mais si enivrante...

Ses mains agrippent le bas de mon tee-shirt, et je lève les bras pour lui faciliter la tâche. Il dégrafe mon soutien-gorge.

Ses yeux n'ont jamais été aussi sombres. Il se mord la lèvre, elle se met à saigner. Je passe mes doigts sur la plaie, admirative, mais elle se referme aussitôt. Je porte le sang à mes lèvres. Je remarque l'effet que cela lui fait. Son désir se répercute en moi – violemment. Il m'embrasse à nouveau, fou, empressé, ses mains déboutonnent mon jean.

Il m'emporte, et à peine ai-je le temps de battre des cils que je suis déjà sur mon lit. Andrew maîtrise le temps. Il assassine les secondes, nous enferme dans des minutes qui semblent durer des heures. Il m'allonge sur le dos, glisse ses doigts sous ma culotte et la retire en même temps que mon jean.

Ses mains remontent le long de mes cuisses, s'attardent sur mon ventre, ses lèvres font de même – je gémis.

Mes jambes sont en coton, j'ai perdu toute notion du temps et de l'espace, je ne respire plus, je ne pense plus. Je suis nue, complètement. Andrew pose à nouveau son regard sur moi. Je me sens belle, désirable. J'ignorais qu'un tel sentiment pouvait exister. Il sait exactement où et comment m'embrasser. Ses mains suivent un itinéraire parfait, et mon corps réagit à la moindre de ses caresses.

Je ne sais pas quand ça a commencé.

Je ne sais pas *pourquoi* ça a commencé.

Mais je sais que je ne veux pas que ça s'arrête.

Mes idées se bousculent, je ne reconnais plus rien. J'ai tout un alphabet dans la tête, mais je ne sais plus m'en servir. Je ne sais plus qu'écrire un mot : Andrew. Comme une évidence. Je ne veux plus rien connaître d'autre.

Ses lèvres s'aventurent en des terres inconnues, il conquiert mon corps parcelle par parcelle, j'ai envie de crier, de pleurer, envie de lui contre moi, j'ai envie de lui *en moi*.

Je tire sur sa chemise de mes mains tremblantes, il plaque son torse contre ma poitrine. Son pantalon puis son boxer rejoignent le tas de vêtements au sol. Nous sommes l'un contre l'autre, sans artifice, nus, vulnérables. Je m'assois sur ses cuisses, il saisit mon visage, m'embrasse. Je sens ses canines contre mes lèvres. Ma bouche saigne, mais sa langue continue de caresser la mienne, et je sens son désir enfler contre moi.

Il glisse une main entre nous, et une décharge électrique me parcourt le corps – je suffoque. J'enfouis mon visage dans son cou pour étouffer mes gémissements, et je le mords tandis qu'il me caresse, accélère, je ne contrôle plus rien. Doucement, il tire sur mes cheveux pour que je lui fasse face. Il me dépose délicatement sur le dos. Il se mord l'index, le porte à ma bouche, j'avale le sang qu'il m'offre.

– Mords-moi...

Il se lèche les doigts, ces mêmes doigts qui ont exploré mon intimité, et son regard est noir de désir.

– Pas encore.

Il revient à mes lèvres, m'embrasse goulûment avant de me hisser à nouveau sur lui.

– S'il te plaît, Andrew...

Le temps chavire.

J'ai chaud, j'ai froid, je meurs et revis à la fois.

Andrew me tient par la nuque tandis qu'il s'enfonce en moi. Aucune douleur, que du plaisir. Est-ce dû à son sang ? Il pose son front contre le mien et, dans un murmure, me demande de le regarder. Sa voix est rauque de désir, et je peine à garder les yeux ouverts.

– Je te désire tellement, Emma. Depuis le jour où je t'ai vue dans cette ruelle...

Son souffle chaud contre mon oreille. Il m'embrasse

brutalement, je gémis contre ses lèvres. Comment contenir ces sensations ? Un orage se forme en moi, et le tonnerre gronde, faisant vibrer la moindre parcelle de mon corps. Je supplie Becky de ne pas effacer ce souvenir. Je veux le revivre, encore et encore.

Soudain, je sens les canines d'Andrew contre mon cou. Mon âme, alors, semble quitter mon corps. Sa morsure me fait basculer. Je ne suis plus qu'une émotion brutale, perdue sur terre dans une bulle de temps suspendue au-dessus du vide.

Le soleil, progressivement, laisse place à l'obscurité. La lumière des réverbères filtre à travers les rideaux de ma chambre. Peu à peu, je réalise ce qui vient de se passer au cours de ces dernières heures. Je suis allongée sur le dos, la peau moite, un sourire béat aux lèvres. Andrew m'embrasse avec une infinie tendresse, il me mordille la lèvre, tente d'introduire sa langue. Je ne peux retenir un petit rire.

– Mais tu es insatiable !

– Tu n'imagines même pas, murmure-t-il, appuyé sur un coude.

Sa main trace des sillons sur mon ventre, de suaves arabesques, et, de nouveau, il approche ses lèvres des miennes. Je le repousse alors, j'entreprends de m'asseoir sur lui, passe mes mains sur son torse.

– Laisse-moi me remettre. Je n'ai pas ton endurance.

Il se redresse, passe une mèche de mes cheveux derrière mon oreille. Nous restons ainsi une longue minute sans rien dire... jusqu'à ce qu'il détourne les yeux.

– Ça va ?

D'une main, je relève son visage pour qu'il me regarde bien en face. Ses pupilles sont sombres, ses mâchoires serrées.

– Andrew ?

– Est-ce que tu sors avec Nathan ?

Sa question m'arrache un sourire. Le poids, dans mon ventre, s'envole d'un coup.

– Tu t'en inquiètes un peu tard, non ?

De nouveau, il fuit mon regard. Avec cet air bougon, on lui donnerait à peine vingt ans.

– J'étais venu pour te parler, en fait. Mais tu m'as pris au dépourvu.

Je souris, de nouveau. Tout est trop beau pour être vrai. Je me demande si Becky n'est pas en train de me torturer, de me laisser croire ce que j'ai envie de croire. Détruire, reconstruire, détruire et reconstruire encore... jusqu'au point de non-retour.

– De toute façon, tu n'es pas très doué pour parler.

Il rit. J'aime ce rire cristallin, je pourrais l'enregistrer et me le repasser en boucle sans jamais m'en lasser. Bon sang... Je suis devenue une machine à émotions.

– Du coup, insiste-t-il, Nathan et toi ?

– Il n'y a rien, dis-je, en passant mes mains dans ses cheveux.

Il semble si vrai, si solide, si réel... Je le regarde comme si je le découvrais pour la première fois, je passe mes doigts sur ses lèvres charnues, caresse son menton anguleux. Je le désire tellement... Comment ai-je pu tenter de croire le contraire ?

– Pour le moment ? Ou bien ça peut évoluer ?

Mes mains continuent d'explorer son visage. J'effleure ses sourcils.

– Je ne veux pas sortir avec Nathan. C'est avec toi que je veux être, Andrew.

Il me sourit, se rapproche de moi pour m'embrasser. Sa langue danse avec la mienne. Je ferme les yeux.

– À moi de te poser une question, dis-je, contre ses lèvres.

Il m'enveloppe d'un sourire tendre, avant de s'appuyer sur ses coudes. Becky, si c'est toi, tu es cruelle, bien trop cruelle

Je respire un grand coup. Je dois lui poser la question. Il m'a mordue, j'ai bu son sang, tout ça s'est vraiment passé. Mes lèvres sont encore engourdies par ses baisers.

– Est-ce que... Est-ce que tu m'as transformée ?

En un instant, son sourire s'évanouit. Non, Andrew : souris-moi encore.

– Non, Emma. Ça ne fonctionne pas comme ça.

J'ai des fourmis au bout des doigts, et mes oreilles bourdonnent. Pas maintenant, Becky. Je déglutis.

– Comment ça fonctionne, alors ?

– Tu finiras par le savoir. Ne sois pas si pressée.

– Je me demandais juste...

Un voile sombre passe sur son regard, et je sens l'ancienne froideur revenir. Je prends son visage entre mes paumes.

– Ne fais pas ça, Andrew.

– Faire quoi ?

– Te renfermer. Reste avec moi.

Et je l'embrasse, de toutes mes forces – comme si je pouvais encore le sauver.

– Est-ce que tu veux bien revenir travailler avec moi ? me demande-t-il tout à coup.

Je considère un instant sa question.

– Andrew… Je ne sais pas si c'est une bonne idée…

À vrai dire, je crains que revenir ne fasse tout capoter. L'équilibre que nous venons d'atteindre me semble si fragile, si miraculeux…

– Je te promets que tout sera différent, Emma.

J'ai envie de lui dire oui, mais ma raison me crie de lui dire non.

– Ton frère est rentré, lâche-t-il.

J'ai la tête posée sur son bras, et nous sommes nus dans mon lit. Sa phrase me fait sourire. Je n'ai rien entendu – il me fait marcher.

– Très drôle.

Mais, la seconde d'après, une clé s'introduit dans la serrure, la porte s'ouvre, et je sens mon sang quitter mon corps. Dans un élan de panique, je me lève précipitamment et j'attrape un coussin pour essayer de… de quoi, au fait ? Andrew me rejoint.

– Ne te cache pas, Emma.

Son regard m'envoûte, sa douceur, sa personne tout entière. Il dépose un baiser sur ma clavicule.

– Emma ? lance mon frère depuis l'entrée.

Andrew me regarde avec un sourire narquois.

– Habille-toi, dis-je, s'il te plaît. C'est tellement gênant !

– Ton frère ne ramène jamais personne ?

– Non ! Ou peut-être que si, mais… Ah, je ne veux pas penser à ça !

Je lance ses vêtements à Andrew et m'empresse d'en choisir de nouveaux dans mon dressing pour me vêtir en vitesse. J'enfile un tee-shirt à l'envers et fuis mon reflet dans le miroir de ma coiffeuse.

– Ma veste est dans le salon. Avec ton soutien-gorge et ton tee-shirt.

– Oh, non. Non, non, non !

Déjà habillé, Andrew sourit en me voyant ouvrir la fenêtre pour aérer. Il se délecte de la situation.

– Je ne sortirai pas par la fenêtre, me lance-t-il en riant.

– Arrête, dis-je en me dépêchant de faire le lit.

Gentiment, il vient me prêter main-forte. Toujours ce fichu sourire collé à son visage.

– Ton frère est de l'autre côté de la porte, maintenant. Sans doute aussi gêné que toi.

Je vois bien qu'il se retient de rire. Le voir ainsi, les cheveux en bataille, avec sa chemise toute froissée, imaginer mon frère de l'autre côté, soudain, c'est trop pour moi, et je pars dans un fou rire incontrôlable. Andrew m'imite bientôt. Nous sommes comme deux enfants qui viendraient de faire une grosse bêtise. Je frappe son épaule d'un air rageur, et il me plaque contre lui et m'embrasse.

– Tu regrettes ? chuchote-t-il.

– Tu es fou ?

Je finis par ouvrir la porte. Si on m'avait dit à quel point c'est gênant de lire dans le regard de son frère qu'il sait qu'on a eu des ébats sexuels, je me serais probablement terrée dans un bunker pendant au moins dix générations. Le seul point réconfortant, c'est que Jonathan semble aussi mal à l'aise que moi.

En revanche, Andrew, lui, a l'air dans son élément. Il discute avec Jonathan avec le plus parfait naturel. Il lui pose des questions sur son travail et en vient à lui proposer des places pour le prochain match des Rangers au Madison Square Garden.

Mon frère joue le jeu, et je lui en suis reconnaissante. Il invite même Andrew à rester dîner – un refus poli lui est opposé.

Une fois sur le seuil de la porte, Andrew m'embrasse délicatement.

– Tu vois, murmure-t-il, ce n'était pas si terrible. (Un autre baiser, sur mes lèvres.) S'il te plaît, Emma, considère l'idée de revenir. Un autre secteur, pour commencer ?

Je lui promets d'y réfléchir. Une fois la porte refermée, je me retourne vers mon frère. À son regard, je vois qu'il a fait le rapprochement entre l'homme qui vient de quitter notre appartement et celui dont j'ai crié le nom il y a trois semaines, en pleine crise.

– J'espère que tu sais ce que tu fais, me lance-t-il.

– Les meilleures choses ne sont jamais les plus simples à obtenir.

– Reviens-moi entière, c'est tout ce que je te demande.

Il m'embrasse sur la joue et part s'enfermer dans sa chambre.

Chapitre 30

•

Premier jour au service marketing. J'ai fini par céder. Andrew a raison : tentons. Il me semble si différent, si changé, je lui dois bien ça. À présent, je vais assister Béatrice, une trentenaire brillante qui a déjà bossé pour les plus grands groupes.

– Emma, c'est ça ? Je suis ravie de te compter dans mon équipe ! Tu viens de l'étage de la direction ? Tu travaillais avec monsieur Anderson ?

– Oui, murmuré-je en m'installant en face d'elle.

Béatrice est une femme chaleureuse. Elle porte ses cheveux noirs courts et les accessoirise avec un foulard assorti à sa tenue. Avec son teint de porcelaine, elle me rappelle Blanche-Neige.

– On m'a transmis ton CV en m'expliquant que ton domaine de prédilection, c'était le marketing et la communication. J'espère que tu te plairas ici. Tu verras, on est une petite équipe et on s'entend tous très bien. Pour le moment, nous bossons principalement sur ce plan de com.

Elle me tend un dossier, mais je l'attrape mal, et toutes

les feuilles s'étalent par terre. Je me confonds en excuses en essayant de les rassembler.

Béatrice me briefe, évoque les projets en cours, les dossiers que je vais devoir traiter avec elle. Je tente de me concentrer.

– Tu as tout ce dont tu as besoin sur ton bureau. Si tu as la moindre question, n'hésite pas !

– Et, euh, au niveau des horaires ?

– Je ne t'embêterai pas avec ça. Du moment que le travail est fait, tu gères ton temps comme tu veux. Allez, viens, je vais te présenter au reste de l'équipe.

Progressivement, je prends mes repères et finis par me sentir à l'aise. Les bureaux sont en semi-open space. Les espaces sont délimités par des parois de verre, sans doute pour faciliter la communication entre les membres de l'équipe. Le matin même, Matthew est venu m'apporter un café et me souhaiter bonne chance. Il m'a rappelé qu'il ne m'en voulait absolument pas et a ajouté qu'il était ravi de me voir de retour à Anderson Corporation. Je crois que nous sommes vraiment devenus amis. Cette absence d'ambiguïté me soulage.

*

Je serre mes deux gobelets Starbucks contre moi tandis que l'ascenseur grimpe jusqu'à l'étage R&D. J'ai envoyé un SMS à Matthew le prévenant qu'aujourd'hui ce serait moi qui apporterais le café – c'est devenu notre rituel du matin.

– Non, c'est pas vrai ! Tu as acheté un voilier ? Tu sais piloter un truc pareil, au moins ?

– J'ai mon permis hauturier, m'informe-t-il en buvant son café.

– Parfois, je me demande vraiment ce que tu fais ici, tu sais. Tu n'es vraiment pas fait pour rester enfermé entre quatre murs.

– Et moi, je te verrais davantage éditrice ou écrivaine qu'assistante marketing.

Je m'apprête à lui répondre quand son téléphone se met à vibrer. Lorsqu'une photo de son interlocutrice apparaît sur l'écran, je ne peux cacher ma surprise.

– Tu connais Rebecca ?

Il s'empresse de saisir son téléphone pour la mettre en attente. Il paraît soudain très mal à l'aise. Je le fixe d'un regard amical.

– Matthew ? Vous sortez ensemble ? (Il reste silencieux, jaugeant ma réaction. Je souris.) Elle a dû te dire qu'on était amies, non ? Mais ça ne me dérange pas, t'inquiète ! Au contraire, ça me fait plaisir pour vous deux !

Je consulte ma montre. Le temps passe si vite ! Je l'embrasse sur la joue, tout en lui demandant un compte rendu circonstancié de leur relation pour demain matin. Il ne répond rien. À peine ai-je rejoint mon bureau que Béatrice vient me saluer en me tendant un dossier. Elle me demande de venir déjeuner avec elle et un client, ce midi.

J'allume mon ordinateur. Une notification de message m'accueille.

Andrew Anderson – PDG (en ligne)
12 h 30 dans mon bureau.

Emma Reyes – Assistante marketing (en ligne)
Vous savez comment parler aux femmes.

Andrew Anderson – PDG (en ligne)
Son Altesse me fera-t-elle l'insigne honneur de me rejoindre afin de se sustenter en mon humble compagnie peu après que le soleil sera monté à son zénith ? Nous deviserons de conserve. Peut-être Son Altesse ravira-t-elle son hôte en acceptant de découvrir une cheville ou deux.

Je souris.

Emma Reyes – Assistante marketing (en ligne)
Je vous remercie pour cette proposition, mon brave, mais je suis déjà invitée ailleurs.

Andrew Anderson – PDG (en ligne)
Tu manges avec qui ?

Emma Reyes – Assistante marketing (en ligne)
Avec Béatrice : on a rendez-vous avec un client à midi.

Pendant une bonne minute, il ne donne plus signe de vie. En attendant, je sors de mon sac les dossiers que j'ai emportés chez moi la veille au soir. À l'autre bout de l'open space, je vois Béatrice au téléphone. J'en profite pour envoyer un message à Rebecca à propos de Matthew. Lorsque ma chef raccroche, elle me lance un regard malicieux, puis se replonge dans son travail.

Nouvelle notification. Je reviens à mon ordinateur.

Andrew Anderson – PDG (en ligne)
C'est réglé. Dans mon bureau, 12 h 30.

Je souris. Je me demande ce qu'il a bien pu inventer comme prétexte.

Emma Reyes – Assistante marketing (en ligne)
Chevilles déjà découvertes, ou pas ?

Andrew Anderson – PDG (en ligne)
Je ne pensais pas que parler de chevilles me ferait un jour autant d'effet.

Je plaque ma main contre ma bouche pour étouffer mon rire, avant de me concentrer sur mes tâches.

*

Andrew a fait commander des plats italiens et me taquine en me priant de ne pas tacher son tapis, cette fois. Sa nouvelle assistante, me confie-t-il, n'est pas aussi efficace que moi. Il veut savoir si je me sens bien au pôle marketing, puis me questionne sur mes lectures du moment. De son côté, m'avoue-t-il, il lit *Les Fleurs du mal* de Baudelaire pour la deuxième fois. Je le dévisage, étonnée. Il se révèle un peu chaque jour, et ce que je découvre sous la carapace me plaît au-delà de toute espérance.

– Quel âge as-tu ? demandé-je tout à coup.

– Quel âge me donnes-tu ?

Je scrute son visage, perplexe. Comment évaluer une chose pareille ?

– Je ne sais pas... deux cents, trois cents ans ?

Son sourire s'élargit.

– Je n'en ai que trente.

Je fronce les sourcils. Est-ce une blague ? Il continue à manger ses lasagnes comme si de rien n'était.

– Je te sens déçue. Tu es plus branchée maisons de retraite ?

– Non, c'est juste que... que je t'imaginais plus... âgé. Comment un vampire aussi puissant que toi peut-il être aussi jeune ?

J'avale une gorgée d'eau tandis que de nombreuses autres questions se bousculent dans ma tête. Amusé, Andrew continue de m'observer.

– La puissance n'est pas proportionnelle à l'âge, Emma, tu sais.

– À quoi l'est-elle, alors ?

– Je pense que tu t'en doutes.

J'en reste sans voix. Je sais qu'il a tué, et probablement bien plus de jeunes femmes que je n'ose l'imaginer... Pourtant, j'ai encore du mal à l'admettre. J'essaie de faire abstraction de toutes ces disparues.

– Tu tues... par plaisir ?

Certaines questions lui font mal, réalisé-je soudain. Celle-ci en est une.

– Ce n'était pas le cas au départ.

Il se lève, se sert un verre de whisky. J'ai appris à lire en lui comme dans un livre. Il tente de refouler un souvenir douloureux. Je m'en veux de le harceler ainsi, mais si je veux pouvoir l'aider, j'ai besoin de savoir contre quoi il se bat. Il ne revient pas s'asseoir, mais se poste à la fenêtre de son bureau, pensif.

– Tu ne parvenais pas à te contrôler ? demandé-je. Est-ce plus difficile au début ?

Il marque une pause. Je me demande comment les choses se passeront pour moi, le moment venu. Ça ne sera pas si facile, je le sais.

– J'y réussissais parfaitement – la difficulté varie d'un vampire à un autre.

– Dans ce cas, pourquoi ? Qu'est-ce qui a changé ? Je n'arrive pas à te suivre.

Il se retourne, me fait face.

– À mon tour : as-tu demandé à Matthew de te transformer ?

Sa question me désarçonne. J'ai été tentée de lui mentir, par le passé, pour le pousser dans ses retranchements. Mais les choses sont différentes, à présent.

– Non, Andrew. J'ai envie que ce soit toi.

Je pensais que ma réponse l'apaiserait, mais il semble toujours aussi tendu.

– Lui en as-tu déjà parlé ?

– Non plus... Pourquoi cette question ? Quelque chose ne va pas ?

– Pour rien. Tout va bien.

Il se rassied face à moi et dépose son verre de whisky sur la table alors que j'attaque mon tiramisu. L'ambiance s'est refroidie.

– Je peux te poser une autre question, Andrew ?

Je triture mon gâteau avec la cuillère.

– J'ai vraiment le choix ?

– Tu n'es pas obligé de répondre. Mais si tu le fais, sache que ta réponse ne changera pas ce que je ressens pour toi.

– Et qu'est-ce que tu ressens pour moi ?

Je déglutis. Je ne suis pas prête.

– Alors ? Pour cette question ?

Il sourit et, bizarrement, semble soulagé que j'aie esquivé *sa* question. Nous sommes tous les deux pris au piège. Je relève la tête.

– Ne te fâche pas, d'accord ?

– Je vais essayer.

Je prends une grande inspiration, et il s'enfonce un peu plus dans son fauteuil. J'ai besoin de savoir.

– Pourquoi tu ne m'as pas tuée dans la ruelle, ce soir-là ?

Une foule d'émotions danse dans ses yeux. L'espace d'une seconde, je regrette de lui avoir demandé ça. Je prends son verre et le vide d'un trait. Le liquide me brûle la gorge, mais je garde ma contenance. Il me regarde, interloqué.

– Alors ?

– Si tu voulais un whisky, tu pouvais me le demander, élude-t-il.

– Je ne veux pas de whisky, Andrew. Je veux que tu arrêtes de vivre sous anesthésie.

Son regard est vide. Ni froid ni sombre, juste vide. Il se lève et se rapproche du petit bar pour se resservir. Je le rejoins, me campe devant lui.

– Tu comptes boire celui-ci aussi ? me lance-t-il.

– Non.

Il retourne s'asseoir, très calme. Je prends un verre dans le meuble et me sers à mon tour. Il m'interroge du regard.

– À chaque verre que tu boiras, dis-je, j'en boirai un, moi aussi.

– Tu ne peux pas ingurgiter la même quantité d'alcool que moi, Emma ; ça te tuerait.

– Je sais.

Je vide mon verre cul sec et, déjà, je sens la tête me tourner.

– Alors, Andrew ? Pourquoi ?

Il m'imite, se lève. Je lui tends mon verre, qu'il prend à contrecœur. Il me le rend plein.

– Ce n'est pas un jeu, Emma.

– Je ne joue pas.

Je vide mon verre ; il ne touche pas au sien. Il fuit mon regard.

– Je cherche encore la réponse à ta question, en fait.

– Tu regrettes ? De ne pas m'avoir tuée ?

Un silence pesant s'installe. Il se relève, me tourne le dos.

– Oui.

Trois lettres. Trois lettres qui disent tout. Mes yeux s'embuent. Il se passe une main dans les cheveux, pose une fesse sur son accoudoir.

– Depuis que tu es entrée dans ma vie, c'est comme si... comme si je chutais dans un précipice sans fond.

– Tu pourrais me tuer maintenant. Pourquoi ne le fais-tu pas ?

Andrew me regarde, cette fois, et la souffrance que je lis dans ses yeux me fait encore plus mal que sa réponse.

– Ne pose pas de question dont tu connais déjà la réponse.

Il vide le fond de son verre, fixe mes lèvres. Il ne m'a pas embrassée lorsque je suis entrée dans son bureau, et je meurs d'envie qu'il le fasse à cet instant.

Je continue à torturer mon tiramisu sans m'en rendre compte, avant de porter à ma bouche ce qu'il en reste.

– Cesse de lécher ta cuillère de la sorte si tu ne veux pas que ta chef te reproche de revenir en retard.

Un sourire passe sur son visage. Je sens mon estomac s'échauffer.

– Théoriquement, vous êtes mon supérieur hiérarchique, monsieur. Vous pensez que je serai vraiment en retard si je continue ?

– Plus qu'en retard.

Une lueur malicieuse illumine son regard. Je déglutis.

– Seriez-vous en train de m'allumer, mademoiselle Reyes ?

Je dépose mon assiette et ma cuillère sur la table basse. Je me lève, m'approche de lui.

Cet homme est en train de me détruire.
Il a ravi plus d'âmes que je ne saurais en dénombrer.
Il me rend folle, littéralement.
Pourtant, c'est ce même homme qui me fait me sentir plus vivante que jamais et dont je tombe éperdument amoureuse.

Chapitre 31

•

– Si, avec ça, personne ne me regarde de travers…, maugrée-je en me rhabillant.

Les cheveux en bataille, Andrew se tient à quelques mètres de moi, son pantalon pas tout à fait refermé et la bouche encore rouge de mon sang.

– Tu essaies de m'apprendre à ne pas détester les gens ; laisse-moi t'apprendre à te foutre de ce que les gens peuvent penser de toi.

– Andrew, rends-moi ça.

Je le vois agiter ma culotte au-dessus de sa tête avec un sourire goguenard.

– Retourne donc travailler sans, Emma. Prends des risques !

– Je ne peux pas, dis-je dans un rire étouffé.

– Bien sûr que si.

L'idée me semble tellement folle. Je le fixe d'un regard implorant mais, évidemment, cette idée m'excite terriblement. Andrew hausse un sourcil mais finit par me tendre la petite pièce de dentelle.

– Un jour, tu me diras des choses obscènes et tu sortiras de chez toi sans culotte.

Je l'embrasse en riant, me dirige vers la porte.

– Tiens-toi droite. Plus tu auras l'air sûre de toi, moins les autres douteront.

C'est un supplice de m'en aller. Je voudrais qu'il m'emprisonne dans sa cage dorée et ne me laisse plus jamais en sortir. Je referme derrière moi ; il a le temps de me faire un clin d'œil.

Dans l'ascenseur, je lisse mes cheveux et ma jupe. Je crois que tout le monde sait, mais je n'arrive pas à me défaire de cet air béat.

Arrivée à la hauteur du bureau de Béatrice, je m'efforce de prendre une mine moins ravie, mais j'ai l'impression qu'un signal clignote au-dessus de ma tête.

– Désolée. Ça a duré plus longtemps que prévu.

Elle me décoche un regard rieur. Ou est-ce que je me fais un film ?

– Pas de souci, Emma. Je te l'ai dit : du moment que le boulot est fait, le reste importe peu.

J'acquiesce et m'éloigne.

– Ah oui, au fait, quelqu'un t'attend à ton bureau.

Je tourne la tête et aperçois une silhouette cachée sous une capuche bordeaux. Je m'approche doucement, essayant de deviner de qui il s'agit.

– Bonjour ?

L'inconnu se tourne pour me faire face. Rebecca.

– Enfin ! Ça t'arrive, de regarder ton téléphone ? J'étais tellement inquiète !

– Qu'est-ce que tu fabriques ici ? Et enlève-moi cette

capuche, on dirait une fugitive ! m'exclamé-je en riant avant de m'asseoir à mon bureau.

– Tu sais qu'une personne que je connais bosse ici ? En fait, c'est mon ex, et je ne tiens pas à ce qu'il me voie.

– Il ne travaille pas à cet étage, tu me l'as dit ; il n'y a aucun risque.

– On ne sait jamais.

Rebecca me regarde avec attention et, soudain, ses yeux s'écarquillent. Je sais déjà ce qu'elle va dire.

– Tu étais avec lui... Mon Dieu, tu étais avec lui ! s'écrie-t-elle d'une voix enjouée, avant de porter une main à sa bouche. Moi qui pensais que tu m'en voulais !

Elle se lève pour me prendre dans ses bras en poussant des petits cris. Je regarde autour de moi en espérant que mes collègues n'entendent rien.

– Pourquoi tu pensais que je t'en voulais ? demandé-je, une fois qu'elle s'est rassise.

– Parce que tu es très nulle en SMS. La prochaine fois, mets des smileys ! « Alors comme ça, il y a du flirt dans l'air avec Matthew... » Franchement, ça sonnait acerbe – au mieux.

– Pas du tout !

Je sors mon téléphone de mon tiroir. Une dizaine d'appels manqués, autant de SMS. Oups.

– Je ne t'en ai jamais voulu, Rebecca.

– Alors, amies ?

– Plus que jamais.

Elle porte une main à son cœur et fait mine de sécher une larme avant de me prendre à nouveau dans ses bras. Puis elle se rassied. Je lance immédiatement les hostilités :

– Raconte-moi, pour Matthew !

– Qu'est-ce qu'il t'a dit, précisément ?

– Rien. Il était tellement choqué que je l'apprenne ! Alors ?

Elle se gratte la joue, signe de stress chez elle. Je tends ma main par-dessus le bureau pour attraper la sienne et lui signifier qu'elle n'a aucune raison de s'en faire.

– Pour te la faire courte : je l'ai rencontré à une soirée, donnée pour l'anniversaire d'un ami, et le courant est passé direct. On a parlé de toi, et ça nous a beaucoup rapprochés. Je sais, c'est assez ironique. Tu ne m'en veux pas, promis ?

– Bien sûr que non. Il n'y aura jamais rien entre Matthew et moi ; tu l'avais senti bien avant moi.

Elle presse ma main à son tour, soulagée.

– Il faut que tu me racontes tout sur Andrew. Mais pas ici. Ce soir chez moi ? s'exclame-t-elle en surveillant de nouveau les alentours.

– Tu n'as pas le droit d'être ici, ou quoi ?

– Si, bien sûr. Comme je te l'ai dit, je ne veux juste pas croiser mon ex. (Elle se lève, ajuste sa capuche sur sa tête.) Apporte du vin blanc. Je commanderai du japonais.

Elle dépose un baiser sur ma joue, puis quitte mon bureau. En plus de son sweat à capuche bordeaux, elle porte un jean baggy – vraiment *rien* à voir avec son style habituel.

Chapitre 32

Les décorations de Noël envahissent New York. Je pense à ma mère, à l'empressement, quand décembre arrivait, avec lequel elle voulait acheter le plus grand sapin possible. Six mois que nous sommes à Brooklyn, et j'ai l'impression que cela fait une éternité.

Tant de choses se sont passées depuis notre arrivée ici. J'ai rencontré des personnes merveilleuses – Rebecca, Matthew, Nathan, et même Vanessa. J'ai manqué d'être tuée par un homme à qui j'ai offert ma première fois sans l'ombre d'une hésitation. J'ai été assistante de direction, puis assistante marketing dans l'une des entreprises les plus puissantes de la ville. Je sors avec mon patron. Bientôt, je serai vampire, et Becky n'existera plus.

À mon bureau, un petit paquet m'attend. Je l'ouvre, fébrile. C'est le tome 2 de *Beautiful Redemption*, de Kate Lightwood. Je souris, comblée. Il a recopié une citation à la main : « Je ne crois pas à la rédemption. Tout arrive pour une raison qui nous échappe, mais j'aime à penser qu'il existe un sens aux ténèbres qui nous consument, comme une étape avant de toucher la lumière. »

Je reste un moment à relire cette phrase, le cœur gonflé d'une énergie positive. Par la boîte de dialogue interne, je m'empresse de lui envoyer un message de remerciement. Sa réponse ne se fait pas attendre – comme s'il patientait depuis l'aube devant son ordinateur.

Andrew Anderson – PDG (en ligne)
En guise de remerciement, enlève ta culotte.

Je glousse, mais ne peux m'empêcher de regarder autour de moi. Et si quelqu'un me voyait ? Je réponds en me mordant la lèvre inférieure.

Emma Reyes – Assistante marketing (en ligne)
Tu n'as qu'à venir me l'enlever toi-même.

Je n'arrive pas à croire que j'ai écrit ça. J'enfouis mon visage entre mes mains. J'ai encore un peu la gueule de bois. J'ai passé la soirée chez Rebecca – je suis si heureuse de l'avoir retrouvée. Nous avons bavardé une bonne partie de la nuit, ri de tout et de rien, en buvant plus que de raison. Je sens que je vais avoir du mal à enchaîner avec l'anniversaire de Matthew ce soir, mais je n'ai pas envie de rater ça.

Je commence à classer mes post-it sur le bureau de mon ordi, puis avale un cachet contre les tremblements. Il me donne la nausée, mais je ne peux malheureusement plus m'en passer. Encore un mois – cinq petites semaines –, et ce calvaire sera terminé.

Un raclement de gorge me fait sursauter. Je lève les yeux : Andrew !

– Alors comme ça, on a du mal à retirer sa petite culotte toute seule ?

– Mon Dieu, Andrew... enfin, monsieur Anderson, moins fort !

Mains dans les poches, il s'assied en face de moi et me fixe en silence. Je promène mon regard de mes collègues à Andrew un nombre incalculable de fois et, sans m'en rendre compte, m'enfonce de plus en plus dans mon fauteuil. Ce manège dure pendant une bonne minute et devient gênant, il le sait et s'en délecte.

– Tu vas à l'anniversaire de Matthew, ce soir ? me demande-t-il.

– Oui, pas toi ?

– Cela fait bien longtemps que nous ne fêtons plus nos anniversaires ensemble.

Cette situation me provoque un pincement au cœur. Andrew aime Matthew, je le sens. Il me parle rarement de son frère, mais quand il le fait, c'est avec nostalgie, comme d'un souvenir que l'on tente de rattraper, sans vraiment savoir comment faire.

– Ça lui ferait plaisir que tu sois là, dis-je en baissant la voix.

– Plus tu chuchotes, plus on a l'impression que tu caches quelque chose, tu sais. (Il sort une petite boîte de sa poche, me la tend.) Tu pourras lui donner ça ?

Je retourne l'objet entre mes doigts.

– Qu'est-ce que c'est ?

– Quelque chose qui a appartenu à notre mère.

– Appartenu ?

Je regrette aussitôt ma question. Andrew m'a dit qu'il avait tout juste trente ans, et j'ai bêtement pensé que ses parents devaient encore être de ce monde...

– Ni elle ni mon père ne sont encore en vie, Emma. (Je prends une inspiration, mais il me coupe dans mon élan.) Sujet sensible. À moins, évidemment, que tu veuilles bien m'expliquer pourquoi tu tiens tant à devenir comme moi.

Je secoue la tête. Il y a des secrets que je devrai lui révéler si je veux qu'il me confie les siens. Je lui rends la petite boîte.

– Tu devrais la lui donner toi-même.

– Tu es têtue, hein ? commente-t-il en reprenant l'objet.

– Il paraît.

Il se lève. Je jette un coup d'œil par-dessus son épaule. Béatrice nous fixe.

– Donc, je n'aurai jamais ma petite culotte.

Et mince... Je ne l'avais pas vu venir, ce sourire-là.

– Un jour, peut-être.

– Allumeuse, chuchote-t-il en se penchant vers moi.

Puis il sort de mon bureau, et j'ai l'impression que tous les regards de l'étage sont rivés sur moi – et le plus beau, c'est que je m'en moque.

Chapitre 33

Matthew vient à notre rencontre et ose un regard vers son frère avant de me prendre dans ses bras. Andrew lui serre la main et esquisse un sourire.

– Je reviens. Je dois aller saluer quelqu'un. Joyeux anniversaire, Matt.

– Merci, répond son frère en le regardant s'éloigner.

Je fixe Matthew avec affection ; il semble visiblement sous le choc, mais heureux, aussi. J'espère que ça va durer. Il me sourit.

– OK, dis-je. C'est bizarre.

Il secoue la tête.

– Non, non, c'est génial, Emma. Je suis heureux que tu sois avec lui, vraiment. Et que tu aies réussi à l'amener ici. Tu n'imagines pas ce que ça représente...

Il me prend dans ses bras, me serre fort. Je lui tends un petit paquet emballé dans du papier bleu, décoré d'un nœud doré.

– J'aimerais que tu l'ouvres maintenant, si ça ne te dérange pas.

Il me guide vers ce que je devine être sa chambre. Au

mur, des photos de ses parents – qui d'autre ? Sa mère ressemble beaucoup à Andrew : le même sourire, cette même étincelle dans le regard. Plus loin, une photo de lui quand il était plus jeune. Il tient Matthew par l'épaule, un ballon de basket à la main. Il y a même une photo de Rebecca.

– Déjà encadrée ? Dis donc, c'est du sérieux !

Il m'adresse un sourire gêné, puis s'assied sur son lit et déballe mon cadeau. Il déplie la lettre que je lui ai écrite et la lit en silence. Il fronce les sourcils, ses yeux se mettent à briller. Quand il relève la tête, des larmes perlent au coin de ses yeux.

– Merci, Emma, murmure-t-il.

Je l'enlace, j'enfouis ma tête dans son cou.

– Désolée. Je ne voulais vraiment pas te faire pleurer le jour de ton anniversaire.

Nous rions, chacun essuie les larmes de l'autre.

– Rebecca n'est pas encore arrivée ?

– Elle est malade, elle ne pourra pas venir.

– Oh, c'est pas vrai ! Attends, je vais l'appeler pour prendre de ses nouvelles.

– Non, non ! Elle m'a dit qu'elle allait se coucher. Laisse-la dormir, elle ira mieux demain.

– Bon... d'accord.

– Emma ! s'écrie Nathan en pénétrant dans la pièce. (Il se fige, nous fixant à tour de rôle d'un air inquiet.) Je n'interromps rien, hein ? Dites-moi que je n'interromps rien de compromettant !

– Mais non, crétin, rétorque Matthew.

– Ouf ! s'exclame Nathan. Il paraît que j'ai raté pas mal d'épisodes, princesse ; faut que tu me racontes !

Je discute avec lui une bonne heure, sirotant des cocktails sur un canapé en cuir noir. Il m'écoute avec grand intérêt, quémandant parfois des détails croustillants, que je refuse de lui révéler. Puis nous parlons de lui, de ses conquêtes. Une chose en amenant une autre, il me confie souffrir d'une dépendance au sexe. Bon, au moins, il n'est pas retombé sur une folle comme l'autre fois.

– Tu crois que je devrais consulter ?

– C'est si difficile pour toi, de garder ton pénis dans ton pantalon ?

– Pff ! T'as pas idée...

– Je suis sûre qu'au fond, tu es un romantique refoulé. Tu essaies juste de coller à l'image du rockeur à groupies.

– Toi, tu n'as pas vu mon historique Internet !

Nous partons dans un beau fou rire, et il se lève pour aller nous chercher un nouveau verre. Certains invités commencent à se déhancher dans une zone délimitée par un éclairage spécial. Ailleurs, dans l'ombre, plusieurs petits groupes se sont formés. C'est alors que je le vois. Andrew, discutant avec une brune plantureuse, vêtue d'une robe très moulante, et dont le décolleté ne cache pas grand-chose. Je ne suis pas certaine que lui m'ait vue. Du calme, Emma. Il a le droit de discuter, de profiter de sa soirée. Après tout, je rigole bien avec Nathan, non ? Mais, soudain, mon cœur s'arrête, et un sifflement me vrille le crâne. Je manque d'air. Andrew est en train d'embrasser la jeune femme. Impossible de les quitter du regard. J'ai envie de hurler.

– Tiens, princesse, ton cocktail. (Paniquée, je regarde Nathan et saisis machinalement le verre qu'il me tend.) Qu'est-ce qu'il t'arrive ?

Je repose mon regard là où ils se trouvaient quelques instants plus tôt. La brune a disparu, et Andrew avec.

Je sens la sueur couler entre mes omoplates. Je meurs de chaud. Je suis debout, et pour rien au monde je n'irais me rasseoir. Nathan a dû voir que quelque chose n'allait pas, car il ne me lâche pas d'une semelle. Ses cheveux sont en pétard, des mèches trempées par la chaleur, mais ça ne fait qu'ajouter à son charme. Les spotlights me plongent dans une transe étrange, des fourmillements m'envahissent. Je ferme les yeux. Quand je les rouvre, je vois que Nathan me fixe, hébété. Les basses envoient des vibrations jusque dans mes os et semblent remplacer les battements de mon cœur. Je souris sans savoir pourquoi. Je porte à mes lèvres le verre numéro... combien ? J'ai arrêté de compter. Nathan pose son front contre le mien. Je passe mes mains autour de son cou, les siennes se promènent sur mes hanches.

– Le déhanché de l'enfer, c'est toi qui l'as ! me crie Nathan à l'oreille.

– Tu parles ! Tu peux concurrencer Beyoncé.

Je le vois rire sans vraiment l'entendre, et ma vue commence à se troubler. Dans ma tête, l'image d'Andrew posant ses lèvres sur celles de cette femme tourne en boucle. Il me faut un autre verre. Mes chaussures ne sont plus à mes pieds, et j'ignore où je les ai laissées.

Le souffle de Nathan contre mon cou me ramène dans notre bulle ; il danse collé à mon dos. Nous accordons nos balancements – je me demande comment j'y arrive encore. D'autres hommes tentent de s'approcher, mais finissent par s'éloigner.

Dans la houle des danseurs, une faille se forme, qui me laisse apercevoir le canapé principal du salon. Cette silhouette… c'est bien Andrew. Il apparaît et disparaît en cadence entre les corps des personnes devant moi. Je n'arrive pas à en détacher mes yeux. Il n'est pas seul. Deux femmes sont assises à chacun de ses côtés et lui embrassent sensuellement le cou. Quand mon cœur cessera-t-il de battre ? Je ferme les yeux et, quand je les rouvre, elles ont disparu. Andrew reste sur le canapé, à me regarder, à *nous* regarder. Je me mords la lèvre inférieure, prends la main de Nathan, l'entraîne à l'écart. J'ai besoin de prendre l'air. Je jette un regard par-dessus mon épaule : Andrew n'est plus sur le canapé. Je ne comprends plus ce qui se passe, et mes jambes peinent à me porter. Je percute quelque chose, je gémis. Nathan ne s'inquiète pas de savoir si je vais bien ; son visage fixe un point derrière moi. Je me retourne, suis son regard. Andrew est là. Je cligne des yeux une nouvelle fois : il est toujours là.

Je sens la main de Nathan se poser au creux de mon dos pour m'inviter à réagir, mais j'ai oublié comment fonctionnaient mes jambes, et je crois que je ne sais plus comment on fait pour former des phrases.

– Andrew… commence Nathan.

Le vampire ne bouge pas d'un millimètre et continue de nous observer froidement. Nathan se résigne au silence. Mes genoux se dérobent. Les deux hommes me rattrapent en même temps, et lorsque mes yeux croisent ceux d'Andrew, j'y lis de l'incompréhension, de la colère et, en dessous de tout le reste, de la douleur.

La femme brune de tout à l'heure s'approche et demande à Andrew si tout va bien. Il opine. Elle doit avoir plus de cinquante ans, et sa robe, que je trouvais affriolante, ne l'est en réalité pas tant que ça. Les visages tanguent, les sons se mêlent, j'essaie de dire quelque chose, mais impossible. Je vois l'inquiétude grandir dans le regard d'Andrew, juste avant de sombrer dans le néant.

Chapitre 34

Des bras me portent, je respire son odeur... Je suis en sécurité, je ne veux pas rouvrir les yeux. J'ignore depuis combien de temps j'ai perdu connaissance, mais la musique s'est tue. Est-ce qu'on a quitté la soirée ?

– Si vous voyez mon frère, ne le laissez pas entrer, dit Andrew sans s'arrêter.

J'ai l'impression qu'il marche au ralenti et que ses pieds caressent le sol. Ma tête tourne encore un peu. Est-ce que j'entends un ascenseur ? Andrew me dépose sur une surface molle, et je sens ses bras me quitter. Ça m'est insupportable. J'ouvre les yeux.

Il est toujours là, il me fixe du regard. Il semble contrarié. Progressivement, des flashs de la soirée me reviennent, et j'ai du mal à me retenir de pleurer.

Andrew quitte un instant sa chambre, revient avec un verre d'eau et un cachet, qu'il me tend. Je reste silencieuse. Il a un verre de whisky à la main.

– À chaque verre que tu bois, j'en bois un aussi, dis-je.

– Tu n'en as pas assez bu comme ça ?

Dans ma tête, les images s'embrouillent, je peine à discerner le vrai du faux, et je n'ose poser la question qui me tord les entrailles, alors je continue à le regarder, et cette vision me brise autant qu'elle m'apaise.

– Nathan et toi, ce n'est toujours pas d'actualité ?

Il est assis dans le fauteuil, près du lit ; il fait tourner les glaçons dans son verre. Je m'assieds en tailleur et m'étonne de ne pas avoir la nausée.

– Et nous ? C'est toujours d'actualité ?

– Ce n'est pas moi qui me trémoussais langoureusement avec un autre. (Il se pince l'arête du nez.)

– C'est vrai, tu étais trop occupé à flirter avec cette femme à la robe rouge, dis-je.

Il me dévisage, ahuri.

– Quoi ?

La panique me gagne, et je me demande s'il le sent. La vérité, c'est que je ne suis plus certaine de ce que j'ai vu. Si rien de tout ça n'est vrai, ça signifie que Becky a de nouveau frappé. Et ça m'effraie, terriblement. Est-ce que tout ça disparaîtra, quand Andrew m'aura transformée ? Mes tremblements, mes pertes de mémoire, mes hallucinations ? Peut-être est-il déjà trop tard...

– Emma ?

– Je t'ai vu disparaître avec cette femme. J'ai pensé...

Je n'arrive pas à terminer ma phrase. Ma gorge est si nouée que j'ai du mal à respirer.

– Je crois qu'on a tous les deux des problèmes de jalousie à régler. (Je le regarde, ébahie.) Cette femme s'appelle Georgina, et c'est une actionnaire très importante d'Anderson Corporation. C'est même la première à avoir investi dans mon entreprise. Autant te dire que c'est bien la dernière à qui j'irais faire des avances. D'autant qu'elle est on ne peut plus mariée.

– Est-ce que tu la trouves... séduisante ?

La question m'a échappé. Je ne veux pas connaître la réponse.

– Pourquoi tu poses ce genre de question, Emma ?

– Je ne sais pas...

Est-ce que ça veut dire qu'elle lui plaît ? Cette idée me contrarie, elle me fait même carrément mal. Nous restons silencieux un long moment.

– Tu n'imagines pas à quel point j'ai dû prendre sur moi ce soir...

Je lève les yeux vers lui. Il avale une gorgée de whisky, avant de continuer.

– J'avais des envies de meurtre, Emma. Te voir danser avec lui comme ça... Il y a quelques mois, on l'aurait retrouvé émasculé dans une ruelle.

– Il ne s'est rien passé.

Je ne supporte pas de lui faire du mal. J'aimerais recueillir toute sa douleur et la contenir en moi pour le soulager.

– Il a posé ses mains à des endroits qui mériteraient au moins que je lui coupe les doigts un par un.

Son téléphone se met à sonner. Il se lève, le sort de sa poche arrière et s'éloigne. J'en profite pour attraper le mien, dans mon sac au pied du lit. Il est éteint. Andrew marmonne, je n'entends pas ce qu'il dit. Qui peut l'appeler à une heure aussi tardive ?

Je ne veux plus que l'on parle de choses qui blessent. Je veux le voir sourire. Je veux qu'il me désire.

Une idée me passe par la tête. Lorsqu'il revient vers

moi, je le dévisage avec, dans le regard, une lueur malicieuse. J'ai terminé son verre de whisky, et il s'en rend compte.

– Quelque chose ne va pas ?

– Il est possible que j'aie perdu ma culotte, chuchoté-je.

Son regard s'assombrit, et un sourire féroce se dessine sur ses lèvres.

– Tu aimerais que je t'aide à la retrouver ?

Je fais « non » de la tête, et son sourire s'étire.

– Que puis-je faire pour toi, dans ce cas ?

Je ne peux m'empêcher de me mordiller les lèvres. Andrew fixe ma bouche.

– Arrête, ça me donne envie de faire des choses pas très catholiques à ta bouche.

– Peut-être que ma bouche, elle aussi, en a envie.

Je descends du lit. Ça tangue un peu, mais ça en vaut la peine. Il porte une main à mon entrejambe.

Je commence à l'embrasser, et ses canines apparaissent instantanément. Une chaleur sourde se propage dans mon bas-ventre. J'introduis ma langue à l'intérieur de sa bouche et entreprends de défaire sa ceinture.

– Emma... souffle-t-il contre mes lèvres.

Sa respiration est haletante, ses yeux presque noirs. Je passe ma langue sur ses canines, mordille sa lèvre inférieure. Je veux effacer sa douleur, soigner ses blessures, ne faire plus qu'un avec lui.

– Tu veux que j'arrête ?

– Non... Oui... (Il déglutit, ferme les yeux.) Tu as bu, Emma, beaucoup trop bu.

– Et j'ai terriblement envie que vous me fassiez l'amour, monsieur Anderson...

Ses yeux sont d'un noir d'encre à présent et, dans sa tête, un combat fait rage. Je glisse mes doigts sous son boxer.

– C'est une mauvaise idée, Emma, tu n'as pas les idées claires.

Il caresse mon visage, ferme un instant les yeux. J'en profite pour le faire basculer sur le lit et m'asseoir à califourchon sur lui. J'enfouis mes mains dans ses cheveux et commence à embrasser son visage. Je pose mes lèvres sur son front, sa joue, son cou, reviens à ses lèvres.

– S'il te plaît, murmuré-je.

– Emma... soupire-t-il contre ma bouche.

Je me mets à onduler, et je le sens me mordiller doucement la lèvre. Je continue mon doux assaut en même temps que son désir enfle sous moi. Nos baisers deviennent plus langoureux et, quand sa langue vient percuter la mienne avec fougue, je sens qu'il perd pied.

Ses lèvres descendent le long de ma poitrine, et je me cambre pour lui faciliter la tâche. Un feu me brûle, et je ne veux surtout pas l'éteindre. J'ai envie de le toucher, envie qu'il me touche, je le veux en moi, je veux tellement de choses ! Oui, j'ai trop bu ce soir mais, oui, je sais ce dont j'ai envie.

Mes mains s'aventurent là où elles ne sont encore jamais allées. Je ne tremble pas, je n'hésite pas. Son corps est un continent à explorer, et je commence à découvrir ses points sensibles. Ses gémissements m'encouragent, tout mon corps se met à pulser en rythme. Soudain, il m'allonge sur le dos, et je souris, et il embrasse mon sourire, il en perd presque le souffle, et ses lèvres quittent les miennes pour descendre le long de mon ventre et, déjà, je suffoque. Lorsqu'elles arrivent à destination, je ferme les yeux de toutes mes forces. Une mort lente, exaltante. Il quitte mon entrejambe et, de sa langue, trace un sillon humide jusqu'à ma poitrine. Je tente de reprendre mon souffle avant qu'il ne plaque ses lèvres sur les miennes.

– Qu'est-ce que tu m'as fait, Emma...

Il mord le lobe de mon oreille, y murmure des paroles crues, qui m'électrisent. Il est derrière moi, à présent, son ventre contre mon dos. Il tire sur mes cheveux, et je renverse ma tête en arrière, prête à suivre le moindre de ses désirs. D'une main, il maintient mon visage, embrasse délicatement ma mâchoire, et ses doigts caressent mon cou avant de me soulever légèrement de l'autre main. Je devine ce qu'il veut, et je le veux aussi. Enfin, nous ne faisons plus qu'un, et il finit par me mordre. Laissez-moi mourir, maintenant : enfermée dans ce moment pour l'éternité.

Chapitre 35

•

Il dort encore. J'ai passé une heure à le regarder ainsi, paisible, abandonné.

J'agrippe les rebords du lavabo et me regarde dans le miroir. Mon maquillage a coulé, laissant sous mes yeux des traînées noires. J'ai l'air de revenir de la guerre, avec ma chevelure emmêlée. Qu'est-ce qu'Andrew me trouve ? Je suis plutôt quelconque, comparée à toutes ces femmes magnifiques qu'il a déjà connues. Même Georgina, à plus de cinquante ans, est mille fois plus désirable que moi... Et pourtant, cette nuit encore, il m'a montré à quel point il avait envie de moi, et cette idée m'emplit d'une énergie incroyable.

– Mon allumeuse préférée, s'exclame-t-il quand je le rejoins dans la chambre. (Je m'approche du lit, couvre mon visage de mes mains, embarrassée, et il tire sur mon poignet pour me contraindre à me dévoiler. Il se crispe, me fixe avec inquiétude.) Tu regrettes ?

– Non ! Oh non... C'était... Enfin, c'était génial, encore. Ce n'est pas ça, c'est que...

Pathétique. Je plonge mon visage dans mes genoux.

– Ne me dis pas que tu es gênée ?

– Si… un peu.

Il arque un sourcil.

– Beaucoup, je dirais.

Il rit. Je ne me lasserai jamais de ce son-là.

– Je ne suis pas comme ça d'habitude, tu sais…, continué-je. Enfin, je n'ai connu personne d'autre que toi. Mais même dans la vie de tous les jours, ce n'est pas mon genre d'être…

– Entreprenante ?

– Tu ne m'aides pas du tout, là !

Je tente de me faufiler sous les couvertures.

– Hé, Emma ! N'aie jamais honte de toi ni de ce que tu désires.

Il tire sur les draps pour m'obliger à sortir, pose une main sur ma cuisse, la caresse doucement.

– J'ai adoré, Emma. (Je lève mon visage vers lui. Il prend ma main dans la sienne et entrelace nos doigts. C'est la première fois qu'il fait ça. Puis, lentement, il guide ma main vers son entrejambe, et je sens des bourdonnements m'envahir.) Rien que d'y repenser…

Il doit être 14 heures quand nous sortons enfin du lit. Ni lui ni moi n'en avons réellement envie, d'ailleurs. Je crois que je connais son corps par cœur. Je sais qu'il a un grain de beauté juste au-dessus du nombril, et un autre dans le creux du dos, au-dessus du fessier. Même plongée dans le noir, je serais capable de le reconnaître. Il me tourne le dos, mais je n'arrive pas à regarder ailleurs.

– On se rince l'œil ?

Je sais qu'il sourit. J'ai appris à le deviner, rien qu'à la mélodie de sa voix.

Et c'est toujours dans les moments les plus beaux que Becky décide de se manifester. Je sens la bile remonter le long de ma gorge, et je cours aux toilettes pour vomir. Des spasmes violents me saisissent l'estomac. Andrew vient me tenir les cheveux, en silence, me caressant la nuque. J'essaie de lui dire de partir, mais il ne bouge pas.

– Cesse d'être gênée avec moi, Emma. Efface le mot « honte » de ton vocabulaire.

Andrew pense probablement que je paie mes excès de la veille ; mais moi, je sais ce qu'il en est. Avec violence, j'agrippe la lunette des toilettes pour empêcher mes mains de trembler. Et ça dure, ça dure, et j'ai l'impression que ça ne s'arrêtera jamais. Et puis, au bout d'une heure, les spasmes finissent par se calmer.

Andrew descend travailler dans son bureau tandis que je prends une douche. Une fois sous le jet, je me laisse glisser contre la paroi de la cabine. Mes larmes se mêlent à l'eau. J'ai oublié le visage de la brune à la robe... rouge ? Je ne sais plus. Je sens des fourmillements sous mon crâne, et je me frotte l'oreille, pensant que de l'eau s'est infiltrée dans mon tympan, mais ça continue. Mes yeux me brûlent, je commence à paniquer. J'entends une voix dans ma tête... comme si quelqu'un était en train de me parler. Je me fige sur place. Je sors de la salle de bains en trombe, les mains à nouveau tremblantes, à la recherche de mon sac. Je peine à le trouver, et j'angoisse à l'idée qu'Andrew me voie ainsi. Je finis par apercevoir l'anse de mon sac à main, qui dépasse de sous le lit. J'avale plusieurs cachets, me recroqueville sur le sol et plonge ma tête entre mes genoux. La voix ne se tait pas, et mes mains plaquées sur mes oreilles n'y font rien. Décidément, quand Andrew ne me fait pas pleurer, c'est Becky qui prend le relais. Plus présente que jamais. J'en ai assez... Dans cinq semaines, il sera peut-être déjà trop tard.

Je descends l'escalier pour rejoindre Andrew, mais je n'ai pas le courage de le déranger. J'ouvre son réfrigérateur, sors de quoi me préparer quelque chose à manger. Je coupe machinalement les légumes et la viande, les yeux dans le vague. J'agis comme un automate. Je n'entends plus Becky, mais le souvenir de sa voix résonne encore en moi et me flanque la chair de poule : « Andrew ne te sauvera pas. Personne ne peut rien pour toi. »

Je me passe une main sur le visage. Je dois lui parler... Je dois lui demander de le faire au plus vite...

– Tu n'étais pas obligée de t'embêter à préparer quelque chose. (Il se juche sur une chaise haute.) Quelque chose ne va pas ?

Je tente de me ressaisir.

– Tout va bien. J'espère que tu aimeras ce que je concocte.

Il est 16 heures quand nous nous mettons à table. Je n'ai pas faim du tout. Andrew me parle d'un nouveau rachat prévu par l'entreprise et me propose de l'accompagner à Paris pour les négociations. Je réponds « oui » sans hésiter, espérant montrer un enthousiasme suffisant.

– Dis, Andrew, je me demandais si tu voulais vraiment attendre mes vingt-deux ans pour... pour me transformer.

– Tu n'as toujours pas changé d'avis ?

– Non... Et puis je me dis qu'on n'est pas à cinq semaines près, alors peut-être que...

– Non, répond froidement Andrew.

– Comment ça, non ?

– Je ne te transformerai pas avant.

– Mais pourquoi ? Qu'est-ce que ça change pour toi ?

– Je ne sais toujours pas pourquoi cette envie extravagante t'est venue, Emma. Tu ignores tout de la condition de vampire. On n'est pas dans un de tes romans : ce n'est pas « cool », tu comprends ?

– Il ne s'agit pas d'une lubie, Andrew. J'y ai bien réfléchi.

Il se lève, me dominant de toute sa hauteur. Il fulmine.

– Et si jamais tu tues quelqu'un : tu arriveras à t'en remettre ?

Il s'éloigne, gagne le salon. J'abandonne mon assiette pour le suivre.

– Tu seras là, dis-je. Tu m'en empêcheras.

– Et si je te dis que le processus de transformation implique de tuer quelqu'un. Tu le feras ? me demande-t-il en se retournant pour me faire face.

– Mais qu'est-ce que tu cherches, à la fin, Andrew ? Tu me l'avais promis ; qu'est-ce qui a changé depuis ?

– Réponds-moi.

Serais-je prête à ôter la vie à une personne pour sauver la mienne ? Soudain, le doute m'étreint, et j'ai du mal à respirer.

– Est-ce que tu te sers de moi, Emma ? me demande Andrew tout à coup.

– NON !

J'ai crié sans le vouloir. Je m'approche de lui pour

caresser son visage, mais il me repousse. Je lis le doute dans son regard, il commence à se renfermer. Je vois ses yeux reprendre cet air froid et détaché. Andrew est en train de ravaler ses émotions.

– Je pensais en être capable, mais je me suis trompé... Je ne peux pas...

– Quoi ? De quoi tu parles ? demandé-je, paniquée.

– Nous... Ensemble... Ce n'est pas possible, Emma, je n'y arrive pas, je ne peux pas. Je... Je suis désolé.

Comment la situation a-t-elle pu basculer aussi rapidement ? C'est un cauchemar. Tout ne tient plus qu'à un fil. Une veine palpite sur sa tempe. Je vois le doute dans son regard, des non-dits... Ça me fait peur.

– Qu'est-ce que tu veux, à la fin ?

– Tant de choses, Emma. Mais j'ai tort de les vouloir.

– Dis-moi...

De nouveau, je m'approche de lui. Cette fois, il me laisse toucher sa joue, mais je lis de la douleur dans ses yeux.

– Je vois bien que quelque chose ne va pas, Emma. J'aimerais pouvoir embrasser tes blessures, guérir ta souffrance, anéantir ta solitude, mais je n'en suis pas capable : il y a quelque chose qui m'échappe.

Il saisit mon visage dans ses mains, tente de refouler quelque chose. Je m'approche un peu plus et pose mes lèvres sur les siennes. Il applique son front contre le mien.

– J'aimerais sentir ta peau contre la mienne, éternellement, entendre ton cœur battre plus vite, et savoir que c'est parce que tu me veux autant que je te veux. Je veux du temps avec toi, explorer ton corps et le connaître par cœur. Je te veux tout entière, Emma, et ça me rend fou, parce que je sais que tu as un secret, et j'en ai un aussi, et je sais que tout ça va mal finir – très mal finir.

– « Je l'aimais tant..., récité-je. Plus que je n'osais le dire... Plus que les mots n'avaient le pouvoir de l'exprimer. »

Jane Eyre. Le regard d'Andrew se fige. Il détache son visage du mien.

– Je t'aime, Andrew.

– Ne dis pas ça, Emma. Je t'en prie...

Il s'éloigne à nouveau, on dirait presque qu'il a peur. Il semble paralysé, me regarde avec insistance, comme s'il s'attendait à me voir disparaître d'un instant à l'autre.

– Ne pas dire quoi ? Que je t'aime ? Et pourquoi ?

– Parce que c'est cruel, souffle-t-il en se passant une main dans les cheveux.

Il est dans un tel état de stress... Jamais je ne l'ai vu comme ça.

Il gagne le bar du salon, se sert un verre de whisky, qu'il avale cul sec, le remplit une nouvelle fois. J'ai envie de me lever, de lui rappeler ma promesse : « À chaque verre que tu boiras... », mais quelque chose me dit de ne pas le faire. Je l'aime, et ça le détruit. Qu'a-t-il donc vécu, pour que le fait d'être aimé soit pour lui une telle torture ?

– En quoi te dire que je t'aime est cruel ?

– Tu finiras par le regretter. Et quand tu me diras à quel point c'était une erreur, je ne pourrai pas le supporter.

Il s'affale sur le canapé, puis se relève, ne sachant quoi faire de lui-même. Il erre comme un lion en cage. Finalement, il se rassied, se prend la tête entre les mains.

– Pourquoi est-ce que tu refuses qu'on s'attache à toi ?

demandé-je en m'asseyant auprès de lui. Tu fais tout pour me faire fuir... sans avoir le cran de me laisser partir...

Je pose une main sur son genou, espérant l'apaiser un peu.

– Écoute-moi bien, Emma : je suis un monstre irréparable. Je finirai par te décevoir, ce n'est qu'une question de temps.

– Tu n'es pas un monstre.

– Si, j'en suis un. (Que répondre ? Un mot de travers pourrait tout faire basculer. Il se relève pour se servir un troisième verre et revient avec la bouteille.) Mais tu as raison sur un point : je n'ai pas la force de te laisser partir. Tu es la meilleure chose qui me soit arrivée depuis... depuis bien trop longtemps, bordel ! (Il se lève brusquement, et s'éloigne, encore.) Tout m'échappe !

– On ne devrait pas avoir peur d'aimer, Andrew...

– Tu ne dirais pas ça si tu savais vraiment à quel point ça peut te briser ! s'exclame-t-il.

– Je commence à en avoir une idée, murmuré-je. Mais je suis toujours là.

Il me regarde, et je vois toute la détresse du monde dans ses yeux.

– Il faut que je te dise quelque chose.

– Non, Andrew, ne me dis rien. Peu importe ce qui s'est passé avant. Oui, tu as commis des erreurs. Non, il n'est pas trop tard pour réparer. Tu en es capable. Je t'aime tel que tu es, avec ton passé et tes imperfections.

– Emma...

– ANDREW ! Je t'en prie, arrête, ne dis plus rien... Je t'aime tel que tu es.

J'ai peur, soudain. Peur qu'il m'échappe, qu'il parte pour de bon, cette fois.

– Cesse de répéter ça ! explose-t-il. Tu ne sais rien, Emma, tu ne sais absolument rien ! Tu n'as pas idée de qui je suis réellement, de ce que j'ai fait pour le devenir.

– Tout le monde a droit à une seconde chance, Andrew. Tout le monde peut changer. Dis-moi, explique-moi ce qui s'est passé, si ça peut te soulager ! Tu verras, je serai encore là !

J'ai envie de le serrer contre moi, de lui faire ressentir l'amour que j'éprouve pour lui. Un amour total, inconditionnel. De quoi a-t-il peur ?

– Tu as besoin que je change pour m'aimer ?

– Je n'ai pas dit ça. Ce qui compte, c'est maintenant. Tu n'es pas forcé d'être celui que tu as toujours été, tu peux choisir d'être heureux, de faire la paix avec toi-même.

– Emma... (Cette voix... Je me fige, le cœur serré. Ses yeux sont d'un bleu si froid, si intense. Il serre les poings.) Va-t'en, rentre chez toi. C'était une mauvaise idée.

– Tu ne pourras pas me repousser indéfiniment, parce qu'un jour, je ne serai plus là.

– Tu ne comprends pas, n'est-ce pas ? Si je te dis tout, tu cesseras de m'aimer.

– Je suis sûre que non.

Et je quitte son appartement, la mort dans l'âme, une fois encore, et j'entends le bruit d'une bouteille qui se brise contre le mur.

Chapitre 36

•

– Papa a proposé de venir avec Johanna pour Noël : ce serait une bonne idée, non ?

Mon frère et moi décorons le sapin que nous venons de monter dans l'appartement. Il paraissait nettement plus petit dans le magasin. Je déroule une guirlande argentée en réfléchissant à la question.

– Mmm… Et je suppose que je vais me coller à la cuisine ?

– Tu as toujours été meilleure que moi, petite sœur, répond-il en me bousculant affectueusement.

Nous passons le reste de la journée à regarder des séries sur Netflix. Le soir venu, comme d'habitude désormais, je peine à trouver le sommeil… Et cependant, je crois que je commence à m'habituer à la douleur.

*

Lorsque Matthew m'apporte un café, le lundi matin, j'évite soigneusement le sujet « Andrew ». Les cernes sont visibles – je n'ai pas réussi à les camoufler entièrement.

Je lui pose quelques questions sur Rebecca, mais il reste évasif. Pendant un instant, nous nous regardons sans rien dire. Lui aussi fait semblant. Finalement, il se lève, m'enlace, et nous restons un moment dans les bras l'un de l'autre, silencieux.

La matinée suit son cours, midi approche. Une voix me tire de mes pensées.

– Mademoiselle Reyes ?

Un jeune homme se tient sur le seuil de la porte, un énorme bouquet de fleurs à la main. Mes collègues me fixent tous en silence – ma chef a relevé la tête.

– C'est bien moi.

– Ces fleurs vous sont adressées. Où puis-je les poser, s'il vous plaît ?

Je fais de la place sur mon bureau, mais ce n'est pas suffisant. J'en suis réduite à déplacer des piles de dossiers sur le sol. Josh – c'est le nom écrit sur son badge – dépose le bouquet à l'endroit que je lui indique, puis me souhaite une bonne journée et s'en retourne.

Mes collègues font mine de se remettre au travail. Je hume le parfum des fleurs. Un petit mot accompagne le bouquet. Je l'ouvre fébrilement : « "La véritable indulgence consiste à comprendre et à pardonner les fautes qu'on ne serait pas capable de commettre." Victor Hugo

Pardonne-moi, j'ai été idiot. »

Un sourire apparaît sur mon visage. J'ai passé le reste de mon week-end à me demander s'il reviendrait ou si je devais réellement accepter notre séparation. Je me sens plus légère. Je sais que je ne devrais pas lui pardonner aussi facilement, mais je n'ai plus l'énergie nécessaire pour résister. Chaque personne à qui vous tenez finira par vous blesser un jour. À travers un mot, un geste – c'est inévitable. La vraie question est : cette personne en vaut-elle la peine ? Andrew, je pense que, te concernant, la réponse est « oui ». J'ouvre la fenêtre de chat de l'intranet et lui envoie un message.

Emma Reyes – Assistante marketing (en ligne)
Tu as des citations de romans pour toutes les circonstances ?

Andrew Anderson – PDG (en ligne)
J'en ai même plusieurs...

Emma Reyes – Assistante marketing (en ligne)
Par exemple ?

Andrew Anderson – PDG (en ligne)
« On pardonne plus facilement aux autres d'avoir eu tort que d'avoir eu raison. »

Harry Potter. Cet homme ne cesse de me surprendre. Quelques secondes plus tard, une autre citation arrive.

Emma Reyes – Assistante marketing (en ligne)
Vous devriez arrêter, avec Google. Travaillez ! C'est une entreprise, ici.

Andrew Anderson – PDG (en ligne)
Pas besoin de Google. Et puis je travaille déjà, mademoiselle Reyes. Je suis en réunion.

Emma Reyes – Assistante marketing (en ligne)
Cessez donc de m'écrire, si vous êtes en réunion ; je ne suis pas certaine que cela plairait à votre patron. Bon, et vous ne me ferez pas croire que vous avez lu tous ces livres, ni que vous avez appris toutes ces citations.

Andrew Anderson – PDG (en ligne)
Me mets-tu as défi de venir te les réciter dans ton bureau ? Je serais capable de quitter ma réunion. Je crois que mon patron serait d'accord.

Emma Reyes – Assistante marketing (en ligne)
Je viens vous attendre dans *votre* bureau.

*

– Quels sont tes rêves, Emma ?

Il porte son verre de vin blanc à ses lèvres. Mes rêves ? Je ne me suis jamais vraiment autorisée à en avoir.

– Je ne sais pas.

– Nous avons tous des rêves, Emma. Même moi, j'en ai eu, fut un temps.

Le serveur vient nous apporter nos plats et se retire après avoir rempli nos verres. Andrew m'a donné rendez-vous dans un restaurant magnifique, qu'il a privatisé pour que nous soyons au calme. Dieu sait combien cela a dû lui coûter...

– Ce n'est plus le cas ?

– Tu n'as pas répondu.

Je repose ma fourchette. J'essaie de revenir en pensée à cet *avant* la maladie. Peut-être serait-il temps que je laisse certaines choses refaire surface ?

– J'ai toujours rêvé de pouvoir danser dans… dans une grande salle de spectacle. Frôler le sol en bois, avoir les projecteurs braqués sur moi, sentir la musique vibrer…

– Tu as une salle en tête ? Une chanson, peut-être ?

Je n'ai jamais abordé le sujet de la danse avec quelqu'un, pas même avec Rebecca. Un espoir brisé, que j'ai choisi de garder enfoui. Ma gorge se serre. C'est si… intime.

– J'ai longtemps rêvé que cela se passerait au Royal Albert Hall sur *Human* de Christina Perri.

Andrew fronce les sourcils. Je reconnais cette expression : il tente d'assembler les pièces du puzzle. Je suis son énigme, comme il est la mienne.

– C'est tout ? finit-il par demander.

– À ton tour.

– Très bien : j'ai toujours rêvé de m'émanciper de mon père.

Je n'ose prononcer le mot « pourquoi ». Ce serait prendre un chemin glissant. Quel genre de père était-ce pour qu'Andrew nourrisse une ambition pareille ?

– Comme tu le sais, il est mort ; voilà au moins un rêve de réalisé.

La froideur de sa voix me percute. Je passe une main par-dessus la table, saisis la sienne, la presse avec affection.

– À ton tour, Emma : raconte-moi un autre de tes rêves.

J'avale une gorgée de vin.

– Je rêverais d'écrire un roman. Que des gens le lisent, ressentent une foule d'émotions.

– Je suis sûr que tu ferais une merveilleuse auteure. De quoi ça parlerait ?

– Je ne sais pas... de la rencontre d'une humaine sans histoire avec un vampire.

Il me sourit.

– Ça existe déjà.

Je le taquine.

– Peut-être ce vampire pourrait-il être le PDG d'une grande entreprise ?

– Et il serait attiré par le BDSM ?

Je ris, couvre ce rire de ma main.

– Ne me dis pas que tu as lu *Cinquante nuances de Grey*.

– Je n'ai jamais dit ça.

Il avale une gorgée de vin, et son sourire s'agrandit. Je me sens si bien...

– Honnêtement, je ne sais pas encore sur quoi écrire. J'ai tellement d'idées que je ne saurais pas laquelle choisir. À toi.

– J'ai rêvé d'être puissant pour ne plus avoir à craindre personne.

Mon sourire s'efface un instant.

– Ce rêve aussi, tu l'as réalisé.

Il acquiesce, et je baisse les yeux sur mon assiette. Je me demande si chaque rêve n'a pas un prix, si Andrew n'a pas payé les siens de son humanité. D'un côté, son besoin d'émancipation. De l'autre, celui de ne craindre personne... Avait-il peur de son père ?

– C'est ton tour, dit-il après un moment de silence.

– Un rêve qui restera toujours un rêve, dis-je en m'essuyant la bouche avec un coin de serviette.

– Je t'écoute.

Sa voix est douce, sa main caresse la mienne.

– J'aimerais que ma mère n'ait jamais eu cet accident de voiture et qu'elle soit encore parmi nous aujourd'hui... Et toi ? As-tu un rêve irréalisable ?

Il reste silencieux un instant.

– Oui.

Je relève les yeux. J'espère que je pourrai supporter ce qu'il s'apprête à me confier.

– Lequel ? osé-je dans un murmure.

– J'aurais aimé être né dans une autre famille et connaître la vie d'un humain lambda.

Ces paroles me brisent complètement.

Chapitre 37

Matthew m'envoie un SMS : il arrivera plus tard, aujourd'hui. Je décide d'apporter un café à Andrew avant de commencer ma journée de travail. J'ai la sensation que les choses sont bien engagées avec lui et, même si Becky me hante au quotidien, je me sens prête à attendre les quatre semaines restantes. La voix s'est tue, les hallucinations ont disparu. C'est peut-être le signe qu'il me faut patienter jusqu'à la date convenue.

Andrew ne comprend toujours pas ma décision. Je ne le blâme pas de vouloir savoir. Après tout, il est juste inquiet. Peut-être lui dirai-je la vérité si jamais il se braque, le jour J, et refuse de s'exécuter. Mais pas avant.

Midi venu, je déjeune avec Kate, une collègue du marketing. Elle me questionne sur Andrew et me confirme que pas mal de ragots circulent sur nous. Je nie, mon sourire me trahit, mais elle a la délicatesse de ne pas insister.

Lorsque je remonte dans mon bureau, une icône clignote sur l'écran de mon ordinateur. Un message de Matthew : « Viens me voir dans mon bureau cet après-midi, j'ai quelque chose à te dire. C'est important. »

Une multitude de scénarios s'ébauche dans mon esprit. Peut-être va-t-il me raconter ce qui est arrivé à son frère ?

Après avoir terminé un brief en cours, je mets ma session en veille et gagne les ascenseurs, nerveuse. Arrivée à l'étage de Matthew, je me fige. Il y a de la musique, et de la nourriture a été disposée sur des tables. C'est le pot de départ d'un certain Lionel. Un bouchon de champagne saute, et on me tend une coupe.

– Vous avez vu Matthew ? demandé-je à la cantonade.

– Dans son bureau, me répondent plusieurs personnes.

J'abandonne ma coupe sur une table, mais, au bout du couloir, je m'immobilise. Des éclats de voix. Je reconnais celle de Matthew et celle... de Rebecca. Ils se disputent.

Mon cœur s'emballe. J'aimerais m'en aller, mais j'en suis incapable. Au contraire, je me rapproche quand j'entends mon prénom. La pire décision de toute ma vie.

– Rebecca, elle va passer me voir ; il faut que tu t'en ailles.

– Et puis quoi ? Heureusement que je suis là pour t'éviter cette connerie, Matthew. Lui avouer tes sentiments... ce n'est pas ce qui était convenu !

La voix de mon amie est si dure... Cela ne lui ressemble pas.

– J'en ai marre, de ce plan. Je ne supporte plus de lui mentir. On la manipule depuis le début ; comment peux-tu bien le vivre ? Andrew lui fait du mal, et je ne suis pas sûr qu'on puisse le ramener sur le droit chemin. Il va finir par merder à nouveau. Il va la détruire !

Mon cœur manque un battement. Me manipuler depuis le début ? De quoi parlent-ils ?

– Mais arrête de rêver, Matthew ! Tu crois vraiment que

tu feras le poids face à Andrew ? C'est lui qu'elle aime, pas toi ! Elle le lui a dit. Lui révéler tes sentiments maintenant ne changerait rien. Alors tais-toi, et tiens-t'en à ce qu'on avait décidé.

– Peut-être que si elle savait, ça changerait tout, justement...

Je sens ma gorge se nouer.

– Oublie-la, bon sang.

– Mais je ne peux pas ! Elle m'obsède, tu comprends ? C'est une torture, de la savoir avec lui...

Un silence pesant s'installe. Les échos de la musique résonnent doucement.

– Elle est condamnée, imbécile. Elle est malade, ce n'est qu'une question de temps avant qu'elle passe l'arme à gauche. Cesse de t'attacher et oublie-la avant de te faire plus de mal.

Nouveau coup de poignard. Je porte ma main à mon ventre, comme si j'allais y trouver une arme fichée.

– Quoi ?! s'exclame Matthew, manifestement choqué.

– Il faut que je te le répète dans une autre langue ?

Où est passée mon amie ? Qui est cette personne qui imite sa voix à la perfection ?

– Rebecca, c'était quoi, ton but ? Pourquoi tu as foutu une femme malade dans les bras de notre taré de frère ? Il n'est pas déjà suffisamment bousillé ?

Je suffoque. En silence. J'espère avoir mal entendu. Mes oreilles se mettent à bourdonner. Rebecca m'a menti depuis le début. Elle n'est pas une New-Yorkaise lambda... et son prétendu ex ne travaille pas à Anderson Corporation... seulement ses deux frères.

– Non, pas assez.

– Comment ça ?

– Il doit payer, Matthew. Il doit souffrir, et quoi de mieux pour ça que de lui briser le cœur à la minute où il se remet à battre ?

Une plainte silencieuse monte en moi. Non, pas son cœur. Ne brisez pas son cœur.

– Mais il a toujours été bon avec toi !

J'entends Matthew faire les cent pas dans la pièce. Et je devine qu'un pli soucieux est en train de se former sur son front.

– Bon, tu te fous de moi ? Il m'a arrachée à ma famille adoptive, a effacé la mémoire de ces gens avant de m'enfermer dans un appartement avec une étrangère payée pour s'occuper de moi !

– Il a été maladroit, d'accord. Mais tu sais que c'était pour respecter la promesse faite à notre mère…

Je tente d'accueillir toutes ces informations, de les garder en mémoire… Quelle promesse Andrew a-t-il faite à sa mère ? Que s'est-il passé ? Pourquoi est-elle morte ?

– J'aurais préféré qu'il ne la tienne jamais, sa promesse ! J'étais heureuse, moi, avant qu'il ne débarque ! Et me payer une librairie pour que je reste docile ne fera jamais de lui mon frère !

– Tu ne penses pas ce que tu dis.

– Mais quoi, tu es aveugle ? Andrew est un monstre ! Toutes ces vies qu'il a prises ! Toutes ces femmes disparues ! Il te traite comme un chien, et tu continues de lui chercher des excuses !

– Andrew n'est pas le monstre que tu crois, dis-je en entrant finalement dans la pièce.

Qu'est-ce que je fais là ? Mon Dieu. C'est comme si mon corps avait agi contre ma volonté. Comme si le simple fait d'entendre le mot « monstre » associé au nom de l'homme que j'aime m'était insupportable.

– Emma ! s'exclame le cadet.

Son visage se décompose, la panique danse dans ses yeux tandis que Rebecca me regarde avec douceur.

– Ma belle ! Ce n'est pas ce que je voulais dire... On s'inquiète juste pour toi. Andrew n'est pas tendre avec toi, et oui, je lui en veux un peu.

Elle me prend dans ses bras, me frotte le dos. Je me dégage de son étreinte.

– Arrête ton cinéma, Rebecca. J'ai tout entendu.

Elle s'écarte de moi. Son regard n'est plus le même : il est froid, dur, menaçant. Elle semble avoir deux personnalités, et sa capacité à passer de l'une à l'autre en un clin d'œil m'effraie.

– Et si ça peut te rassurer, Matthew, non, ton frère n'aura pas le cœur brisé : je n'ai pas prévu de mourir de sitôt, dis-je en fixant celle que je pensais être mon amie.

Rebecca recule, affichant un rictus mauvais.

– Ça, laisse-moi en douter. J'ai intercepté tes derniers résultats médicaux, et ça ne sent pas très bon.

Comment a-t-elle pu ? Jusqu'où est-elle allée ? Mais, finalement, quelle importance ? Andrew me transformera, et tout ça sera bientôt derrière nous ; le plan de Rebecca aura échoué, Matthew retrouvera son frère, et je me débarrasserai de Becky.

– En effet. Mais ça ne change rien au fait que je ne vais pas mourir.

Rebecca me dévisage, interloquée, avant qu'une lueur

de lucidité traverse son regard. Elle passe de Matthew à moi avec un air amusé.

– Oh non ! Ne me dis pas qu'il a osé... Oh, mon Dieu, Matthew, il a osé...

Elle a l'air terriblement excitée. Comment peut-elle ainsi se délecter de la souffrance des autres ?

– De quoi tu parles ? crache le cadet.

– Andrew lui a promis de la transformer en vampire. C'est bien ça, n'est-ce pas ? Oh, c'est encore mieux que prévu !

– Ferme-la ! hurle Matthew.

Je lis de l'incompréhension dans ses yeux ; de la peur, aussi.

– Andrew me transformera dans un mois, oui, dis-je. Je deviendrai un vampire, moi aussi, et c'en sera fini de ma maladie.

Je vois Matthew secouer la tête. Je ne comprends pas pourquoi. Il devrait être rassuré : je ne vais pas mourir, Andrew n'aura pas le cœur brisé, et... et...

– Emma... murmure Matthew.

Il semble retenir ses larmes, pourquoi ?

– Bon, reprend Rebecca en inspectant ses ongles, comme si la situation, soudain, l'ennuyait. Tu le lui annonces ou je m'en charge ?

– M'annoncer quoi ?

– Andrew ne te transformera pas, ma belle : il ne peut pas.

– Il me l'a promis, insisté-je, mâchoires serrées.

Pour qui se prend-elle ? Je sens la colère monter en moi, s'installer en propriétaire. Cette femme... Cette femme que j'aimais comme une sœur...

– Il t'a promis quelque chose d'impossible.

Une terreur sourde me gagne. Je n'ai pas bien entendu. Andrew ne m'aurait jamais promis quelque chose qu'il ne peut pas accomplir.

– De quoi elle parle ? demandé-je à Matthew.

Sans voix, il me fixe d'un air désolé, profondément meurtri. Non, je ne peux pas supporter tout ça.

– Laisse-moi t'expliquer une chose, Emma, reprend Rebecca. Les vampires, ce n'est pas comme dans tes romans, ça ne transforme pas d'autres humains. On naît comme ça, et on meurt comme ça. Parce que, non, nous ne sommes pas immortels.

Rebecca se dirige vers le petit bar réfrigéré et se sert un verre. Mes jambes tremblent. Je m'adosse au mur.

– Je vois que tu as l'air perdue. Un petit topo sur la génétique vampirique ne te fera pas de mal. Donc, deux vampires forniquent et font naître un rejeton, dit « pur », lequel, pour devenir à son tour une créature « mystique », devra, à l'âge de dix-huit ans, réaliser un rituel lui permettant d'acquérir pleinement ses pouvoirs, à savoir la vitesse, la force, la persuasion, et j'en passe. Il y a aussi des bâtards tels que moi – un mélange humain/vampire : pas de rituel, pas de besoin en sang, juste un pouvoir de persuasion supérieur à la moyenne.

Je l'écoute, et les larmes inondent mes joues. Matthew se détourne, anéanti. Il y a plus de haine en Rebecca que je n'en ai jamais vu dans les yeux d'Andrew.

– Et, évidemment, on vieillit, pauvre sotte ! Par contre, on peut ralentir le processus. Enfin, les vrais vampires le peuvent. Et c'est là où on peut savoir assez facilement si un vampire a beaucoup tué ou non : il fait plus jeune que son âge. Ah, je vois que tu comprends enfin... Oui, Andrew a tué, et bien plus que tu ne l'imagines. Il n'est pas devenu aussi puissant par hasard.

On ne peut détester quelqu'un uniquement parce qu'on le croit mauvais. Rebecca montre son vrai visage : elle est vile, égoïste et manipulatrice. Elle n'en veut pas à Andrew pour les raisons qu'elle avance... Ce ne sont que des prétextes.

– Il y a autre chose, outre la famille d'accueil, lancé-je avec le peu d'énergie qu'il me reste. Andrew t'a pris quelque chose d'autre... quelqu'un...

Le regard de Rebecca se voile, et la colère déforme son visage. J'ai touché un point sensible. Matthew la fixe, les yeux écarquillés.

– C'est vrai, siffle-t-elle. Ma copine. Il l'a tuée, comme toutes ces femmes, sans la moindre hésitation.

– Il ne savait pas qui elle était pour toi ! intervient Matthew. Jamais il ne lui aurait fait du mal s'il avait su !

– Et alors ? Ça ne l'excuse en rien ; il prenait des vies, Matthew, des vies humaines. Et il en prend toujours. Vous êtes complètement influencés par le pouvoir qu'il exerce sur vous !

Une foule d'images me reviennent en tête, à présent. Des paroles, des actes que je trouvais étranges...

– Tu le savais. Depuis le début, tu savais que j'étais malade...

– Évidemment ! C'est même pour ça que je t'ai choisie ! Tu penses vraiment que tu t'es souvenue de ce qui s'est passé dans la ruelle par l'opération du Saint-Esprit ? Je ne suis peut-être qu'une bâtarde, mais je garde quelques facultés de persuasion. Je n'ai eu qu'à te souffler de te souvenir de la scène quand tu croiserais son regard.

La fierté transpire par tous les pores de sa peau : elle avait tout prévu, du début à la fin, jusqu'aux moindres petits détails...

– Cette soirée au Démoniaque...

– Préméditée, évidemment. Même l'envie de te rendre dans la ruelle, je te l'ai gentiment insufflée. Tu ne t'en souviens pas ? (Je n'ai même pas la force de lui répondre.) Ah, et puisqu'on en est aux confessions : les poches de sang, c'était moi aussi.

– J'aurais pu la tuer ! s'écrie Matthew, visiblement furieux.

– C'était un risque à prendre ; il fallait que tu la mordes pour qu'Andrew soit acculé. Et tu ne l'aurais jamais fait, à moins d'être au pied du mur.

Je crois que c'est trop pour moi. Le cœur au bord des lèvres, je recule pas à pas. Mes jambes peinent à me porter mais, sans trop savoir comment, je parviens à quitter la pièce et à m'élancer dans le couloir. Matthew me rattrape, me prend le bras.

– Laisse-moi ! dis-je en me dégageant. Tu m'as trahie, toi aussi !

– Je suis désolé, Emma, je ne savais pas tout... Si j'avais su, jamais...

Il m'implore, au bord des larmes, mais ça ne suffit pas. Il m'a manipulée, lui aussi, il n'est pas l'ami que je pensais qu'il était.

– Je voulais juste retrouver mon frère, continue-t-il. Je ne voulais pas qu'il souffre. Je ne voulais pas que tu souffres...

– J'étais là, tu sais, le jour où tu t'es disputé avec Andrew, chez lui. Je me souviens t'avoir entendu lui souhaiter qu'on lui brise le cœur...

Il me relâche, et je m'éloigne en courant, le laissant abasourdi.

Chapitre 38

J'attrape les médicaments dans ma poche. Ma main tremble si fort que j'ai du mal à les porter à ma bouche. Les larmes obscurcissent tout. Je me laisse glisser contre la paroi de l'ascenseur. Les paroles de Rebecca tournent en boucle dans ma tête. J'aimerais tout effacer, tout recommencer. Un hurlement m'échappe. Je ne peux pas sortir comme ça. J'appuie sur le bouton d'arrêt d'urgence, et l'ascenseur stoppe sa progression. Je m'allonge sur le sol, en position fœtale, comme si les spasmes qui m'agitent pouvaient cesser d'eux-mêmes. Disparaître ici.

– Un problème avec l'ascenseur ? s'enquiert une voix dans le haut-parleur.

Je rouvre les yeux. Respire un grand coup en espérant calmer mes sanglots.

– Mademoiselle, tout va bien ?

Je prends conscience qu'une caméra est braquée sur moi.

– Oui, tout va bien, excusez-moi : j'ai appuyé par inadvertance sur le mauvais bouton.

Mon interlocuteur ne me répond pas tout de suite, et l'ascenseur ne redémarre pas non plus.

– Je vous laisse encore cinq minutes, et après, je serai obligé de le relancer, mademoiselle, je suis désolé. Ça ira ?

– Merci beaucoup, dis-je.

Je réajuste mes vêtements, mes cheveux ; mes larmes ont tracé des sillons noirs sur mes joues, je les efface tant bien que mal. Lorsque l'ascenseur se remet en branle, j'appuie avec détermination sur le bouton 45.

Je ne prends pas la peine de frapper et entre brusquement dans son bureau. Andrew est au téléphone et, en me voyant, il comprend aussitôt que quelque chose ne va pas.

– Je vous rappelle. (Il raccroche.) Emma ?

– Tu m'as menti, dis-je, en pointant sur lui un doigt accusateur. Durant tout ce temps, tu m'as menti.

– C'est Matthew qui t'a parlé ?

Il ne semble pas particulièrement alarmé par le fait que je sache la vérité, et cela ne fait qu'accentuer ma colère.

– Quelle importance ? Tu m'as fait une promesse que tu ne peux pas tenir.

– Tu ne sais pas ce que ça implique, d'être comme nous, Emma. Je t'assure : c'est mieux ainsi.

Sa voix est calme. Il s'approche prudemment, comme si j'étais folle.

– Donc, c'est vrai : il n'y a aucune chance pour que tu me transformes.

– Aucune. Nous n'avons pas cette faculté-là.

– Tu n'es qu'un manipulateur ! hurlé-je en reculant.

– Emma, redescends sur terre… Comment peux-tu désirer une telle malédiction ?

Quelque chose lui échappe. Sa voix se fêle. De nouveau, il tente de s'approcher, mais je lui fais signe d'arrêter. Je sais que s'il me prend dans ses bras, s'il pose ses lèvres sur les miennes, tout sera fini.

– Peut-être aurais-tu voulu naître dans une autre famille, grandir comme un humain normal, mais on n'est pas tous comme toi, Andrew ! Certains donneraient tout pour être comme toi. Tu ne connais pas ta chance.

– Tout ça était donc purement intéressé, hein ?

Il doute de lui, mais également de moi. Et moi aussi. Je vais mourir. Mais avant ça, j'aurai oublié qui il est, les traits de son visage, la douceur de ses lèvres, les sillons sur ma peau. Je ne pourrai plus me déplacer seule ni me nourrir par moi-même. Je serai un légume.

Je n'arrive pas à le détester. Je le voudrais, mais je ne vois pas un ennemi en lui. Il est l'homme que j'aime et, bientôt, la vérité le brisera. Je peine à ravaler mes larmes, et je m'efforce de faire passer de la haine dans mon regard. Il faut parfois faire des choix, et je viens de faire le mien. Je m'étonne de ne pas m'effondrer sur le sol.

– Évidemment. Tu crois que j'aurais pris des risques aussi démesurés sans cela ?

Il plisse les yeux. Je voudrais m'arracher le cœur pour qu'il cesse de battre, je voudrais le prendre dans mes bras et embrasser ses blessures, je voudrais…

– Alors on est deux.

Sa réponse me percute telle une balle. Je tente de me persuader que j'ai mal compris. Mon masque tombe.

– Comment ça ?

La question m'a échappé, et je ne souhaite pas connaître la réponse. Je voudrais retourner en arrière.

– Je voulais juste... juste te posséder, susurre-t-il en s'approchant. Tu m'as demandé pourquoi je ne t'avais pas tuée dans la ruelle... Parce que tu représentais un jeu intéressant. Voilà pourquoi.

– Tu mens.

Andrew est redevenu en une fraction de seconde le M. Anderson d'il y a quatre mois. Il me regarde d'un air victorieux, les yeux froids, le mépris imprimé sur son visage.

– Pourquoi mentirais-je ? Le pot aux roses a été découvert. Ce n'est plus drôle.

– Tu as... Tu as simulé pendant tout ce temps ?

Et s'il était aussi cruel que Rebecca le pense ? Non, je ne peux pas y croire. Comme moi, il tente de faire face à ses émotions. Nous essayons tous deux de garder la tête hors de l'eau.

– Pauvre petite humaine perdue... Tu es vraiment tombée amoureuse de moi ? J'en suis désolé. Je t'avais pourtant prévenue que tu finirais par regretter tes sentiments.

– Tu es un monstre...

Les mots m'ont échappé. Je voudrais m'excuser, mais il ne m'en laisse pas le temps.

– Ça aussi, il me semble que je te l'avais déjà dit. Je dois admettre que je me suis bien amusé. Plus je te faisais du mal, plus tu revenais en rampant – comme une chienne après un pauvre morceau de sucre ! Et puis tu étais la nouvelle lubie de mon petit frère, et ça aussi, ça tombait bien. Le jour de son anniversaire, il a pris conscience qu'il ne t'aurait jamais, et ça, ça m'a fait un bien fou. Alors je suppose qu'on est quittes.

– Tu ne penses pas ce que tu dis, hoqueté-je.

Je n'arrive plus à faire semblant. Les larmes sont là, prêtes à déborder.

– Bien sûr, que je le pense. Tu n'es rien pour moi, Emma Reyes.

Je porte une main à mon cœur. Je ne tiendrai pas. Je ne survivrai pas à ça.

– Tout ce que tu m'as dit…

– Des mensonges.

– Tu n'as jamais… retrouvé ton humanité…

– Et puis quoi encore ! Tu n'as quand même pas cru que toi, pauvre petite créature de Pennsylvanie, tu allais me changer ? Je suis très bien comme je suis, merci. Parfois, simplement, j'aime m'amuser avec mes proies.

– Alors, vas-y, soufflé-je. Tue-moi.

Il s'approche de moi, un sourire carnassier sur les lèvres.

– Toujours aussi intrépide, hein ? Ça va me manquer…

Il pose ses doigts sur ma gorge, me force à le regarder dans les yeux. La tendresse et l'affection que j'y lisais hier encore ont totalement disparu. À la place : la mort, la destruction, la haine et la colère. Finalement, ce ne sera pas Becky qui m'emportera.

Mourir n'est pas difficile. Conduire une voiture, manger quelque chose, courir, sortir de chez soi.
La mort est partout, elle peut frapper à tout moment.
Mourir n'est pas difficile : il suffit d'être vivant.
Je ne veux pas mourir.
Même si je sais qu'à présent, c'est inévitable.

Chapitre 39

•

Je ne suis plus retournée à Anderson Corporation. À Jonathan, j'ai simplement dit que j'avais pris des vacances. Matthew a tenté de me joindre à plusieurs reprises ; j'ai fini par bloquer son numéro. Je ne veux plus avoir affaire aux membres de la famille Anderson, quels qu'ils soient. Je veux juste mourir en paix.

Andrew m'a laissée partir, finalement. Je n'arrive pas à savoir si c'est une bonne chose. Je ne dors plus, plus vraiment. Chaque fois que je ferme les yeux, la voix de Rebecca me rappelle que tout est fini et celle d'Andrew résonne, elle aussi, m'arrachant les larmes que j'ai passé la journée à retenir.

Je me suis mise au lit avec le livre qu'il m'a offert, tâchant de me rattacher à l'idée qu'il ne pensait pas ses derniers mots. Je repense à ce que nous avons vécu, et les larmes coulent de nouveau. « Je ne crois pas à la rédemption. Tout arrive pour une raison qui nous échappe, mais j'aime à penser qu'il existe un sens aux ténèbres qui nous consument, comme une étape avant de toucher la lumière », écrit Kate Lightwood.

Tu étais mon étape pour sortir de ces ténèbres, Andrew. J'espérais être la tienne... J'étouffe mes pleurs dans mon oreiller. Je ne veux pas que Jonathan s'inquiète, pas à dix jours de Noël...

Un léger rai de lumière filtre sous la porte de ma chambre. 22 heures, annonce l'horloge. Quelqu'un entre dans ma chambre. Une silhouette. Je m'attends à entendre la voix de mon frère, mais le silence se prolonge un instant, puis mon matelas soupire, et des bras m'enlacent. Cette chaleur... Le corps de Nathan contre le mien. Il caresse mon visage, essuyant mes larmes avec tendresse. Il ne dit rien. Que fait-il ici ? Comment a-t-il su ? Je crois que je m'en moque. Il pose son front contre le mien, et je sens son souffle sur moi. Je déglutis. Sa présence me réconforte, et je me dis... que peut-être, si Andrew n'était plus le seul à avoir goûté la saveur de ma bouche, il n'aurait plus le même pouvoir sur moi... peut-être...

Mes lèvres frôlent doucement celles de Nathan. Il recule un peu.

– Ça ne t'aidera pas à l'oublier, murmure-t-il en me prenant dans ses bras.

Comment est-il au courant ? D'une légère pression, il me fait basculer sur le côté. Nos jambes s'entremêlent, il caresse mon dos et mes cheveux.

– Matthew m'a raconté, murmure-t-il. Il s'inquiète pour toi.

– Qu'est-ce qu'il t'a raconté ?

– Je sais tout, Emma.

Il me serre un peu plus fort, comme s'il craignait que je disparaisse. Au bout d'un long silence qui dure une heure, ma respiration est apaisée, le contact de mon ami me fait du bien, panse ma douleur et la met sur pause un moment.

– Comment vont-ils ?

– Tu veux vraiment parler de ça ?

– Oui.

Je voudrais les oublier, mais je n'y arrive pas. Comme s'ils faisaient partie de moi...

– Matthew va mal. Il s'en veut terriblement. Rebecca s'est moquée de lui. Tu sais quoi ? Je ne l'ai jamais sentie, celle-là. Je ne savais pas que tu la fréquentais, sans quoi je t'aurais conseillé de te méfier. Je suis désolé, je n'ai pas été un très bon ami.

– Ne dis pas de bêtises. Tu es le meilleur ami qui soit.

– Je sais ; je te tendais juste une perche pour que tu me le dises.

Je sais qu'il sourit contre mes cheveux. Je ris un peu, lui flanque un coup d'épaule. Le silence revient.

– Et...

– Andrew ?

Je presse son bras en signe d'acquiescement. Il ne répond pas tout de suite.

– Il s'est enfermé dans son bureau. Refuse toute réunion, toute visite. Je ne suis pas certain qu'il aille très bien, Emma.

Je me sens confuse, je n'arrive plus à savoir ce qui se passe, ce qui est réel et ce qui ne l'est pas. Nathan est-il vraiment dans cette chambre avec moi ? Ou est-ce encore un tour de Becky ? Pourquoi Andrew irait-il mal... ?

– J'ai peur, Nathan... Je ne veux pas mourir...

Je l'entends pleurer doucement, et je ferme les yeux.

Une machine à destruction massive : voilà ce que tu es, Emma. Répandant sans relâche le mal autour de toi.

– Je me déteste, dis-je.

Il se redresse légèrement. Caresse mon visage, à peine éclairé par le clair de lune.

– Pas grave, je t'aime suffisamment pour deux.

De nouveau, il m'attire contre lui et embrasse délicatement mon épaule sans cesser de caresser mes cheveux.

– Ne t'en va pas, Nathan.

– Je ne vais nulle part, princesse.

Chapitre 40

– Tu fais un régime ? me demande mon frère, tandis que je repousse les aliments sur le bord de mon assiette.

– Non. C'est juste que… je n'ai pas très faim.

Des fourmillements, derrière mon oreille… Je passe mes doigts dessus, mais ça ne les chasse pas.

– Tu es sûre que tout va bien, sœurette ? Tu as maigri, je trouve…

Il me fixe d'un regard inquiet. Je me gratte encore – cette fois, c'est la nuque.

– T'inquiète. Ça doit être le nouveau traitement, il perturbe l'appétit.

Une chaleur étrange commence à m'envahir, des grésillements résonnent, brouillent les paroles de mon frère. J'enlève mon cardigan en fronçant les sourcils.

– Il fait chaud, non ?

– Emma ?

– Ça va, j'ai juste chaud. Tu as monté le chauffage ?

Il fait « non » de la tête, et mes mains deviennent moites.

Mes avant-bras me démangent, et tout mon crâne fourmille, maintenant.

– Donc, comme je te le disais, je prendrai le canapé, et je laisserai ma chambre à papa et Johanna.

– Je peux laisser *ma* chambre, si tu veux ; ça ne me dérange pas.

– Non, c'est plus pratique comme ça, ça évitera que je les réveille en partant bosser le matin.

J'acquiesce d'un hochement de tête, et je pense aux endroits où je pourrais emmener mon père. Le Guggenheim ?

– Tu pourrais peut-être inviter Andrew pour le présenter à papa, non ?

J'ai l'impression que mes oreilles sont bouchées, comme si j'avais plongé trop profondément dans l'océan. Je tente de reprendre une contenance tout en évitant son regard.

– Pourquoi pas ? J'y réfléchirai...

Je ne veux pas parler d'Andrew. Je ne suis pas encore prête.

– Emma ?

Ma tête me démange tellement ! Je me gratte le cuir chevelu, mais les fourmillements semblent provenir de l'intérieur de ma boîte crânienne.

Mon frère remue les lèvres, mais aucun son ne sort de sa bouche, et la douleur se met à enfler. Ma tête... Je sais ce que c'est : les araignées. Leur nombre ne cesse d'augmenter, et elles commencent à compresser mon cerveau. Combien peuvent-elles être, là-dedans ? 100 ? 1 000 ? 10 000 ?

– On pourrait emmener papa voir une pièce à Broadway, non ?

La voix de mon frère... Si lointaine, comme s'il me parlait à travers un très vieux poste de radio.

Attendez. Non, mais attendez. Il n'y a rien à manger, dans ma tête. Comment vont-elles... J'écarquille les yeux, stupéfaite... NON, NON, NON ! Ne mangez pas mon cerveau ! NE MANGEZ PAS MON CERVEAU !

Les araignées, les araignées sont partout, elles sont là, là, dans ma tête, dans ma tête, vous ne voyez pas ? Enlevez-les-moi, par pitié !

Je me débats, espérant que les secousses vienront à bout de ces créatures qui m'en veulent, mais les fourmillements persistent, les monstres sont toujours là, là, là, là...

Comment faire ? Comment me débarrasser d'elles ? J'ai l'impression qu'elles ne cessent de se multiplier, encore et encore... Je dois faire vite !

Je dois les écraser toutes !

Je regarde autour de moi, et décide de me précipiter contre le mur pour les y écraser, mais je ne sens pas le choc, et des bras encerclent mon corps.

– Les araignéééééés ! Elles me mangent le cerveau ! Fais quelque chose !

– Emma !! Emma !!! Hé, reste avec moi. Emma !!!!

– Mais tu ne comprends pas ? Je n'aurai plus de cerveau, Jonathan ! Aide-moi, tue-les ! Tue-les toutes !!! AAAAAHHHHHH !!!

– Emma !

Il fouille dans mon sac ; que cherche-t-il ? Une arme pour les détruire ?

– Avale ça, souffle mon frère en tentant d'introduire deux pilules blanches entre mes lèvres.

– Il faut tuer les araignées. Jonathan ? Il faut les tuer toutes !

– Ça va les tuer, Emma : c'est un anti-araignée !

Mon frère, ses traits déformés... Ce n'est pas lui, ce sont ces saloperies qui ont pris possession de son corps. Il veut m'empoisonner !

– Non, lâche-moi !

Je me débats – il est de leur côté, il veut qu'elles mangent mon cerveau ! Je réussis à me dégager et me précipite contre le mur. Une lumière aveuglante éclaire l'appartement, et des taches dansent devant mes yeux. Je sens une main me saisir la mâchoire, de l'eau couler dans ma bouche.

– Avale, Emma. Par pitié, avale.

J'avale... et les araignées commencent à disparaître.

Je prends ma tête entre mes mains. Mon frère pleure. Je pleure aussi.

– Je suis... Oh, Jonathan, je suis tellement désolée !

– Ce n'est rien. Tout va bien, tout va bien.

Il me prend contre lui, je sanglote contre son épaule.

– J'ai peur, Jonathan. J'ai tellement peur.

– Ne t'en fais pas, sœurette. On va trouver une solution.

Mais il n'y a plus de solution. Je suis condamnée. Andrew ne peut rien pour moi, ma seule chance de vivre a disparu.

Mon frère prend mon visage entre ses mains. Il m'aime tellement. Je suis en train de me briser, et j'emporte tout sur mon passage.

– Ce qui vient de se passer, ce n'est... ce n'est que le début, tu sais ?

– Arrête. Arrête de dire ça. S'il te plaît.

– Je suis désolée, Jonathan. Becky gagne du terrain, je suis en train de perdre la tête.

– On va aller voir le docteur Curtis. Il trouvera une solution.

Il se lève, j'essaie de l'imiter, mais une lumière blanche pulse devant mes yeux.

– Il ne trouvera rien.

– Emma, ne la laisse pas gagner. Tu es plus forte qu'elle, d'accord ? Rappelle-toi ce que maman te disait...

Il me tient les mains, empli de compassion et de tristesse. Qui lui tient les mains, à lui ?

– Maman est morte. Bientôt, je le serai aussi...

Ma phrase le déchire un peu plus, mais je n'arrive plus à filtrer mes paroles, chaque pensée sort comme un automatisme incontrôlable. Il proteste, il sanglote, il dit tout ce qui lui passe par la tête, il me secoue, mais la peur déforme son visage, la tristesse, je suis en train de le détruire, lui aussi. Becky est comme une mauvaise herbe qu'on aurait oublié d'arracher. Insignifiante au début, et puis gagnant du terrain, jusqu'à tout envahir, tout détruire, Il est maintenant trop tard, les fleurs ont déjà commencé à se faner...

Je me mets à rire sans pouvoir m'arrêter.

JE TE HAIS, BECKY, de tout mon cœur,
même si ce dernier peine à battre encore.

Chapitre 41

•

Andrew est là, assis sur le bord de mon lit, les cheveux dégoulinant de pluie, sa veste de cuir trempée. Les hallucinations se sont multipliées, ces temps-ci, mais aucune ne me fait aussi mal que celle-ci. Combien de temps que je ne l'ai pas vu ? Je ne sais plus très bien.

Je penche la tête pour mieux l'observer. Ce qui me frappe, c'est son regard : il n'est plus froid ni dur, il est seulement empli de détresse.

Il se lève, mais ne s'approche pas. J'ai l'impression que mon cœur explose en mille morceaux. J'ai passé une semaine à pleurer, ne sachant plus vraiment si j'avais mal parce que je finirais par mourir ou si c'était à l'idée qu'Andrew ne m'aimait pas.

– Emma...

Le son de sa voix... Il a l'air si vrai... Je pose ma main sur ma bouche pour retenir un gémissement. Se pourrait-il qu'il soit bien là, juste devant moi ?

– Emma, je suis désolé, je ne pensais pas ce que je t'ai dit.

Toutes ces choses horribles dont je le sais responsable : ces meurtres, ces femmes mortes... tous ses mensonges...

Il m'a détruite. Je suis brisée, et pourtant... le voir ici me fait me sentir tellement vivante...

J'entends la porte d'entrée s'ouvrir, et la voix de Matthew retentit. Il est sur le seuil de ma chambre, et je suis tétanisée.

– Emma, va dans le salon ! hurle-t-il en s'approchant de moi.

La pression de sa main sur mon bras me ramène à la réalité. C'est bien trop réel pour...

– Ne lui dis pas ce qu'elle doit faire, crache son aîné, dents serrées...

– Tu as fait suffisamment de mal comme ça, Andrew. Arrête les frais, maintenant, si tu tiens un tant soit peu à elle. Va-t'en. Va-t'en, maintenant.

Andrew me fixe, si vulnérable – j'ai l'impression de voir un enfant perdu, las d'être en colère contre la terre entière, mais qui ne sait pas comment s'y prendre pour se faire pardonner.

– Ce ne sont pas tes affaires, Matthew. Reste en dehors de ça.

– Ce sont mes affaires à partir du moment où tu dérailles et où tu lui fais du mal... J'aurais dû intervenir il y a longtemps. Pardonne-moi, Emma...

– Tu ne sais pas ce que tu dis. Tu penses sérieusement que tu peux l'aider, toi ? Tu cherches juste à m'écarter pour pouvoir profiter d'elle. (Puis, se tournant vers moi.) Écoute, Emma : je suis désolé de t'avoir menti, jamais je n'aurais cru m'attacher à toi. Oui, c'est vrai, je ne peux pas te transformer, mais je t'assure, Emma : ce n'est pas ce que tu veux. Tu seras bien plus heureuse en restant humaine, je...

– Ça suffit ! hurle Matthew, mais Andrew l'ignore et continue.

– Je n'aurais pas dû agir de la sorte, Emma. Je ne comprenais pas ce qui m'arrivait, ces sentiments... Je ne savais pas quoi en faire... J'ai cru que... si je t'avouais être incapable de te transformer, tu partirais. Et au fond de moi, je voulais que tu restes... Tout ce que je pouvais t'offrir, c'était cet espoir, cette promesse...

– Je ne suis pas tombée amoureuse de ta promesse, Andrew, mais de toi, de celui que je pensais que tu étais. Mais je me rends compte que... que je ne te connais pas vraiment.

Je prends conscience que cette voix est la mienne. Mes paroles pulvérisent son cœur, la blessure que je lui inflige transpire à travers ses yeux, et je m'en veux, j'aimerais que sa douleur cesse.

– Tu me connais bien mieux que n'importe qui, Emma. Mais je ne veux pas que tu endures tout ce que j'ai enduré. Je vais vieillir, tu sais, tout reste encore possible...

– Ça suffit, Andrew, lâche Matthew d'une voix très calme, en prenant son frère par l'épaule.

– Ne me dis pas « ça suffit » ! hurle Andrew, incapable de se contenir.

– Si tu tiens à elle, pars...

Matthew saisit son frère par le col et le soulève du sol – la colère mêlée à la peine...

– Non ! hurlé-je, en me précipitant sur eux.

– Emma, enferme-toi dans la salle de bains ! m'ordonne Matthew.

Ils commencent à se battre, et le cadet finit par propulser son frère en arrière. D'où lui vient cette force soudaine ? S'est-il nourri sur un humain juste avant de venir ? Andrew se redresse.

– Je te préviens, Matthew : ne te mets pas en travers de mon chemin, pas maintenant.

– Tu lui as fait suffisamment de mal comme ça, répond Matthew, haletant. Rentre chez toi ! C'est la meilleure chose que tu puisses faire...

– Tu es un abruti, ou quoi ? J'ai simplement menti sur notre condition ! Ça ne change en rien mes sentiments pour elle, ni les siens pour moi ! Emma, je suis toujours le même, et tu es toujours toi. Dis-moi ce que tu veux que je fasse pour me racheter, et je le ferai...

Je reste silencieuse, hébétée. C'est trop dur. Je voudrais m'allonger sur le sol et ne plus jamais me réveiller.

– Andrew, gémit Matthew, s'il te plaît.

Son frère le fusille du regard. Il ne sait pas ; Andrew ne sait pas, pour Becky... Je me demande comment Matthew a réussi à dissuader Rebecca de tout lui dire. Où est-elle, en cet instant ? Il a voulu le protéger. Au-delà de la haine qui les anime, je comprends alors qu'un amour inconditionnel lie les deux frères.

– Andrew...

L'aîné fond sur Matthew et le saisit par le col, l'obligeant à le regarder dans les yeux.

– Dis-moi ce que tu me caches !

– Non ! crié-je. Non, Andrew !

Mais il ne m'écoute pas. Et Matthew, vaincu par son pouvoir, se met à raconter malgré lui. Le débit de paroles qui sort de sa bouche va provoquer un chaos qui détruira Andrew à tout jamais. Au fur et à mesure que les mots forment des phrases, l'aîné accuse le coup et semble se briser un peu plus. Il ne sera bientôt plus qu'un corps sans vie, dont le cœur n'existera plus.

Andrew le lâche, recule, abasourdi.

– Emma, dis-moi que c'est faux. (Je suis tétanisée, incapable de répondre.) Emma !!!

Ce regard... J'ai la sensation de voir la tristesse de mille hommes. Mes yeux s'emplissent de larmes, je voudrais prendre sa main, lui montrer que ce n'est pas trop tard, qu'il peut toujours devenir qui il veut, qu'il peut être heureux, même si ce n'est pas avec moi. Je cherche quelque chose à lui dire, une parole profonde, mémorable, mais je ne trouve rien. Je suis pétrifiée, et je pleure. Je pleure parce que je sais que je n'arriverai pas à réparer ça. À cet instant, je crois que je me moque bien de mourir, je voudrais juste ne plus voir autant de souffrance dans ses yeux.

Matthew prend son frère par les épaules, mais Andrew l'envoie valser contre le mur, brisant le miroir qui y est accroché.

Il pose ses mains sur mon visage. Murmure mon prénom avec douceur, encore et encore, et je voudrais rendre mon dernier souffle maintenant. Il est trop tard. Beaucoup trop tard...

Matthew lui attrape le bras, mais Andrew se retourne, et j'ai peur de ce qui va arriver.

– Après tout ce que j'ai fait pour vous ! Après tout ce que j'ai fait pour que tu ne subisses pas ses foudres, pour que tu n'aies pas à souffrir comme *moi*, j'ai souffert ! J'ai tout sacrifié, TOUT, pour toi et Rebecca ! Et c'est comme ça que vous me remerciez ? Comment as-tu pu la laisser faire ça ?

– Je suis tellement désolé, Andrew...

Il se met à hurler, et son cri me déchire tout entière. Il saisit Matthew par le cou, et ce dernier ne réagit pas, il se laisse soulever du sol, vaincu. Bientôt, l'air vient à lui manquer, et il hoquette.

– Andrew ! Non !

Est-ce ma voix ? Andrew lâche son frère au sol, où il s'affale, et je me dis que c'est terminé, qu'ils vont repartir ensemble, mais, soudain, il se met à le bourrer de coups de pied, avec une rage que je ne lui ai jamais connue. Matthew essaie de se protéger le visage, mais du sang gicle, des os craquent – son frère est en train de le tuer. Il veut le supplier, mais un gazouillis épouvantable s'échappe de ses lèvres.

Je me précipite vers Andrew en lui hurlant d'arrêter, je tente de le tirer en arrière, mais il m'envoie valdinguer contre un mur. J'entends Matthew m'appeler, et puis les bras d'Andrew – je les reconnaîtrais entre mille – m'entourent. Les bras de celui qu'on aime sont un merveilleux endroit pour mourir. Une étrange chaleur m'enveloppe, les voix des deux frères s'atténuent. Le néant m'attire et, enfin, je cesse de ressentir quoi que ce soit.

Chapitre 42

•

Mes paupières sont lourdes, ma gorge incroyablement sèche. Mon corps est tout endolori, et j'ai l'impression qu'un trou béant s'est ouvert dans ma poitrine. Je pose ma main à l'endroit où est censé se trouver mon cœur, et un feu ardent semble l'avoir remplacé, mais aucune blessure ne se cache sous ma robe verte.

La robe.

Je la reconnais, je l'ai portée plus d'une fois par le passé, lors des premiers examens, quand j'ai rencontré Becky pour la première fois. Je peine à garder les yeux ouverts, ma tête me fait mal, et une migraine menace. Ma gorge est toujours aussi sèche. Il y a une carafe sur ma table de nuit, mais...

Mais la lumière me blesse, même à travers les rideaux. Je tente de me redresser, et la porte s'ouvre sur un homme en blouse blanche, la cinquantaine. Je suis soulagée : il va pouvoir me servir un verre d'eau.

– Bonjour, Emma. Comment vous sentez-vous ?

Je le vois prendre des notes sur une tablette, après avoir

vérifié quelque chose sur la poche de plastique qui semble être reliée à mon poignet.

– Pourrais-je avoir un verre d'eau, s'il vous plaît ?

Il remplit un gobelet et me le tend, tout sourire. Je le saisis fébrilement, le vide en un rien de temps, et il m'en ressert un autre.

– Vous souvenez-vous de la raison de votre présence ici ?

Je voudrais lui répondre, mais la vérité, c'est que je ne le sais absolument pas.

– Non... Non, docteur.

De nouveau, il note quelque chose sur sa tablette. Je soupire. Qu'est-ce qu'il pourrait m'annoncer de plus grave que Becky ?

– Votre frère vous a retrouvée inconsciente dans votre appartement ravagé. Cela ne vous dit rien ?

Je m'efforce de fouiller mes souvenirs, mais rien ne me vient. Je secoue la tête. Ai-je été agressée ? Cette pensée m'angoisse, j'essaie de comprendre d'où provient cette douleur dans ma poitrine.

– Vous teniez un journal intime, Emma.

– Oui. Sa reliure est bleue, dis-je, fière de pouvoir fournir une information utile.

– Il s'agissait, je crois, d'un journal à visée médicale.

– Oui, docteur. Il est censé pallier mes pertes de mémoire, m'aider à garder en tête certains éléments de mon quotidien le plus longtemps possible.

Je me sens gênée, tout à coup. L'ont-ils lu ? Mes pensées les plus intimes ont été couchées dans ce journal. L'idée que des inconnus aient pu en prendre connaissance ne me plaît pas. Le médecin note de nouvelles choses sur sa tablette. Je me soulève sur un coude. Mon frère est-il venu ? Mais non, non – il n'y a là que des infirmiers qui s'empressent.

– J'ai mal au crâne, dis-je.

– Vous avez reçu un coup à la tête, en effet. Mais rien de grave : vous allez juste avoir une bosse pendant quelque temps.

J'approuve et, impatiente, commence à me triturer les mains. J'ai hâte de sortir d'ici, de retrouver mon frère. Je n'aime pas les hôpitaux.

– Dernière question, mademoiselle, et je vous laisse tranquille.

Il lève les yeux de mon dossier et me fixe un instant, réfléchissant sans doute à la meilleure façon dont il pourrait formuler sa question.

– Connaissez-vous un certain Andrew, mademoiselle Reyes ?

Je le regarde. Étrange. Pourquoi me demander une telle chose ? Quel rapport avec ma présence ici ? Je suis ravie de pouvoir répondre à cette question également :

– Non, docteur. Pourquoi ?

Remerciements

Si vous tenez ce livre entre vos mains aujourd'hui, c'est grâce à un grand nombre de personnes. Impossible de toutes les citer, mais essayons d'être le plus exhaustive possible. Hum, hum (je m'éclaircis la voix).

Je voudrais d'abord remercier mes lecteurs sur Wattpad. Vous avez été mon premier soutien, les premiers à croire en l'histoire d'Andrew et d'Emma, et à m'encourager pour que je ne baisse pas les bras. Vos commentaires ont été une source de motivation et ont su m'arracher des larmes de rire à plusieurs reprises. Vous êtes parfaits, et même parfois aussi fous que moi.

Je voudrais aussi remercier BookTube, non seulement pour avoir mis sur ma route quatre merveilleuses femmes – Margaud, Émilie, Lili et Alicia, vous êtes les femmes de ma vie –, mais aussi pour être cette fantastique communauté au sein de laquelle je m'épanouis et qui a transformé mon quotidien, me permettant de faire ce que j'aime chaque jour, et qui, soyons honnête, a grandement contribué à ce que *Le Pacte d'Emma* soit repéré pour être édité.

Alicia, tu as dû lire toutes les versions et réécritures possibles du *Pacte d'Emma*. Toujours là, prête à me rassurer, à me soutenir dans ce projet. Je ne l'oublierai jamais.

Je pense aussi évidemment à toi, Mathieu. Mais aussi à Anton, Greycie et Tessa. Les meilleurs bêta-lecteurs de l'univers.

Marie, merci d'être aussi folle que moi de Dane DeHaan et de dégainer des gifs encore plus vite que Lucky Luke.

Romane, *you make me cry in a cool way*.

Je remercie bien sûr ma famille, mon premier et éternel soutien. Papa, maman. Je suis du genre ingrat, à ne pas donner de nouvelles, et pourtant vous êtes les premiers à me soutenir, sans condition, pleinement. Je vous aime.

Mamie, à toi qui m'as lue sur Wattpad, merci.

J'ai encore tellement de monde à remercier, et mon éditeur va encore dire que j'écris trop. D'ailleurs, Olivier, merci d'avoir été capable de me supporter, et d'avoir été toujours disponible, même jusque très tard, le week-end comme en semaine, quand j'étais prise par le doute.

Merci à toute l'équipe d'Albin Michel, qui m'a suivie dans tous mes délires autour du *Pacte d'Emma* et qui m'a fait confiance.

Et merci à toi, petit lecteur, qui a pris le temps de parcourir les remerciements, que personne ne lit habituellement. Et désolée si j'ai brisé ton petit cœur. Tu me pardonnes ?

Retrouvez la suite des aventures d'Emma et Andrew dans *Le Serment d'Andrew*, à paraître en 2018...

PLAYLIST
(non exhaustive)

Never Gonna Be Alone – Nickelback
Goner – Twenty One Pilots
Love – Lana Del Rey
Habits – Tove Lo
Lonely Day – System of a Down
Human – Christina Perri
Hold On – Chord Overstreet
Fallingforyou – The 1975
Mad World – Michael Andrews
If I Was Your Vampire – Marilyn Manson
Knot in My Heart – The Zolas
In the End – Black Veil Brides

Création du logo #AM : Caroline Ancelot

Maquette de la couverture : Cerise Heurteur

Composition IGS-CP
Impression : CPI Bussière en octobre 2017
Éditions Albin Michel
22, rue Huyghens, 75014 Paris
ISBN : 978-2-226-39779-9
N° d'édition : 22684/01. N° d'impression : 2031226
Dépôt légal : novembre 2017
Imprimé en France.